ANDREA KOCKLER

Tod im Tulpenfeld

MOSELTAL KRIMI

emons:

Bibliografische Information der Deutschen Nationalbibliothek
Die Deutsche Nationalbibliothek verzeichnet diese Publikation in der Deutschen Nationalbibliografie; detaillierte bibliografische Daten sind im Internet über http://dnb.d-nb.de abrufbar.

FSC
www.fsc.org
MIX
Papier aus verantwortungsvollen Quellen
FSC® C083411

Umschlagmotiv: photocase.com/suze
Umschlaggestaltung: Tobias Doetsch
Gestaltung Innenteil: César Satz & Grafik GmbH, Köln
Druck und Bindung: CPI – Clausen & Bosse, Leck
Printed in Germany 2014
ISBN 978-3-95451-275-1
Moseltal Krimi
Originalausgabe

Für Elke Hennig

MONTAG

Noch drei Wochen. Wenn weiter alles so gut lief, würde er dann endlich eine Hilfskraft einstellen, die sich ausschließlich um seine Korrespondenz kümmern sollte. Schon wenn er daran dachte, was die Bearbeitung dieser Mails ihn jeden Tag an Zeit kostete, wurde er wütend. Arbeitszeit, Lebenszeit, die man ihm ungefragt stahl und die er für so viel wichtigere Dinge nutzen konnte – eine Ressourcenverschwendung sondergleichen.

Und damit meinte er nicht einmal die vielen Spam-Mails, die wanderten gleich in den Papierkorb – wer tatsächlich noch darauf hereinfiel, hatte es auch verdient. Nein, etwas ganz anderes raubte ihm seine Zeit: Er hatte nichts gegen einen fachlichen Austausch einzuwenden, aber das meiste, was in seinem Postfach landete, war davon meilenweit entfernt. Es waren Denunziationen, Aufrufe zum Unterzeichnen irgendwelcher Petitionen oder einfach Anfragen, die die Schreiber leicht mit eigener Recherche hätten beantworten können, wenn sie dafür nicht zu bequem oder zu unfähig gewesen wären.

Von den zweiundvierzig Mails, die er heute in seinem Posteingang vorgefunden hatte, löschte er vierzig auf der Stelle und ungelesen. Die Bilanz eines ganz normalen Montags, an dem er weder ein Interview gegeben noch einen Artikel veröffentlicht hatte. Die Anfrage eines Studenten würde er an die Sekretärin weiterleiten, damit sie einen Termin mit ihm vereinbarte. Die letzte Mail, die zweiundvierzigste, war es, die er den ganzen Tag erwartet hatte. Gespannt öffnete er sie und überflog den knappen Text. Er nickte zufrieden und lächelte. Hatte er es sich doch gleich gedacht. Richard Hoffmann lehnte sich zurück und schloss die Augen.

Alles unter Kontrolle.

Obwohl es tagsüber sonnig gewesen war – der erste regenfreie Tag seit Anfang April –, war der Abend neblig und überraschend kühl. Unschlüssig blieb er, den Schlüssel schon in der Hand, einen Moment in der Haustür stehen und fragte sich, ob der leichte Kaschmir-Mantel warm genug wäre. Zwar sollte es nicht allzu lange dauern. Es gab nicht mehr viel zu reden, und er hatte keinen weiten Weg vor sich. Trotzdem griff er nach dem blauen Schal, der über der Garderobe hing. Dieses feuchte Wetter war ihm von Grund auf zuwider. Trier im April, dachte er. Willkommen im Nebelmeer. Außerdem konnte er sich eine Erkältung jetzt auf keinen Fall leisten. Er zog die Tür hinter sich zu.

Er ging am Wasserband, dem Rückhaltebecken unterhalb des Wissenschaftsparks, entlang. Nach dem Regen der letzten Tage hatte sich so viel Wasser gesammelt, dass es kurz davor war, über den Rand zu treten. Bei gutem Wetter ließen die Kinder aus der Siedlung hier tagsüber Bötchen schwimmen, und Studenten saßen im Gras und lernten. Jetzt hingen Nebelschwaden über dem trüben Wasser. Richard Hoffmann wickelte den Schal fester um seinen Hals. Er sah zum Himmel auf. Es klarte auf, und dort, wo sich die Wolkendecke lichtete, schien der Vollmond durch die Fetzen der hohen Zirruswolken.

Sicher würde es heute Nacht Frost geben.

DIENSTAG

Schließlich war es doch noch recht ansehnlich geworden, fand Hertha Schinckel, als sie an diesem Dienstagmorgen über das Landesgartenschaugelände am Petrisberg schritt. Der Kies knirschte unternehmungslustig unter ihren Schuhen. Seit der Petrisberg kein militärisches Sperrgebiet mehr war, ging sie hier jeden Tag ihre Runde, bei jedem Wetter, aber im Frühjahr mochte sie ihn am liebsten. Die Kesten im Maronenhain begannen schon auszutreiben, die Luft hier, hoch über der Stadt, war frisch, und es wehte ein leichter Wind.

Weil heute Morgen die Sonne ausnahmsweise einmal hinter den Wolken hervorgekommen war, hatte sie beschlossen, eine größere Runde durch die steilen Weinberge oberhalb von Olewig zu gehen. Hier wärmten sich schon die ersten Eidechsen auf den Schiefermauern in der Morgensonne und verschwanden blitzschnell in den Mauerritzen, sobald sie sich näherte. Als Kinder hatten sie oft versucht, die Eidechsen zu fangen, aber die waren meistens zu schnell für sie gewesen. Sie lächelte bei dem Gedanken. Ob die Kinder heute noch Eidechsen fingen? So viel hatte sich seit ihrer Kindheit verändert. Selbst hier. Oder gerade hier, je nachdem, wie man es nahm.

Sie hatte die Entwicklung immer aufmerksam verfolgt. Als das Kasernengelände von den französischen Militärs an die Trierer übergeben worden war, war es völlig verwahrlost gewesen, eine Wildnis aus Brombeerranken, Dornenhecken und verfallenden Gebäuden. Es war zu jener Zeit kein guter Ort für Spaziergänge gewesen: Zwar durfte man ihn wieder betreten, aber wenn man nicht aufpasste, konnte man leicht in einen Kaninchenbau treten und sich den Knöchel verstauchen. Mitten in dieser Landschaft diente das ehemalige französische Militärkrankenhaus damals als Wohnheim für Studenten, die nicht viel zahlen konnten oder wollten und im Gegenzug keine hohen Ansprüche an den Zustand ihrer Wohnungen stellten. Aus den verwitterten Balkonen des heruntergekommenen Gebäudes waren sogar Bäumchen gewachsen, kleine Birken, und die gelben Kacheln an der Vorderfront fielen nach und nach ab. Vom Putz einmal ganz zu schweigen. Sie hatte nie verstanden, dass man so wohnen konnte, aber weder Verwaltung noch Bewohner schien es großartig zu stören. Ihrer Ansicht nach war der Petrisberg damals ein echter Schandfleck für eine Großstadt mit Universität gewesen. Die lange Zeit, in der er für die Trierer Bürger verschlossen gewesen war, wirkte noch nach. Niemand hatte ihn so richtig »auf dem Schirm« gehabt, wie man sich heute auszudrücken beliebte. Und deswegen war eben auch sehr lange nichts passiert.

2004 allerdings war die Wende gekommen, und mit der Landesgartenschau gewaltige Bauarbeiten. Brombeeren und sonstige Hecken wurden beseitigt, und die Kaninchen wurden mit Maschendrahtzäunen ausgesperrt. Zumindest so lange, bis sie sich darunter hindurchgebuddelt hatten. Jede Menge Pflanzen wurden herangeschafft, wie es sich für eine Gartenschau gehörte, und je näher der Termin rückte, desto hektischer gerieten die Vorbereitungen. Dann zogen die Geowissenschaften, die Informatik und noch ein paar andere, kleinere Fächer ins ehemalige Militärhospital ein.

Die Wildnis hatte sich monatelang in eine Schlammwüste verwandelt, ohne Dornenhecken, aber dafür mit Baggern und schreienden Bauarbeitern. Aber weder der Matsch noch die Gefahr, im Nebel von einer der riesigen Baumaschinen überfahren zu werden, hatten Hertha Schinckel von ihren morgendlichen Spaziergängen abhalten können.

Als im Frühjahr 2004 der Tag der Eröffnung näher und näher gerückt war, wies ein großer Teil des zukünftigen Landesgartenschaugeländes trotz aller Bemühungen noch einen erschreckenden Mangel an Pflanzenwuchs auf. Was dann passiert war, sorgte bei Hertha Schinckel noch heute für schiere Fassungslosigkeit: Man hatte tatsächlich Rollrasen verlegt. Rollrasen! Was waren das nur für Gärtner? So etwas wäre ihr nie passiert – sie hätte nämlich berücksichtigt, dass Pflanzen auch eine gewisse Zeit zum Wachsen brauchen. Aber so war es heutzutage – nicht einmal dem Gras ließ man genügend Zeit.

Das alles war jetzt gut sieben Jahre her, aber einige der gelben Ungetüme standen immer noch – oder wohl eher schon wieder – herum, und auch im Innern des alten Hospitals waren anscheinend noch Nachbesserungen nötig. Sie hatte in der Zeitung davon gelesen. Es sah so aus, als ob Baustellenfahrzeuge und Gerüste für immer zu einem Bestandteil des Petrisberges werden sollten. Immerhin, der größte Teil des Sperrgebiets hatte sich nach der Landesgartenschau zu einem anständigen Wohngebiet gewandelt, das musste sie zugeben. Die Häuschen sahen zwar aus, als hätte jemand mit einem sehr großen Lego-Baukasten gespielt, aber es wohnten ordentliche Familien mit netten Kindern darin. Und wenn das der Geschmack der jungen Leute war, wollte sie nicht darüber urteilen …

Sie ließ den Maronenhain und das Wasserband hinter sich und ging Richtung Turm Luxemburg. Wenn der Tag so klar war, wie der heutige zu werden versprach, hatte man von dort oben einen herrlichen Ausblick. Gestern Nacht hatten sich die Wolken doch noch gelichtet, eine Abwechslung zum Regen und Nebel der vergangenen Tage. Es roch überall nach Frühling, und Hertha Schinckel war an diesem stillen Morgen – die Bagger waren noch nicht zum Leben erwacht – rundum einverstanden mit sich selbst, der Konversion des ehemaligen Militärgeländes und der Welt im Allgemeinen. Bis sie ihn sah.

Den Mann.

Er saß einfach so im hohen, raureifbedeckten Gras am Weidendom, einem lebendigen Bauwerk aus Weidensetzlingen, an eine der geflochtenen Säulen aus dünnen Weidenstämmchen gelehnt. Das Kinn auf der Brust, schien er zu schlafen und sah recht still und friedlich aus mitten zwischen den ersten gelben und roten Tulpen, deren Knospen noch fest geschlossen waren. Aber das änderte nichts daran, dass er da eigentlich nichts verloren hatte. Es gab nun wirklich bessere Orte, um seinen Rausch auszuschlafen, bei diesen Temperaturen.

Zunächst hielt Hertha Schinckel ihn für einen der Studenten, die manchmal hier bis in die Nacht feierten. Da kam es schon einmal vor, dass einer gleich hier liegen blieb, wenn ihm der Weg zu den Wohnheimen zu weit war. In einer lauen Sommernacht mochte das ja auch angehen. Es war nicht so, als hätten sie so etwas früher nicht getan, das meinten die jungen Leute nur. Aber zu dieser Jahreszeit?

Sie riskierte einen zweiten Blick. Bei genauerer Betrachtung war er auch entschieden zu alt für einen Studenten, sein Haar hatte schon mehr als nur ein paar graue Strähnen. Sie schätzte ihn auf mindestens fünfundvierzig. Neben ihm im Gras lag eine leere Weinflasche. Aber für einen Obdachlosen wirkte er zu gepflegt – ordentliche Frisur, glatt rasiert, und er war gut gekleidet: Er trug, wie es bei diesen kühlen Nächten noch durchaus angemessen war, einen Anzug und einen leichten dunkelgrauen Wollmantel, um den Hals hatte er einen blauen Schal geschlungen.

Inzwischen war sie sich fast sicher, dass hier etwas nicht stimmte. Wer setzte sich denn in solchen Kleidern ins Gras? Die Flecken bekam man doch nie wieder raus! Der Mann war auch sehr blass, viel zu blass, und es war wirklich noch zu kalt, um einfach so im nassen Gras zu sitzen. Vielleicht ging es ihm nicht gut, ein Schwächeanfall oder etwas in der Art. Vorsichtig ging sie ein paar Schritte näher an den seltsamen Schläfer heran. Natürlich nicht zu nahe. Aber sie musste wissen, was hier eigentlich los war.

»Hallo?« Sie räusperte sich, als sie merkte, wie dünn ihre Stimme klang. Jetzt war ihr doch ein wenig mulmig zumute. »Hallo Sie, ist alles in Ordnung? Brauchen sie Hilfe?«

Aber sie wusste bereits in dem Moment, als sie die Frage stellte, dass hier überhaupt nichts mehr in Ordnung war. Der Mann mit dem blauen Schal und dem von weißen Reifkristallen überzogenen Mantel war tot.

Hertha Schinckel wusste, was zu tun war. Sie zog ihr Handy hervor und wählte die 110.

Keine halbe Stunde später war der Fundort hermetisch abgeriegelt, und der Notarzt konnte nur noch den Tod des Mannes feststellen. Der Arzt wollte sich nicht festlegen, aber er stellte – unter Vorbehalt – einen Zusammenhang zwischen dem Tod und dem Seidenschal her. Das hätte Hertha Schinckel ihm auch gleich sagen können, wenn man sie nur gefragt hätte. Schließlich war der Schal in den Ästen festgeknotet.

Hauptkommissar Leidinger stand auf dem Weg vorm Weidendom an einer niedrigen Hainbuchenhecke und fühlte sich unwohl.

»Kann vielleicht mal jemand die Leute wegschicken? Die haben hier nichts zu suchen. Ich will nur diejenigen dahaben, die etwas zur Sache sagen können«, wies er einen der uniformierten Polizisten an, die den Fundort absperrten.

Die Tatsache, dass direkt bei der Universität ein Toter gefunden worden war, hatte sich rasend schnell herumgesprochen, vor allem bei den Studenten, die jetzt langsam zu ihren Vorlesungen gingen beziehungsweise diese wegen des weitaus spannenderen Alternativprogramms spontan ausfallen ließen, den steilen Berg heraufzogen und neugierig stehen blieben. Einige der Umstehenden hatten offenbar bereits ihre Freunde per Handy alarmiert, und es erschienen immer mehr Personen auf der Bildfläche. Neugierig versuchten sie, einen Platz möglichst weit vorn an der Absperrung zu ergattern. Der Uniformierte nahm seine Aufgabe glücklicherweise sehr ernst, während der Polizeifotograf die Leiche und den Fundort von allen Seiten aufnahm.

»Wenn sie fertig sind, können Sie ihn endlich abnehmen.« Leidinger war es unangenehm, dass der Tote den ganzen neugierigen Blicken noch länger ausgesetzt blieb.

Unnatürliche Todesart. Bliebe zunächst zu klären, ob Suizid oder Fremdverschulden vorlag. Wie sollte es möglich sein, einen erwachsenen Mann in dieser sitzenden Position festzuhalten und gegen seinen Willen mit einem Seidenschal zu erdrosseln? Das wäre nicht ohne Gegenwehr abgelaufen. Wenn er sich nicht selbst in diese Lage gebracht hatte, war er vermutlich betäubt worden.

Leidingers Blick fiel auf die leere Weinflasche, die neben dem Mann im Gras lag. Die Hände hatte er scheinbar locker im Schoß gefaltet. Sehr gepflegte Hände, die Fingernägel sorgfältig manikürt und mit Sicherheit nicht die Hände eines Mannes, der körperlich arbeitete. Unter den Nägeln gab es keine sichtbaren Spuren von Blut oder Hautpartikeln. Und auf den ersten Blick waren auch keine Abwehrverletzungen zu erkennen, zumindest nicht an den Händen; nichts deutete auf einen Kampf hin. Clüsserath, der zuständige Staatsanwalt, würde die Entscheidung treffen müssen, ob sie es mit Selbstmord oder Mord zu tun hatten. Das bedeutete, er musste jetzt so schnell wie möglich den Toten identifizieren und die Angehörigen benachrichtigen, dann Freunde, Familie und Kollegen befragen. Und natürlich den Arzt des Verstorbenen. Herausfinden, ob es frühere Suizidversuche, Krisen oder Krankheiten gegeben hatte.

Mit großer Sorge dachte Leidinger an die Schlagzeile, die morgen in der Zeitung stehen würde: »Toter im Wissenschaftspark gefunden«, und zwar auf der Titelseite. Er konnte auch schon vorhersagen, dass die Worte »grausiger Fund« und »schreckliche Entdeckung« in dem Artikel vorkommen würden, und mit an Sicherheit grenzender Wahrscheinlichkeit würden auch die Begriffe »Drama« und »Tragödie« Verwendung finden. Auf so einen ungewöhnlichen Todesfall würden sich die Medien stürzen, das war klar. Sonst war gerade nicht viel los in Trier – keine Heilig-Rock-Wallfahrt, keine sonstigen Großereignisse –, und man konnte ja nicht immer nur über den demografischen Wandel und das Aussterben der Dörfer schreiben. Über das schlechte Wetter wollte wohl mittlerweile auch niemand mehr etwas lesen.

»Wer hat ihn denn gefunden?«, fragte er an die Menge gerichtet. Hier waren eindeutig zu viele Menschen vor Ort. Er musste jetzt dringend herausfinden, wer etwas zur Aufklärung beitragen konnte und wer nicht.

»Ich war das! Ich dachte schon, Sie fragen nie«, krähte eine ältere, rüstig aussehende Frau in einem braunen Wollkostüm, zu dem sie seltsamerweise weiße Turnschuhe trug. Sie versuchte schon seit geraumer Zeit, ihn auf sich aufmerksam zu machen.

»Und Sie sind?«, fragte er.

»Hertha Schinckel. Ich habe Sie angerufen!«

Er nickte ihr zu. Offenbar gehörte sie zu der Art Mensch, die jeden Satz mit einem Ausrufezeichen beenden musste. »Gut, Frau Schinckel. Kennen Sie den Toten?«

Sie schüttelte den Kopf. »Nein. Bin ich jetzt verdächtig? Ich habe nichts angefasst!«, erklärte sie stolz.

Sie klang nicht besonders besorgt oder verängstigt.

»Ja. Das heißt: Nein, Sie sind natürlich nicht verdächtig. Dass

Sie nichts angefasst haben, haben Sie ganz richtig gemacht.« In diesem Fall galt die Regel, dass die Person, die eine Leiche fand, verdächtig war, vermutlich nicht. »Wir müssen Ihre Aussage aufnehmen, können Sie noch mit den Kollegen aufs Präsidium fahren?«

Sie nickte entschlossen. Er musste Frau Schinckel auf jeden Fall zugutehalten, dass sie diesen Schock am Morgen recht gefasst trug. Die meisten bedauernswerten Spaziergänger, die einen Leichenfund meldeten, waren deutlich verstörter. Es war ihr zu wünschen, dass sie es einigermaßen gut verkraftete.

Was er hingegen auf keinen Fall wünschte, war, dass sie gerade anfing, Zuhörer um sich zu sammeln. »Ich wusste gleich, dass er tot ist!«, teilte sie der Menge mit.

Oh nein, bitte nicht, dachte er – aber noch bevor er Frau Schinckel sanft, aber bestimmt ins Auto lenken konnte, hatte sie ein Publikum gefunden, das sie interessiert umringte.

»Wegen dem Schal, wissen Sie …«

»Frau Schinckel, vielen Dank. Bitte kommen Sie jetzt mit dem Kollegen mit, dem können Sie dann alles erzählen«, unterbrach Leidinger sie, bevor sie mit ihrer Geschichte punkten konnte.

»Ich weiß, wer das ist«, meldete sich eine junge Frau mit Parka und Rucksack, »das ist der Professor Hoffmann. Krass!«

Das war ja noch schlimmer, als er befürchtet hatte. Er korrigierte im Geiste die Schlagzeile: »Toter Professor im Wissenschaftspark gefunden«. Dann fragte er das Mädchen: »Hoffmann, und wie weiter?«

»Professor Richard Hoffmann aus der Raumplanung.«

»Und wer sind Sie?«

»Lea Weisgerber, aber ich habe keine Zeit, ich muss jetzt ins Seminar.« Damit drehte sie sich um und wollte verschwinden.

»Nein, warten Sie …«, rief Leidinger ihr noch hinterher.

»Mehr kann ich Ihnen auch nicht sagen, und Sie dürfen mich nicht festhalten.« Sie schüttelte unwirsch den Kopf und strich sich eine orangefarbene Strähne aus der Stirn.

Vermutlich war es einfach das ganz normale Misstrauen, das gewisse Jugendliche aus Prinzip jedem Vertreter der »Staatsmacht« entgegenbrachten. »Ich will Sie nicht festhalten, ich will nur Ihren Namen und Anschrift, okay? Lassen Sie dem Kollegen Ihre Personalien da. Falls wir noch Fragen haben.«

Sie verdrehte die Augen, gab dem Uniformierten aber die gewünschten Informationen.

***

»Einen wunderschönen guten Morgen, Herr Leidinger!«

Die Kollegin, die ihm auf dem Flur begegnete, schien heute Morgen besonders guter Laune zu sein. Na, die musste sich ja auch nicht bereits so früh am Tag mit toten Professoren und mit Studenten, denen das Konzept einer Absperrung fremd war, herumschlagen. Die Identität des Toten hatten sie bereits vor Ort vorläufig bestätigen können, da er seine Papiere bei sich getragen hatte. Wer genau dieser Professor Hoffmann war und was er an der Universität gemacht hatte, würden sie später recherchieren.

Leidinger dachte an sein Büro, in dem die Farben »Alt-Khaki« und »Vergilbt-Grün« an Wänden und Mobiliar dominierten und sich in der leicht kränkelnden Strahlenaralie auf dem Fensterbrett fortsetzten. Er fragte sich, ob ein Raumplaner dort wohl tätig werden könnte. Mit Sicherheit würde er das in den kommenden Tagen erfahren, wenn er die Kollegen des Verstorbenen befragte.

Wo er gerade dabei war: Einige seiner Kollegen, die ihm entgegenkamen, grinsten ihn ebenfalls ausgesprochen gut gelaunt an. Was zum Teufel war denn heute Morgen los? Ein Toter im Wissenschaftspark konnte doch wohl kaum Anlass zu solcher Heiterkeit bieten.

Tat er auch nicht.

Leidinger fiel es wie Schuppen von den Augen: Heute war doch der Tag, an dem sein neuer Kollege aus Bayern ankommen sollte. Selbstverständlich hatte er sofort zugesagt, ihn übergangsweise in seinem Gästezimmer unterzubringen, bis er eine eigene Wohnung gefunden hatte. Ein paar Tage würde das sicher gut gehen.

Vorsichtig öffnete er die Tür zum Besprechungsraum. Um zehn Uhr wollte Abendroth, der Chef persönlich, sie einander vorstellen. Leidinger vermutete stark, dass das von seiner letzten

Fortbildung zur Personalführung herrührte, denn normalerweise kümmerte er sich nicht um solche Kleinigkeiten. Er erstarrte, die Klinke noch in der Hand.

»Ah, der Herr Leidinger! Da sind sie ja endlich! Sie hatten schon zu tun heute Morgen, habe ich gehört. Darf ich Ihnen Herrn Tilly aus dem schönen Weiden in der Oberpfalz vorstellen, Ihren neuen Kollegen. Er wird Sie gleich ein bisschen bei Ihrer aktuellen Ermittlung unterstützen. Und das, Herr Tilly, ist Bernd Leidinger. Er hat sich bereit erklärt, Ihnen für die ersten Tage Obdach zu gewähren, und wird Sie auch gleich einweisen. Leider haben wir es nicht geschafft, Sie abzuholen – alle im Einsatz, ausgerechnet heute. Aber Sie haben uns ja dann doch gefunden, war ja auch kein allzu weiter Weg, nicht wahr? Wie auch immer, ich bin sicher, Sie werden gut miteinander zurechtkommen. Unser Herr Leidinger ist sehr umgänglich. Hier gibt es ein paar Schnittchen«, fügte Abendroth übergangslos hinzu und hielt Leidinger eine Platte mit halben Brötchen unter die Nase.

Er nahm eins, vergaß, sich zu bedanken, und hielt sich fürs Erste einfach daran fest, während er das Bild, das sich ihm darbot, zu verarbeiten versuchte. Der Bayer muss lange undercover gearbeitet haben, dachte er. Das ist die einzige Erklärung. Niemand, der nicht verdeckt in der Drogenszene ermittelt, sieht so aus. Es sei denn, er gehört zur Drogenszene.

Er konnte einfach nicht aufhören, Tilly anzustarren. Der war einen guten Kopf größer als er selbst und eher füllig, und obwohl die Sonne seit März nicht mehr hinter den Wolken hervorgekommen war, trug er eine Sonnenbräune zur Schau, die einfach nicht echt sein konnte. Das wellige, dunkle und etwas zu lange Haar war in Strähnen mit viel Gel nach hinten geklatscht. Es fehlte auch nicht die schwarze und ziemlich speckige Lederjacke, die einem der forschen Tatortkommissare alle Ehre gemacht hätte. Außerdem trug der neue Kollege, vielleicht um die Tarnung zu vervollkommnen, an der rechten Hand zwei breite silberne Ringe. Leidinger schüttelte sich innerlich und dachte an eine Entspannungsübung, von der er bei seinem letzten Friseurbesuch in einer Zeitschrift gelesen hatte. Er atmete zweimal tief durch, wobei er sich eine Zeder auf einem hohen Berg vorstellte. Langsam wurde er ein wenig ruhiger. Die Gestalt streckte eine Hand aus und zwinkerte ihm zu.

»Bo.«

»Was?« Leidinger reagierte mit einem leicht irrationalen Erschrecken. Dann begriff er, dass der Kollege sich lediglich vorstellen wollte. War ja klar, dass dieser Mensch einen ausgefallenen Vornamen haben musste.

»Leidinger ...«, erwiderte er zögernd.

Schnee rieselte langsam auf seine imaginäre Zeder. Still und gleichmäßig fielen die Flocken. Es half – ein wenig. Er fasste sich wieder: »Haben Sie sich schon in Trier umsehen können? Die Wohnungsanzeigen stehen immer samstags im ›Volksfreund‹.«

Das Grinsen fror augenblicklich ein. »Wo stehen die?«

»Das ist unsere Zeitung«, erklärte Leidinger.

Bo Tilly hatte sich um die Stelle hier beworben, weil er Trier aus irgendeinem Grund im weltoffenen und lebensfrohen Rheinland vermutet hatte. Mosel, Rhein – das war doch dieselbe Ecke! Und Holland und Frankreich waren auch nicht weit weg. Die lange Bahnfahrt – und es war eine sehr lange Bahnfahrt, von einer Provinz in die andere sozusagen – hatte er mit höchst angenehmen Träumen von Moselwein und attraktiven Weinköniginnen verbracht.

Er hatte sich bestens vorbereitet: Sein Vater hatte ihm ein Exemplar von Ausonius' *Mosella* geschenkt, der Ode an die Mosel. So aus dem Zug heraus betrachtet, hatte sich da nicht viel getan in den letzten sechzehnhundert Jahren. Die friedlichen Wasser der Mosel, die der Autor beschrieb, waren durch den vielen Regen allerdings trübe und angeschwollen. »Gruß Dir, mein Strom, den die Auen rühmen«, hatte er gelesen, gespannt, was die Stadt am »Strom zwischen Reben an Hängen, wo duftende Weine gedeihen« für ihn bereithalten würde.

Dann war er in der Wirklichkeit angekommen.

Gut gelaunt, wenn auch nicht unbedingt ausgeschlafen, hatte er heute Morgen den »Eifelexpress« verlassen. Eifelexpress. Allein dieses Wort schien ein Widerspruch in sich zu sein. Eine *contradic-*

tio in adiecto, wenn man so wollte. Auf dem letzten Teilstück von Koblenz bis Trier musste er die Regionalbahn nehmen, weil er bei der Ankunft in Koblenz bereits eine Stunde Verspätung hatte. Also kam er in den vollen Genuss der Moselstrecke und hatte genügend Zeit für Ausonius' vierhundertdreiundachtzig Verse. Mehr als genügend. Aber auch wenn er das Gedicht insgesamt etwas langatmig fand: Die Landschaft war heute noch genau so vom Fluss und vom Weinbau geprägt, vor allem von den Steillagen, wie Ausonius das so treffend beschrieb. Dennoch – er hätte nichts dagegen gehabt, wenn er den letzten Abschnitt der wunderschönen Moselstrecke ab Föhren ein wenig schneller hinter sich gebracht hätte.

Endlich am Ziel, blieb er auf dem Bahnsteig stehen und sah sich um. Das war also Trier. Nun, man sollte nicht gleich nach dem ersten Eindruck urteilen, der ihm sagte, dass es nicht für alle Städte ein Schaden wäre, wenn man ihre Bahnhöfe unter die Erde verlegte. Dieser hier war nun wirklich keine Augenweide, zugig und eher – klein, und auch Weinköniginnen waren weit und breit keine zu sehen. Er hatte ja nicht gleich mit einem Empfangskomitee gerechnet, aber nett gefunden hätte er es schon, wenn man ihn abgeholt hätte …

In der Bahnhofshalle standen die Wandgemälde wohl unter Denkmalschutz – original sechziger Jahre: rechts ein Stadtpanorama von Trier, vor dem Hintergrund der Mosel, und links eine Brauereiwerbung, und gleich noch mal die mäandernde Mosel. Aber eins schien ihm fürs Erste tröstlich: Eine Stadt, in der es Wein *und* Bier gab, konnte ganz so schlecht nicht sein. Und wenigstens sah der Bahnhof noch aus wie ein Bahnhof und nicht wie eine stylische Ladenpassage mit Gleisanschluss.

Man würde schon sehen. Die Menschen, die den Bahnhof bevölkerten, waren schon mal durchaus großstadttypisch und pittoresk. Er begutachtete das Inventar: fünf Jugendliche, drei Mädels und zwei Jungs, die eigentlich um diese Zeit in der Schule sein sollten, ihrem Alter nach zu urteilen. Eines der Mädels trug zu pinkfarbenen Leggins ein bauchfreies weißes T-Shirt, was rein optisch suboptimal war. Und bei diesem Wetter war da eine Nierenbeckenentzündung vorprogrammiert, würde seine

Mutter jetzt sagen. Ein Stück weiter eine Horde Fußballfans in Schwarz-Blau mit kurz geschorenen Haaren und Oettinger-Bierkästen, die anscheinend schon einmal vorfeierten. Wenn ihn sein Fußballwissen nicht im Stich ließ, hätten die Fans von Eintracht Trier *nach* dem Spiel auch nicht mehr viel zu feiern. Und natürlich – Trier war Zollgrenzbezirk – die Kollegen von der Bundespolizei, die gerade dabei waren, eine vietnamesische Familie – Vater, Mutter und vier niedliche Kinder mit identischen Pagenköpfen – zu kontrollieren. Na klar, die hatten wohl sonst nichts zu tun.

Ah, verflucht, hatte er das etwa laut gesagt? Dem Blick der Beamten nach zu urteilen, sah es ganz danach aus. Mist. Das passierte ihm immer wieder.

»Personenkontrolle, dürften wir mal Ihren Ausweis sehen, bitte?«, fragte der Ältere der beiden lässig.

Das fing ja gut an. Bestens.

»Na, sind wir denn schon in Luxemburg? Ich hab doch keinen Geldkoffer dabei!« Wenn er angenommen hatte, die Situation mit diesem lockeren Hinweis auf das Offensichtliche zu entschärfen, hatte er sich getäuscht. Die Kollegen verzogen keine Miene. Nicht besonders humorbegabt.

»Ihren Ausweis«, wiederholte der Wortführer ungerührt.

»Hören Sie, ich weiß gerade nicht, wo ich den hab. Soll ich denn jetzt hier auf dem Bahnsteig etwa mein ganzes Gepäck auspacken?« Also den Umzugskarton und die Reisetasche, um genau zu sein – vielleicht hätte er sich doch besser einen unauffälligen Koffer gekauft.

Mittlerweile hatte sich ein buntes Publikum aus Jugendlichen, Pendlern und Bahnangestellten um ihn herum versammelt. Und das, wo die Polizei immer beklagte, dass die Leute auf der Straße nicht mehr hinschauten. Die schauten ziemlich genau hin, wenn es interessant wurde – und das hier versprach interessant zu werden.

»Sie müssen Ihre Papiere ja schließlich nicht ganz unten in den Koffer packen. Das ist Ihr Problem. Wir haben jedenfalls Zeit.« Der Ältere verschränkte die Arme vor der Brust, der Jüngere nickte. Der meinte das wirklich ernst.

Tilly breitete in einer entschuldigenden Geste die Arme aus und versuchte es mit einer anderen Taktik. »Sie werden mir das jetzt wahrscheinlich nicht glauben, aber wir sind sozusagen Kollegen.«

»Ja klar, und ich bin der Kaiser von China«, sagte der Ältere, und der Jüngere lachte beifällig. Was war das denn für ein Schleimer!

»Nein, wirklich. Ich werde bereits erwartet. Im Polizeipräsidium, von Herrn …« Wie hieß der denn noch mal? Er hatte es sich doch extra aufgeschrieben. Aber wo war der Zettel bloß? Wahrscheinlich steckte der auch irgendwo ganz unten im Koffer.

»Herr …«

»Tilly.«

»Herr Tilly, es ist mir so was von egal, von wem Sie erwartet werden, und wenn es der Polizeipräsident persönlich wäre. Ich möchte jetzt Ihre Papiere sehen, oder Sie kommen zur Identitätsfeststellung mit.«

Ach Gott, wenn er es unbedingt wollte und nichts Besseres vorhatte … kam er halt zu spät. War nicht sein Problem. Dann hätte er den Weg ins Präsidium wenigstens schon mal hinter sich gebracht. Er hatte seinen Personalausweis und den Polizeiausweis unten in seiner Reisetasche. Ganz unten, wie er sich jetzt erinnerte. Damit er nicht versehentlich verloren ging oder gestohlen wurde.

»Okay. Wie Sie wollen. Auf Ihre Verantwortung.« Er kniete sich auf den Bahnsteig und begann, die Tasche auszupacken. Langsam türmte sich neben ihm ein Stapel aus Hemden, Hosen, Schuhen, Büchern … Ah. Da war er ja.

»Hier. Sehen Sie? Glauben Sie mir jetzt? Herrgott, können Sie sich jetzt vielleicht mal um irgendwas Wichtiges kümmern?«

Der Beamte murmelte etwas, was mit viel – sehr viel – gutem Willen als Entschuldigung verstanden werden konnte; die Jugendlichen pfiffen und johlten anerkennend. Jetzt hatten die wenigstens etwas, was sie erzählen konnten. Polizisten, die sich gegenseitig kontrollierten.

Diese beiden profilierungssüchtigen Unsympathen würde er jetzt jedenfalls nicht nach dem Weg fragen, das konnte er mit seinem Stolz auf keinen Fall vereinbaren. Auch wenn er überhaupt keine Ahnung hatte – vor denen würde er das im Leben nicht zugeben! Er packte alles wieder ein, schulterte seine Tasche, klemmte den Karton unter den Arm und lief aufs Geratewohl los. Wenn er einfach geradeaus ging, auf dem Grünstreifen der Allee, käme er sicher in die City. Und da die Polizei sich bestimmt in der Innenstadt befand, schien ihm das ein durchaus vernünftiger Plan.

Zehn Minuten später stand er vor der Porta Nigra und sah an dem alten römischen Stadttor hoch. Beeindruckend. Stand da seit zweitausend Jahren und behauptete seinen Platz. Ein Problem war nur, dass er jetzt eigentlich überhaupt keine Zeit hatte, sich Sehenswürdigkeiten anzuschauen. Das andere Problem war, dass er immer noch keine Ahnung hatte, wie er zum Polizeipräsidium kommen sollte. Er passierte den Torbogen, und seine Stimmung hellte sich schlagartig auf: die Tourist-Information. Die waren auf jeden Fall die richtigen Ansprechpartner. Er stieß die Tür auf, wobei ihm sein Karton im Weg war. Ein heiteres Glockenspiel kündigte sein Eintreten an. Den Karton stellte er erst einmal auf der Glastheke ab.

»Grüß Gott.«

Die Dame an der Information sah erst ihn an, dann den Karton und dann wieder ihn.

»Guten Tag. Was kann ich für Sie tun?«, fragte sie mit einem leicht verzögerten Lächeln.

»Ich muss zur Polizei. Leider hab ich die Adresse nicht – könnten Sie mir da wohl helfen?«

Sie durchlitt eine kurze Schrecksekunde, in der sie wahrscheinlich Mutmaßungen über den Karton und seinen Besitzer anstellte, fasste sich aber schnell wieder und fragte vorsichtig: »Wohin genau müssen Sie denn?«

Hatte sie ihn nicht recht verstanden?

»Das weiß ich halt nicht. Ich dachte, Sie wüssten das vielleicht. Oder könnten mal nachschauen.«

Sie lächelte ihn ausdauernd professionell an, mit diesem nachsichtigen Ausdruck, den Servicekräfte auf der ganzen Welt für Deppen und Grantler übrig haben. »Ich meinte, zu welcher Dienststelle?«

Sie nahm ein Telefonbuch aus einem Fach unter der Theke, blätterte darin herum, holte dann einen Stadtplan hervor und tippte mit einem unglaublich langen und glitzernden Fingernagel auf einen Punkt. »Polizeidirektion Trier. In der Egbertstraße.« Sie markierte die Stelle mit einem Kreis. »Polizeiinspektion in der Südallee an den Kaiserthermen. Hier.« Ein weiterer Kreis. »Zentrale Kriminalinspektion, Kürenzer Straße. Oder Polizeipräsidium in der Salvianstraße. Hier unten. Es gibt auch noch die Bundespolizei in der Weberbach.«

Na, die ganz bestimmt nicht. Zentrale Kriminalinspektion, das war es. Das hatte man ihm geschrieben. »Ja. Die in der Kürenzer Straße meine ich. Da muss ich hin. Vielen Dank. Könnten Sie mir jetzt noch rasch erklären, wie ich da hinkomme? Das wär super.«

»Ist das Ihr erster Besuch in Trier?«

»Ich ziehe gerade hierher. Daher das Gepäck.«

»Ach ja, natürlich.« Sie lächelte wieder ihr geübtes Lächeln. »Dann herzlich willkommen in der Römerstadt. Wissen Sie was – nehmen Sie doch einfach diesen Stadtplan mit. Den können Sie bestimmt noch gut gebrauchen.«

Tilly bedankte sich. Vor der Tür rannte ihn eine französisch schnatternde Schulklasse fast über den Haufen. Ein Blick auf den Plan genügte ihm, um festzustellen, dass er den ganzen Weg vom Bahnhof zur Porta Nigra völlig umsonst auf sich genommen hatte. Vom Bahnhof aus hätte er praktisch nur über die Straße gehen müssen. Jetzt hatte er noch exakt zwölf Minuten, wenn er nicht zu spät kommen wollte.

Also den gleichen Weg wieder zurück. Einmal um die Porta Nigra, einer chinesischen Reisegruppe ausweichen, den Allee-Grünstreifen entlang und die Berber ignorieren, und am Bahnhofsvorplatz bemerkte er nun den ausgehängten Stadtplan, der ihm etwas genutzt hätte, wenn er sich nicht nur die Telefonnummer, sondern auch die Adresse aufgeschrieben hätte … Er hasste es, wenn ein Arbeitstag so anfing. Da konnte nicht mehr viel Gutes nachkommen.

Das war nun knapp zwei Stunden her. Von dieser eher unerfreulichen Ankunft abgesehen, schien die Stadt aber ganz nett zu sein, viele Ruinen und so. »Von den Römern und aus dem Mittelalter«, stand in seinem Stadtführer. Abendroth versicherte ihm, wie schade es sei, dass das Polizeipräsidium nicht mehr gegenüber den Kaiserthermen residierte. Aus seinem Büro dort hätte er einen wunderschönen Blick auf diese hohen römischen Wandreste mit Fensterbogen aus roten Ziegeln gehabt.

Nun ja. Vorläufig würde ihm sein Ausflug zur Porta Nigra genügen müssen. Es sah ja so aus, als käme da gleich Arbeit auf ihn zu. Aber seiner festen Überzeugung nach lernte man eine Stadt eh nicht beim Sightseeing oder mit dem Reiseführer kennen.

Apropos kennenlernen: Dieser Leidinger, der ihm netterweise ein Zimmer zur Verfügung stellte, sah schon mal ganz sympathisch aus. Vielleicht ein klein wenig unentspannt, aber er war da zuversichtlich – das würde sich schon legen. In dieser Beziehung hatte er eigentlich einen guten Einfluss auf seine Mitmenschen.

Er musterte den Kollegen, der sich konzentriert über irgendeinen Bericht beugte, unauffällig. Zugegeben, Leidinger sah sehr nach einem Kriminalbeamten aus, wenn auch nach einem aus einem Derrick-Film. Ganz bestimmt würde der nicht so einfach am Bahnhof »verdachtsunabhängig« kontrolliert werden. Er trug ein gebügeltes und unglaublich faltenfreies himmelblaues Hemd. Das feine, undefiniert-blonde Haar war ordentlich geschnitten und gekämmt, wahrscheinlich trug er die Friseurtermine – im Abstand von sechs Wochen – in seinen Terminkalender ein. Der Gipfel allerdings waren die Bundfalten-Jeans. Tilly konnte seinen Blick gar nicht davon losreißen. Er wusste überhaupt nicht, wann er das letzte Mal Bundfalten-Jeans gesehen hatte. Meine Güte, damit hätte er sich nicht einmal in die Dorfdisco in Weiden getraut. Drago, der Türsteher im Weidener K3, trug zwar Goldkettchen und weiße Hemden, trotz Brustbehaarung aufgeknöpft bis zum Nabel, aber er würde niemals jemanden einlassen, der Bundfalten-Jeans trug.

Wobei er sich Leidinger aber auch nur schlecht im K3 vorstellen konnte. Vielleicht stellten die Hosen ein Zugeständnis an das dar, was in Bernd Leidingers Vorstellungswelt »dynamisch« bedeutete. Das hatte er auch nötig, denn ansonsten war Dynamik nicht ganz das Wort, das Tilly spontan mit dem runden, glatten Gesicht und den Mausezähnchen assoziiert hätte. Er lächelte einen Moment versonnen vor sich hin, dann löste er sich widerstrebend von seinen Betrachtungen.

»Und, was machen wir jetzt?«, fragte er. »Ich habe schon mal recherchiert, was dieser Hoffmann an der Universität gemacht hat. Er arbeitete in einem Fach, das sich ›Raumplanung‹ nennt. Das gehört zu den Geowissenschaften, steht im Internet.«

»Wir warten auf den Bericht aus der Gerichtsmedizin. Bis dahin können wir nicht viel machen. Hoffmann hat keine näheren Angehörigen. Ich werde gleich zu seiner geschiedenen Frau fahren und ihr die Nachricht überbringen. Wenn du möchtest, kann ich dich erst bei mir zu Hause absetzen. Leider ist es ein Stück zu fahren; als wir noch gegenüber den Kaiserthermen gearbeitet haben, waren es nur fünf Minuten.«

So hatte jede Sache schließlich auch ihr Gutes. Was brachte Leute nur dazu, in der Nähe ihrer Arbeitsstelle zu wohnen?

»Warum ist das Präsidium eigentlich umgezogen?«, fragte er. Bei Abendroth und Leidinger klang es, als hätte damit ein goldenes Zeitalter ein jähes Ende gefunden.

»Sick-Building-Syndrom.«

»Aha.« Tilly warf einen prüfenden Blick auf die Aralie auf der Fensterbank. Er hoffte stark, dass der Umzug für sie noch rechtzeitig gekommen war.

Leidinger half Tilly, sein Gepäck in die dritte Etage zu tragen.

»Pass auf mit dem Karton, das ist zerbrechlich!«

Der Inhalt des Kartons klirrte gefährlich.

»Was ist denn dadrin?«, keuchte Leidinger.

»Elektronik«, erklärte Tilly kurz und machte damit unmissverständlich deutlich, dass er keine weiteren Erklärungen abzugeben gedachte.

Sicher ist er ein Computerfreak, dachte Leidinger, das würde passen. Spielt wahrscheinlich diese Ego-Shooter. Da ist er bestimmt super drin, so wie der aussieht.

Er schleppte den mysteriösen Karton bis vor die Wohnungstür, balancierte ihn auf der Hüfte, während er die Tür aufschloss, und stellte ihn dann sehr vorsichtig im Flur ab.

»Da wären wir also«, erklärte er mit einer vagen Handbewegung. »Fühl dich wie zu Hause. Das Gästezimmer ist gleich hier rechts.«

Was war das überhaupt für ein seltsamer Name – Bo? War das nicht eigentlich ein Frauenname? Er erinnerte sich vage an eine Sängerin oder Schauspielerin dieses Namens. Von früher. Plötzlich durchzuckte ihn ein neuer Gedanke – die Ringe, die Lederjacke und das Rasierwasser, dessen nicht gerade dezenter Duft ihn umwehte … vielleicht gab es da einen Zusammenhang zu dem Spitznamen?

Leidinger bezeichnete sich als einen Menschen ohne Vorurteile. Er war durchaus tolerant. Und es war schließlich auch nicht mehr wie früher, nicht einmal mehr im katholischen Trier, und da wollte er nicht kleinlich sein. Schließlich lebten sie im 21. Jahrhundert. Trotzdem nahm er sich vor, sich bei der ersten Gelegenheit nach einer Freundin zu erkundigen. Nur aus Interesse. So oder so, wenn sie ein Büro teilten, musste er das Problem mit dem Rasierwasser irgendwie ansprechen. Auf taktvolle Weise.

Er begann seine Hilfsbereitschaft schon zu bereuen.

Nach einer kurzen Besichtigung der Wohnung beschloss Tilly, erst einmal zufrieden zu sein. Ein hübscher Altbau, drei Meter hohe Decken, makellos in Schuss. Hohe Decken waren toll, solange man die Räume nicht heizen musste, und bis die Heizsaison begann, wäre er längst wieder ausgezogen. Das Gästezimmer war ein Traum in gedeckten Brauntönen. Eine gehäkelte Tagesdecke, phantastisch. Sehr retro, das Ganze. Dann streifte ihn ein Gedanke. »Putzpläne«, murmelte er.

Leidinger drehte sich um. »Bitte?«

»Nichts, ich habe nur laut gedacht. Klasse Wohnung! Sicher nicht billig. Wirklich, ich finde das ganz super von dir, mich hier wohnen zu lassen. Ich werde mich sicher mal bei Gelegenheit revanchieren. Oh, du hast ein Aquarium!« Er zeigte auf eine

Unterwasserlandschaft, in der zwei Goldfische zwischen einer grünen Wasserranke, einem Sprudelstein und einer Wurzel ihre gleichförmigen Bahnen zogen.

»Ja. Ich finde es schön, etwas Leben in der Wohnung zu haben.«

Tilly fand, dass er noch nie etwas Langweiligeres gesehen hatte, von einigen besonders schlimmen Fortbildungen einmal abgesehen. Unvergessen in dieser Hinsicht: »Produktzentriertes Controlling als neues Steuerungselement in der Kriminalitätsbekämpfung«.

Andererseits, die beiden Fische hatten fast etwas Hypnotisches, wie sie den blubbernden Sprudelstein umkreisten, immer auf derselben Bahn. Wie die »Space Night«, das Nachtprogramm im Bayerischen Fernsehen. »Zweifellos, zweifellos«, sagte er. »Ich hab's leider nicht so mit den Viechern. Ich hab eher ein Händchen für Grünzeug.«

»Dann könntest du ja bei Gelegenheit mal einen Blick auf die Büropflanze werfen, ich glaube, die kränkelt ein wenig. Wenn du so weit zurechtkommst – ich fahre jetzt zu Hoffmanns Exfrau und bringe ihr bei, was passiert ist. Du kannst dich ja in der Zwischenzeit schon ein bisschen einrichten.«

Gut, offenbar wurde heute noch keine größere Arbeitsleistung erwartet. War ihm nur recht, dann konnte er sich ein wenig umsehen. Die Lage war ohne Übertreibung erstklassig, fast noch Innenstadt und trotzdem im Grünen. Und wenn ihn nicht alles täuschte, gab es hier auch nette Weinlokale. Leidinger hatte etwas in der Richtung erwähnt und vom »Weinort Olewig« gesprochen. Vielleicht war in puncto Wein und Weinköniginnen noch nicht alles verloren.

***

Todesnachrichten zu überbringen war stets eine unangenehme und meistens eine schlimme Aufgabe, die er auch nur dann allein übernahm, wenn es sich gar nicht vermeiden ließ. Frau Rahner, geschiedene Hoffmann, machte es Leidinger ein wenig leichter, indem sie es recht gefasst aufnahm. Vielleicht konnte sie ihre

Erschütterung gut verbergen, vielleicht tat es nach all den Jahren auch wirklich nicht mehr so weh.

»Wie ist es denn passiert?«, wollte sie wissen. Ihre Stimme zitterte kaum.

»So, wie die Dinge stehen, halten wir es für möglich, dass er sich das Leben genommen hat.« Er schilderte ihr die Sachlage, wobei er die skurrile Auffindesituation unerwähnt ließ.

»Was?« Frau Rahner lachte kurz auf. Dann fasste sie sich wieder und schlug, erschrocken über ihre eigene Reaktion, die Hand vor den Mund. »Richard? Im Leben nicht. Entschuldigen Sie, das sollte jetzt nicht pietätlos klingen. Ich meine nur, dass Richard auf gar keinen Fall der Mann war, der so etwas tun würde.«

»Hatten Sie denn in den Jahren nach Ihrer Trennung noch Kontakt zu ihm? In zehn Jahren kann sich ein Mensch sehr verändern«, gab er zu bedenken.

»Nein. Wir hatten uns ja nicht einmal viel zu sagen, als wir noch verheiratet waren. Aber ich bin mir ganz sicher, dass er sich zumindest in dieser Hinsicht nicht geändert hat.«

Sie strich sich eine Strähne aus der Stirn, und ihr Gesicht nahm einen sanften Ausdruck an. »Wir kannten uns seit der Grundschule. Dann haben wir zusammen Geografie studiert und gleich nach dem Studium geheiratet. Es hat sich einfach so ergeben, verstehen Sie? Und dabei ist uns ganz lange überhaupt nicht aufgefallen, dass wir eigentlich nie richtig zusammengepasst haben.«

Leidinger nickte. Solche Geschichten hörte er öfter.

»Ach, entschuldigen Sie. Tut mir leid. Das wollen Sie sicher gar nicht wissen.« Sie lächelte traurig und verschränkte die Arme vor der Brust.

»Doch, Frau Rahner. Das ist im Moment alles wichtig für uns. Ich möchte einfach gern erfahren, was für ein Mensch Richard Hoffmann war.«

Sie hob bedauernd die Schultern. »Mit Sicherheit war er kein sehr einfacher Mensch. Das klingt schrecklich hart, und vielleicht sollte ich es nicht so sagen, jetzt, wo er – wo er nicht mehr lebt. Wo soll ich anfangen? Ich kann Ihnen alles Mögliche aufzählen, aber kann man auf diese Weise einen Menschen beschreiben? Er war ehrgeizig, zielstrebig und sehr fordernd. Als ich mich selbstständig machen wollte – ich veranstalte Abenteuer-Exkursionen in der Vulkaneifel –, war er damit natürlich überhaupt nicht einverstanden und redete immerzu auf mich ein: dass ich es nie schaffen könnte, weil die Arbeit mich viel zu viel Zeit kosten würde, und wie ich ihn dann überhaupt noch zu seinen Kongressen begleiten sollte. Er war ja damals schon dauernd auf irgendwelchen Tagungen und hat seine Verkehrskonzepte vorgestellt. Ich denke, dass es deswegen nicht mit uns funktioniert hat. Er hätte eine Frau gebraucht, die ihn bedingungslos unterstützte.«

»Bis jetzt hat sich niemand gemeldet, der Herrn Hoffmann vermisst. Wissen Sie vielleicht, ob es eine neue Frau in seinem Leben gab, die möglicherweise noch benachrichtigt werden muss?«

»Ich habe keine Ahnung. Wir hatten schon so lange keinen Kontakt mehr … Ich habe nur gelegentlich Artikel von ihm in der Zeitung gelesen.« Sie zuckte mit den Achseln. »Ganz ehrlich, ich weiß nicht, ob er eine neue Freundin hatte. Es gibt wohl nicht viele Frauen, die sich der Arbeit ihres Mannes so unterordnen würden, wie er es erwartete.«

Leidinger bemerkte überrascht, dass sie leicht errötete.

»Jetzt erzähle ich Ihnen schon wieder Sachen, die Sie bestimmt überhaupt nicht interessieren. Richards Karriere war ihm eben von Anfang an sehr wichtig. Wichtiger als alles andere, kann man wohl ohne Übertreibung sagen, auch wenn es bitter klingt. Wenn er allein war, dann, weil er sich dafür entschieden hat. Und wenn es stimmt, was man so hört, hatte er es jetzt endlich geschafft. Er war Gutachter bei diesem neuen Mobilitätskonzept für Trier, sein Urteil hatte Gewicht beim Bürgermeister und im Baudezernat. Ich nehme an, dass er auch an der Universität noch längst nicht alles erreicht hatte, was möglich war. Wenn Richard auf Hindernisse oder Schwierigkeiten gestoßen wäre, hätte er sicher alles unternommen, um sie aus dem Weg zu räumen. Das hat er immer getan.«

Leidinger stand auf und reichte Frau Rahner die Hand. Sie

hatte einen festen, angenehmen Händedruck und die Haltung einer Frau, die sich viel bewegte. Sicher wusste sie auch recht genau, was sie wollte. Er konnte sich gut vorstellen, dass das zu einem Problem werden konnte, wenn zwei Eheleute so entschieden in unterschiedliche Richtungen strebten.

»Vielen Dank für Ihre Einschätzung, Frau Rahner. Wissen Sie, man kann nie mit letzter Sicherheit sagen, was in einem Menschen vorgeht. Vielleicht hat er den ganzen Druck einfach nicht mehr ausgehalten?«

Wieder lächelte Frau Rahner. »Richard wäre nie unter Druck zerbrochen. In dieser Hinsicht war er wie Diamant.«

MITTWOCH

Tilly war kein Morgenmensch. Absolut nicht. Normalerweise vertrat er die Ansicht, dass es wesentlich sinnvoller war, wenn er um zehn Uhr sein Leistungsoptimum entfaltete, als wenn er um acht Uhr verschlafen und schlecht gelaunt versuchte, in die Gänge zu kommen.

Allerdings schien es ihm unklug, das gleich am ersten richtigen Arbeitstag anzusprechen, und so hatte er heute Morgen um halb sieben ein großes persönliches Opfer gebracht und schweigend mit Bernd Leidinger Kaffee getrunken und gefrühstückt. Also er trank nur Kaffee, aber der Kollege frühstückte richtig. Knuspermüsli, was morgens eindeutig unter Lärmbelästigung fiel. Jetzt war es neun Uhr, und er fühlte sich langsam aufnahmefähig. Zum Beispiel für den Bericht, den Leidinger ihm auf den Schreibtisch gelegt hatte.

»Das ging aber schnell, Respekt für diesen Dr. Meyer, der ist ja echt fix!« Ein paar Stunden nach einem Leichenfund eine erste toxikologische Analyse zu liefern – Meyer musste buchstäblich alles andere stehen und liegen gelassen haben.

»Man hat ihm wohl von höherer Stelle gesagt, dass dieser Fall Priorität hat. Natürlich ist das erst einmal ein vorläufiges Ergebnis, weil Meyer nicht nur schnell ist, sondern auch gründlich, vor allem, wenn die Möglichkeit besteht, dass er es mit Gift in irgendeiner Form zu tun haben könnte.«

Leidinger runzelte die Stirn. »Ich weiß einfach nicht, was wir davon halten sollen. Der Mann war anscheinend ein recht angesehener Wissenschaftler und hatte Erfolg und eine gute Stelle, wenn man seiner Exfrau glauben darf. Professor, in seinem Alter, mit dreiundvierzig – er war nur drei Jahre älter als ich. Das ist nicht schlecht. Warum sollte er sich das Leben nehmen?«

»Man kann den Leuten nur bis vor den Kopf schauen«, meinte Tilly philosophisch. »Vielleicht war er krank oder hatte private Probleme? Ist es denn überhaupt schon sicher, dass er es selber getan hat?«

Leidinger blickte von seinem Bericht auf. »Jedenfalls gibt es momentan nichts Handfestes, was darauf hindeutet, dass eine zweite Person beteiligt gewesen sein könnte. Meyer hat Benzodiazepine im Blut gefunden, in ziemlich hoher Konzentration, und außerdem Alkohol. Rotwein, schreibt er, was zu der leeren Flasche passt, die wir neben ihm gefunden haben. Keine Spuren äußerer Gewaltanwendung, keine Abwehrverletzungen. Ich denke, er wollte auf Nummer sicher gehen und hat deswegen den Schal im Zaun festgebunden. Als er dann das Bewusstsein verloren hat, ist er zusammengesackt und hat sich stranguliert. Eine eher ungewöhnliche Methode, aber eine sichere. Falls die Tabletten und der Alkohol nicht ausreichten.«

Es war alles schlüssig, und doch auch wieder nicht.

»Es wäre höchstens möglich, dass er bewusstlos gemacht wurde und ihn dann jemand auf diese Weise erdrosselt hat. Ich kann dir aber gleich sagen, dass das fast unmöglich festzustellen sein wird. Wenn es sich um seinen eigenen Schal handelt, ist klar, dass er Fasern davon an den Händen hat. Ob die nun vom Umbinden zu Hause stammen oder später dorthin gekommen sind, lässt sich nicht erkennen«, sagte Leidinger widerstrebend. »Wir können höchstens versuchen, herauszufinden, ob es sein Schal war. Wenn nicht, wäre das ein Indiz für Fremdeinwirkung. Und da ist noch etwas: Wir wissen nicht, wie und wann er die Tabletten zu sich genommen hat. In der Flasche haben wir nämlich keine Rückstände gefunden.«

»Hatte er keine neue Freundin? Bei Gift und Fremdverschulden war es vielleicht eine Frau«, schlug Tilly vor.

»Die Zeiten sind vorbei, als Gift die Waffen der schwachen Frauen war. Auch ein Mann, der eine körperliche Auseinandersetzung vermeiden will oder nicht das Risiko eingehen will, dass Blut fließt, wird zu Gift greifen. Ganz zu schweigen von der Nachweisbarkeit und der Schwierigkeit, den exakten Tatzeitpunkt zu bestimmen. Meyer hält dir gern einen Vortrag über die Vorteile des Giftmordes, wenn es dich interessiert. Um auf deine Frage zurückzukommen: Hoffmann hat nach seiner Scheidung nicht wieder geheiratet. Das ist das Einzige, was wir sicher wissen. Ob er eine Lebensgefährtin oder Freundin hatte – keine Ahnung. Seine Exfrau wusste jedenfalls nichts davon.«

»Haben wir einen Abschiedsbrief?«

Leidinger schüttelte den Kopf. »Er hatte keinen bei sich. Ich fahre aber zur Sicherheit zu seinem Haus und sehe mir die Wohnung und seine Sachen noch einmal ganz genau an, nur zur Sicherheit.«

»Also dir gefällt die Sache auch nicht«, schloss Tilly.

Leidinger seufzte. »Nein, es gibt ein paar Aspekte, die mich stören. Zum Beispiel, dass er einen so öffentlichen Ort für seinen Selbstmord gewählt haben sollte. Öffentlich, aber direkt vor seiner Haustür. Das ergibt doch überhaupt keinen Sinn.«

»Wo wohnte er denn?«

»In dem neuen Wohngebiet am Petrisberg, am Wasserband, diesem Regenrückhaltebecken. In Sichtweite zum Weidendom und zur Universität.«

Also noch jemand, der in der Nähe seiner Arbeitsstelle gewohnt hatte. Hoffentlich zeichnete sich da kein neuer Trend ab …

***

Das kaltweiße Licht der Leuchtstoffröhren auf den Toiletten zeichnete ein gnadenloses und vermutlich vollkommen realistisches Bild, fürchtete Christian Rausch, als er sich die Hände wusch. Er war ohnehin ein eher heller Typ, und in diesem Licht sah er aus wie etwas, das normalerweise unter großen Steinen lebte oder in tiefen Brunnen. Er müsste auch dringend mal wieder zum Friseur. Hatte er diese graue Strähne hier schon länger? Sie war ihm bis jetzt noch nie aufgefallen.

Als Erste Hilfe strich er sich mit den feuchten Händen die widerspenstigen Haare glatt. Dann schaufelte er sich kaltes Wasser ins Gesicht und trocknete sich mit Papierhandtüchern aus dem Spender ab. Er betrachtete das Ergebnis kritisch im Spiegel: Zumindest hatte er jetzt etwas Farbe bekommen. Alles in allem sah er aber immer noch aus wie jemand, der seit geraumer Zeit zu wenig Schlaf bekam. Was ziemlich genau der Wahrheit entsprach.

Rausch machte sich auf den Weg in sein Büro. Dort tat er sein Möglichstes, um tatkräftig und energisch auszusehen: Er richtete die Mappe mit den noch zu korrigierenden Klausuren ordentlich im rechten Winkel zur Schreibtischunterlage aus, tippte mit dem Kugelschreiber auf die Tischplatte und versuchte, streng und konzentriert zu blicken. Leider straften die Ringe unter seinen Augen und die Sorgenfalten um die Mundwinkel ihn Lügen. Völlig sinnlos, sich da etwas vorzumachen: Es war ein Fehler gewesen, in den Spiegel zu schauen. Kein Wunder, dass Frauen immer so viel Make-up auftrugen, eine Möglichkeit, die ihm leider nicht offenstand – eine weitere biologische Ungerechtigkeit. Karin Herwegh hingegen, die vor seinem Schreibtisch saß und ihn mit hochgezogenen Brauen ansah, sah zwar verärgert, aber frisch und ausgeschlafen aus.

»Also, Frau Herwegh, so langsam sollten Sie schon mal erste Ergebnisse vorweisen können! Wir haben nicht mehr viel Zeit.« Er bemühte sich um einen vorwurfsvollen Ton. Das funktionierte schon besser. Und er hoffte inständig, dass er sich nicht so verzweifelt anhörte, wie er sich fühlte.

»Ich weiß, aber bis jetzt habe ich leider noch kein einziges Tier gesehen. Erinnern Sie sich noch an den Weiher bei Holzerath, den Sie mir letzte Woche so ans Herz gelegt hatten? Ich habe mich drei Tage mitten im Hochwald in einem Schilfgürtel versteckt und mindestens zwei Drosselrohrsängerpaare beim Brüten gestört. Völlig umsonst!«

Hui, Karin war aber heute empfindlich. Für wen strengte er sich hier eigentlich so an?

»Aber das ist ein ideales Biotop. Es hätte dort welche geben müssen. Drosselrohrsänger sind übrigens echt selten, da hatten Sie wirklich Glück!«, versuchte er sie abzulenken. »Das Projekt steht und fällt mit Ihren Ergebnissen. Vielleicht haben Sie einfach nicht genug Geduld gehabt? Sie wissen doch, was von Ihrer Arbeit abhängt, Frau Herwegh, knien Sie sich ein bisschen rein! In der Wissenschaft ist Geduld alles. Nicht so schnell aufgeben.«

Oje, jetzt hatte sie diesen Blick, und ihre Lippen wurden ganz schmal. Wie konnte man in so jungen Jahren schon so streng aussehen? Er wünschte, er könnte das.

»Sie haben diese Aufgabe bekommen, weil Sie die Beste dafür sind«, beeilte er sich zu sagen, »ich wüsste sonst niemanden, der Ihr Engagement besitzt und gleichzeitig das notwendige Fachwissen.« Hoffentlich genügte ihr das. Anscheinend. Ihr Ausdruck wurde wieder freundlicher, sie schien sich etwas zu entspannen.

»Ich habe drei Tage in diesem Schilfgürtel gezeltet, was streng verboten ist, wie Sie ja wissen. Während dieser ganzen Zeit habe ich dort keine einzige Sumpfschildkröte gesehen. Eigentlich habe ich außer Stechmücken überhaupt nicht viele Tiere gesehen. Einmal musste ich sogar vor einem wütenden Ornithologen flüchten, der aus heiterem Himmel auftauchte, als ich gerade mitten im Teich stand, und mich anbrüllte, ich sollte die Drosselrohrsänger in Ruhe lassen. Aber Schildkröten – nein. Übrigens haben Sie die Tiefe des Teiches um etwa einen halben Meter zu niedrig geschätzt. Er ist wesentlich tiefer als einen Meter, zumindest da, wo ich stand. Es tut mir leid, aber ich glaube, in dem Teich gibt es wirklich keine Sumpfschildkröten.«

Christian Rausch schüttelte energisch den Kopf. »Wenn es überhaupt irgendwo welche gibt«, erklärte er kategorisch, »dann da.«

Er war nicht bereit, sich auf den logischen Umkehrschluss seiner Aussage einzulassen, denn er brauchte spätestens in drei Wochen Daten über eine Sumpfschildkrötenpopulation im Landkreis Trier-Saarburg. Die Schwierigkeit – oder, wie der Herr Dekan stets zu sagen pflegte, die Herausforderung – bestand darin, dass die Art hier noch nie nachgewiesen worden war. Und das lag natürlich nur daran, dass noch niemand richtig gesucht hatte. Es war einfach völlig ausgeschlossen, dass *Emys orbicularis*, die Europäische Sumpfschildkröte, hier nicht vorkommen sollte, wo es doch vor idealen Biotopen nur so wimmelte.

»Also soll ich jetzt noch länger in diesem Teich suchen, oder wissen Sie einen besseren Ort?«, fragte Karin.

Zunächst hatten sie auf den Mattheiser Wald gesetzt, ein Naturschutzgebiet, in dem es – direkt an der Stadtgrenze bei Mariahof – zahlreiche seltene und streng geschützte Tierarten gab: Wildkatzen, Gelbbauchunken, Kammmolche. Er war sich so sicher gewesen, und dadurch hatten sie kostbare

Zeit verloren. Aber was sollte er denn machen, allein, mit nur einer Hilfskraft? Wie sollte er alle Weiher, Teiche und Tümpel untersuchen? Irgendwo mussten sie ja anfangen. Schließlich hatten sie einsehen müssen, dass der Mattheiser Wald mit hoher Wahrscheinlichkeit frei von Sumpfschildkröten war – in seinen düsteren Momenten hielt er es für wahrscheinlich, dass die Franzosen sie vielleicht aufgegessen hatten, als die das Gebiet noch als Truppenübungsplatz genutzt hatten. Wer Frösche aß, dem war alles zuzutrauen.

Gleich danach war der Holzerather Weiher mit Abstand die beste Wahl gewesen, aber auch dort waren sie nicht fündig geworden. Und so hatte Karin mehrere Wochen lang in den Waldgebieten der Region in der Nähe vielversprechender Kleingewässer nach den Reptilien gesucht. Mit dem Ergebnis, dass sie in den Teichen dort insgesamt dreizehn Rotwangen-Schmuckschildkröten, vier Westliche Zierschildkröten und sogar eine Schnappschildkröte gefunden hatten. Das waren zwar nicht gerade wenige, aber leider durchweg die falschen. Bei diesen Arten handelte es sich ohne Ausnahme um »Einwanderer« aus Nordamerika, die entweder aus Gartenteichen entflohen waren oder aber von ihren Besitzern ausgesetzt wurden, wenn sie aus ihren Aquarien herausgewachsen waren.

Letzteres traf wohl vor allem auf die über einen halben Meter große Schnappschildkröte zu, die einfach den Stiel des Keschers durchgebissen hatte, mit dem Karin sie hatte einfangen wollen. Mit dem Ergebnis, dass Schnappi bleiben durfte, wo sie war, und Christian Rausch lediglich die Untere Naturschutzbehörde verständigte. Sollten die das Monster einfangen, wenn möglich, bevor es den ganzen Teich leer fraß.

»Ich würde vorschlagen, dass Sie noch einmal am Holzerather Weiher suchen.«

»Gut, aber wenn ich nicht bald etwas finde, müssen wir uns etwas anderes überlegen.«

Und ich werde mir einen anderen Betreuer für meine Master-Arbeit suchen, las er in ihrem skeptischen Blick, denn mit dieser Datengrundlage brauche ich nicht einmal anzufangen. Damit wäre das Problem für sie erledigt. Für ihn nicht.

Christian versuchte, sie zu ermutigen: »Sie machen das schon, oder? Sie kriegen das schon hin.«

Sie würde es schaffen. Wenn sich überhaupt eine Sumpfschildkröte unbemerkt im Landkreis aufhielt, dann würde Karin sie finden. Trotzdem machte er sich langsam Sorgen. Er hatte bis jetzt immer betont, dass die Studie wunderbar laufe, mehr könne er jetzt nicht sagen, schließlich seien die Daten noch unveröffentlicht, und überhaupt würde alles Weitere auf der Tagung dargestellt werden. Und bei einer extrem gefährdeten Tierart hatte selbstverständlich jeder für eine solche Diskretion Verständnis.

Er wurde von einem knappen Klopfen aus seinen Gedanken gerissen. Es war sein Kollege Hartmut Liebig, der den Kopf zur Tür hereinsteckte.

»Sag mal, Christian, hast du zufällig mein Insektenbestimmungsbuch gesehen, ich vermisse das seit letzter Woche und brauche es morgen für eine Exkursion.«

»Nein, tut mir leid.« Wie konnte er jetzt nur an so etwas Nebensächliches wie eine Insekten-Exkursion denken? Sehr wahrscheinlich würde es sowieso regnen, und dann wäre es den Schmetterlingen zu kalt.

»Was macht die Schildkrötensache?«, fragte Liebig und klang dabei so, als interessierte es ihn tatsächlich.

»Gut, gut, ganz hervorragend! Unsere Frau Herwegh ist sehr tüchtig!« Er hob die Stimme, vielleicht stand sie ja noch auf dem Flur und würde es hören. Etwas Lob zum richtigen Zeitpunkt schadete und kostete nichts.

Hartmut Liebig zog die Tür hinter sich zu und setzte sich auf den Besucherstuhl. Auch das noch.

»Du weißt schon, dass das eine wissenschaftliche Sensation ist, wenn ihr die Schildkröten hier nachweist? Bist du aufgeregt?«

»Nein«, erwiderte Christian und verfluchte den panischen Unterton in seiner Stimme. Der konnte Liebig nicht entgangen sein. »Du kennst mich doch, ich bin die Ruhe selbst! Wir stellen auf der Tagung kurz und prägnant die Ergebnisse vor und arbeiten dann im Stillen weiter, ohne viel Aufsehen. Wir machen da gar kein großes Ding draus. Das ist auch besser für die Schildkröten, weißt du? Wir wollen schließlich verhindern, dass da irgendwelche Studenten oder Terrarianer herumlatschen und sie wegfangen. Die genauen Fundortdaten müssen selbstverständlich auch weiterhin geheim gehalten werden.«

Liebig nickte interessiert. Verdammt, er musste weiterreden. Dabei wollte er eigentlich so wenig wie möglich darüber sprechen. Es verursachte ihm ein sehr unangenehmes Gefühl in der Magengegend. Außerdem war Liebig einer der netteren Kollegen, dem er nur äußerst ungern diese Komödie vorspielte.

»Wir haben in der Tat sensationelle Ergebnisse, Hartmut, aber ich möchte jetzt noch nicht zu viel verraten, das verstehst du sicher?«

»Dann hast du ja bestimmt eine Menge zu tun. Kommst du trotzdem nachher mit zum Essen?«

»Was gibt es denn?«, fragte er ohne viel Hoffnung.

»Irgendwas mit Fisch, glaube ich. Backfisch oder so.«

»Ich hasse Fisch. Meinst du, es gibt noch Reste von gestern?«

Gestern hatte es »Gemüsegratin, nicht vegetarisch« gegeben, angesichts von »Backfisch in der Knusperpanade an Frankfurter Grüner Soße (wie Goethe sie liebte!)« war das eine Überlegung wert. Seit Wochen wurde die Mensa renoviert – schon wieder –, deswegen gab es lediglich ein Tagesgericht, und Christian hasste es, wenn die Mensaköche dabei noch kreativ wurden.

Diese jüngste Renovierung war notwendig geworden, nachdem im bereits sanierten Teil Wasser aus den Deckenplatten gelaufen war. Zuerst war es gesickert. Dann begann es, zu Rinnsalen zusammenzulaufen, und schließlich bildeten sich Pfützen auf den Tischen. Die Gegenmaßnahme der Universitätsverwaltung hatte darin bestanden, Eimer auf den Tischen und dem Boden aufzustellen, was den Transport der Tabletts zu einer ganz neuen Herausforderung machte. Christian vertrat die Ansicht, dass in einer solchen Atmosphäre keine ernsthafte Wissenschaft betrieben werden konnte. Vielleicht sollte er trotzdem mit Liebig essen gehen. Möglicherweise lenkte ihn das ein wenig ab.

»So, ich muss dann wieder. Vielleicht weiß mein Hiwi, wo das Buch sein könnte.«

»Viel Erfolg noch bei der Suche, wir sehen uns dann nachher beim Essen.«

Christian wandte sich wieder wichtigen Dingen zu und öffnete den Internet Explorer. Er rief die Adresse eines ungarischen Onlineshops auf, dessen Tierbestandsliste sehr umfangreich aussah und gottlob in Englisch vorhanden war. Er klickte den Punkt »Reptiles/Tortoises« an und scrollte die Liste durch.

***

Wenn Leidinger eine fremde Wohnung betrat, nicht als Gast, sondern um sich ein Bild von der Person zu machen, die dort einmal gewohnt hatte, fühlte er sich immer wie ein unbefugter Eindringling. Er wusste, dass der Mensch, der diese Räume einmal sein Zuhause genannt hatte, nie wieder zurückkommen würde. Zuerst versuchte er, den Gesamteindruck auf sich wirken zu lassen. Meistens konnte man dann schon erste, noch ganz allgemeine Schlüsse über den Bewohner ziehen. Und er hatte schon die unterschiedlichsten Wohnungen gesehen: ordentliche und völlig verwahrloste, gemütliche und solche, bei denen er es sich nur schwer vorstellen konnte, dass jemand sich dort zu Hause gefühlt hatte.

Hoffmanns Wohnung war Durchschnitt. Gehobener, geschmackvoller Durchschnitt, aber sonst in keiner Weise herausragend. Hätte er sie beschreiben sollen, hätte er es wahrscheinlich mit den Worten »teuer, aber unpersönlich« getan. Das Mobiliar sah verdächtig nach Ikea aus, allerdings nicht nach WG oder Studentenbude, sondern nach der höheren Preisklasse für Erwachsene mit einer Schwäche für den Norden. Viel Glas, klare Linien und helles Holz. Der skandinavische Stil passte zur Holztäfelung des Hauses, eines dieser kleinen, schachtelartigen Passivhäuser, denen man nicht ansah, was für eine ausgeklügelte Technik hinter der rustikalen Holzfassade steckte.

Als dieses Vorzeige-Wohngebiet nach der Landesgartenschau gebaut wurde, hatte Leidinger sich ganz kurz für ein solches Haus interessiert, bis er die Quadratmeterpreise erfahren hatte. Wohnen war in Trier allgemein kein billiges Vergnügen, aber in dieser Modellsiedlung mit seinem Beamtengehalt geradezu unerschwinglich gewesen. Offenbar hatte Hoffmann nicht schlecht verdient.

Im Wohnzimmer und im Flur gab es keinen überflüssigen Nippes, keine Staubfänger, keine Gegenstände, die nicht irgendeinen praktischen Nutzen gehabt hätten. Er spürte einen Anflug von Enttäuschung, von einem Raumplaner hätte er eigentlich etwas Exklusiveres und Extravaganteres erwartet. Diese Wohnung hingegen sah nach jemandem aus, der nicht sehr viel Zeit zu Hause verbrachte, nach einem erfolgreichen Junggesellen, der viel auf Reisen war. Das passte zu dem, was Frau Rahner ihm über Hoffmann erzählt hatte.

Es gab ein paar schlicht gerahmte, großformatige Fotografien an den Wänden, die Gesteinsformationen aus rotem Sandstein zeigten. Die Menschen, die davorstanden, wirkten winzig vor den gewaltigen Säulen und Schluchten. In den Bücherregalen fanden sich fast nur Fachbücher über Stadtplanung und ein paar Bücher über Fotografie, wenn er die überwiegend englischen Titel richtig interpretierte, keine Romane. Die Fotos hatte er also vielleicht selbst gemacht.

Leidinger betrachtete an der Wand neben dem Regal das Bild eines Berggipfels im Nebel. Es sah sehr friedlich aus, wie ein romantisches Gemälde. Hoffmann hatte allem Anschein nach nicht nur keine finanziellen Sorgen, sondern auch genügend Zeit gehabt, exklusive Hobbys zu pflegen.

Dem Schlafzimmer widmete er besondere Aufmerksamkeit. Küchen und Wohnzimmer waren stets auch für Gäste und damit für die Augen von Fremden gedacht, während Schlafzimmer die Persönlichkeit ihres Eigentümers meist ungefiltert wiedergaben. Auch hier hingen einige Schwarz-Weiß-Fotografien von Landschaften an der Wand. Das Bett war ordentlich gemacht.

Er warf einen Blick in den Kleiderschrank. Ausschließlich Anzüge, Hemden und Krawatten. Im Stil ähnelten die Sachen der Kleidung, die Hoffmann am Tag seines Todes getragen hatte: gedeckte Farben und ausgesuchte Qualität. Faszinierend, wie viele Grautöne es gab. Leidinger musste Hoffmanns guten Stil loben – und wie um diesen Eindruck zu kontrastieren, erschien das Bild Tillys vor seinem inneren Auge. Die Vorstellung war dermaßen intensiv, dass er sogar das penetrante Rasierwasser zu riechen glaubte. Das allerdings irritierte ihn: Konnte man tatsächlich auch olfaktorische Halluzinationen haben? Diese Frage musste unbeantwortet bleiben, da es sich in seinem Fall keinesfalls um eine Halluzination handelte: Als er sich umdrehte, um die Kommode in Augenschein zu nehmen, stand der Kollege vor ihm und grinste ihn freundlich an.

»Dachte, ich geh dir ein wenig zur Hand, weißt schon, vier Augen sehen mehr und so weiter.«

»Meine Güte, du hast mich erschreckt! Hättest du nichts sagen können?«

Tilly zuckte mit den Achseln: »Warum? Hast mich doch eh bemerkt. Jetzt können wir jedenfalls zusammen weitersuchen. Wie schaut's aus, schon was gefunden?«

»Bis jetzt noch nicht. Falls er eine Freundin hatte, dann hat sie wahrscheinlich nicht oder nur selten bei ihm übernachtet. Es gibt keine Wäsche, keine zweite Zahnbürste und keine Kosmetik. Natürlich könnten wir jemanden von der Kriminaltechnik anfordern, um nach irgendwelchen Fingerabdrücken oder Haaren zu suchen, aber das wird teuer, und so ganz ohne Anhaltspunkte für die Beteiligung einer weiteren Person, ich weiß nicht …«

»Ich nehme nicht an, dass du bereits irgendwo auf einen Abschiedsbrief gestoßen bist?«

»Fehlanzeige«, bestätigte Leidinger. »Aber das muss nichts heißen – wem hätte Hoffmann denn einen Brief schreiben sollen, wenn er weder eine Frau noch eine Familie hatte?«

Beide arbeiteten sie schweigend weiter, bis sie jeden Quadratzentimeter der Wohnung unter die Lupe genommen hatten. Jede Schublade, jedes Buch, selbst die Lebensmittel im Kühlschrank. Nirgends gab es Hinweise auf irgendeinen anderen Menschen in Richard Hoffmanns Leben, keine Bilder, keine Briefe, nichts.

»Hat Dr. Meyer nicht gesagt, dass Hoffmann Schlaftabletten geschluckt hat?«, fragte Tilly. Er inspizierte gerade den Inhalt des Kosmetikeimers im Badezimmer.

Leidinger nickte. »Wieso fragst du?«

»Weil hier nix davon zu sehen ist. Keine leeren Schachteln,

auch keine angebrochenen. Jetzt frag ich mich halt, wo die Schachteln von den Tabletten sind, die er geschluckt hat.« Er öffnete die Spiegeltür des Badezimmerschränkchens und nahm ein paar Schachteln und Fläschchen heraus: »Aspirin, Paracetamol gegen Kopfschmerzen, Hustensaft – sonst nichts.«

»Die wird er doch nicht hier genommen haben, um dann aufs Gartenschaugelände zu laufen«, wandte Leidinger ein. »Obwohl – so weit ist der Weg nicht. Aber ich denke eher, dass er die Tabletten erst kurz vor seinem Tod eingenommen hat. Hätte er sie zu Hause schon geschluckt, hätte er ja nicht sicher sein können, noch lange genug bei Bewusstsein zu bleiben, um seine umständlichen Vorkehrungen zu treffen. Die Packung hat er dann wohl vor Ort irgendwo entsorgt. Aber ich glaube nicht, dass wir die jetzt noch finden, mittlerweile hat die Stadtreinigung alle Mülleimer geleert, und die Spurensicherung hat auf der Wiese beim Fundort alles erfolglos abgesucht. Sie haben nur die leere Weinflasche gefunden, mit Hoffmanns Fingerabdrücken – wenn man Meyer glauben darf, ein sehr guter Spätburgunder.«

Das war wieder eine von Meyers Informationen gewesen, auf die er gut hätte verzichten können.

»Wir sollten trotzdem bei seinem Arzt nachfragen, ob er ihm Tabletten verschrieben hat.«

»Du traust der Sache nicht so richtig, oder?«

»Ich hab das so im Gefühl«, erklärte Tilly. »Da stimmt irgendwas nicht. Du musst zugeben, dass es alles in allem ein sehr ungewöhnliches Bild ergibt.«

Ungewöhnlich war stark untertrieben, fand Leidinger. Aber die langjährige Erfahrung sagte ihm, was er auch schon Frau Rahner erklärt hatte: Man konnte schließlich nie wissen, was in einem Menschen vorging. »Meinetwegen«, stimmte er trotzdem zu. »Es kann nichts schaden, seinen Arzt anzurufen.«

Im Flur hing eine Korkpinnwand, an der unter einer Postkarte vom Grand Canyon eine Visitenkarte seines Hausarztes geheftet war. Leidinger steckte sie ein.

Hoffmanns Laptop im Arbeitszimmer war nicht mit einem Passwort gesichert, was die Arbeit schon einmal erleichterte. Er öffnete die Ordnerverwaltung. Im Computer waren Hunderte

Fotos gespeichert, aber nur wenige, auf denen Personen festgehalten waren, und diese zeigten ihn häufig mit irgendwelchen Studenten, offensichtlich bei Exkursionen. Leidinger vergrößerte eines der Bilder, bis er Hoffmann deutlich erkennen konnte. Auf dem Foto, das ihn vor der Glasfassade eines Hochhauses zeigte, trug er denselben Schal wie bei seinem Tod. Damit war auch diese Frage beantwortet.

Bei den allermeisten Bildern handelte sich um Luftbildaufnahmen von Städten, Dörfern und Straßen. Im Ordner »Trier« waren es Parkhäuser – City-Parkhaus, Porta-Nigra-Parkhaus, Viehmarktthermen. Als man beim Bau eines Parkhauses auf dem Viehmarktplatz auf die Ruinen einer römischen Thermenanlage gestoßen war, hatte man einen Glasquader darüber errichtet, der nach dem Architekten allgemein nur die »Ungers-Vitrine« hieß. So von oben betrachtet, passte sie zum Viehmarktplatz: rechtwinklig und quadratisch. Bei der Neugestaltung hatte man den Schnittpunkt von Cardo und Dekumanus, den beiden römischen Hauptstraßen, mit roten Pflastersteinen herausgehoben, was erst aus der Luft gesehen so richtig zu erkennen war.

»Ob er daran gearbeitet hat?«, fragte Leidinger. Langsam ging ihm auf, dass Raumplanung vielleicht nicht unbedingt etwas mit der Farbe von Büros zu tun hatte. Ihm fiel ein, dass Hoffmanns Exfrau etwas von Verkehrskonzepten gesagt hatte.

»Der hatte anscheinend eine Schwäche für Parkhäuser. Spannend«, kommentierte sein Kollege wenig beeindruckt.

»Dieser Ordner hier lässt sich nicht öffnen. Der verlangt ein Passwort.«

»Meinst du, dass es wichtig ist? Wenn du willst, nehmen wir den Laptop mit, sollen die Nerds sich den mal ansehen. Ich kenn mich damit nicht aus.«

»Ich dachte … Wer?«

»Die Computerfreaks. Weißt schon, die blassen Jungs mit den dicken Brillen und den schwarzen Klamotten?«

»Meinst du die Computerforensiker? Ich dachte, du kennst dich mit Elektronik aus?« Leidinger erinnerte sich an den schweren, klirrenden Karton, den er gestern die Treppe hochgetragen hatte.

»Ja – eher mit Licht. Beleuchtung. Weniger mit Computern. Pack das Ding halt ein.«

Die Computerforensiker beim LKA – das würde dauern. Die hatten alle Hände voll zu tun und waren chronisch überlastet, weil die Internetkriminalität ständig zunahm. Und auch in anderen Fällen wurden elektronische Beweismittel immer wichtiger, die Leute schrieben ja keine Briefe oder Tagebücher mehr von Hand, sondern vertrauten ihre Geheimnisse dem elektronischen Speicher an. Und fast alles wurde per E-Mail erledigt – siehe Hoffmann. Am liebsten auch noch verschlüsselt, damit man noch mehr Arbeit hatte.

»Ich meine fast, wir müssen uns mit seinen Kollegen an der Universität unterhalten – möglicherweise erfahren wir dann auch etwas über eine Freundin. Vielleicht hat er ja mit einer Kollegin poussiert?«

Was für ein poetischer Ausdruck, dachte Leidinger. In Bayern waren sie anscheinend noch richtig romantisch. »Hätte die sich mittlerweile nicht mal bei uns gemeldet? Die Nachricht hat sich ja rasend schnell verbreitet, das hat an der Universität wohl jeder gleich mitbekommen.«

»Vielleicht will sie nicht, dass ihr Techtelmechtel bekannt wird, gerade weil es eine Kollegin ist?«

»Möglich ist vieles. Komm, wir sind hier fertig. Lass uns mal an der Universität vorbeischauen.«

An der Universität waren in diesem Sommersemester fast vierzehntausend Studenten eingeschrieben, so viele wie nie zuvor. Leidinger hätte nicht gedacht, dass es in Trier überhaupt so viele junge Leute gab, in diesem Augenblick hatte er allerdings den Eindruck, dass die alle gleichzeitig auf den Gängen unterwegs waren. Unbegreiflicherweise schienen alle außer ihm und Tilly ganz genau zu wissen, wohin sie wollten, und ihr steter Strom floss um sie herum wie Wasser um einen Umlaufberg. Diesen Ausdruck hatte er in den Aufzeichnungen Hoffmanns gelesen, und er hatte ihm gut gefallen. Sehr anschaulich.

»Hallo? Arbeiten Sie hier?« Leidinger wandte sich an den nächstbesten Menschen, der nach einem Dozenten aussah, und musste dem Impuls unterdrücken, ihn am Ärmel seines Kittels festzuhalten, damit er nicht weglief. Der Angesprochene, ein untersetzter Mittdreißiger, drehte sich erschrocken um und schob seine Brille hoch.

»Bitte? Ja, ich arbeite hier, warum?« Das Lächeln wirkte nicht recht überzeugend.

»Mein Name ist Leidinger, das ist mein Kollege Tilly. Kripo Trier. Sicher haben Sie –«

»Hey, Frau Schilling, können Sie mir bitte nachher die Proben vorbeibringen? Entschuldigen Sie, wir haben hier im Moment sehr viel … Ja, ich brauche sie heute, und ich warte schon lange genug darauf!«, unterbrach er sich wieder, um der Frau, die etwas Unverständliches vom anderen Ende des Flurs herübergerufen hatte, sein Anliegen zu verdeutlichen. Die schüttelte nur offensichtlich entnervt den Kopf und schlug eine Tür hinter sich zu.

Bevor Leidinger den Faden wieder aufzunehmen konnte, ging eine Vorlesung zu Ende, und aus einem der Räume quollen nicht nur unzählige Studenten, sondern auch ein Übelkeit erregender Geruch nach Chemikalien, der Leidinger unangenehm an die Rechtsmedizin erinnerte. Wie hielt Meyer das nur den ganzen Tag aus?

»Also, sicher haben Sie gehört, dass Professor Hoffmann aus der Raumplanung verstorben ist. Wir untersuchen seinen Tod. Würden Sie uns vielleicht sein Büro zeigen?«

Der Dozent nickte gewichtig. »Das haben wir natürlich alle gehört. Stand ja auch in der Zeitung. Schlimme Sache, hätte wohl keiner von uns gedacht – ausgerechnet Hoffmann. Aber man steckt ja nicht drin in den Leuten, nicht wahr? Dann kommen Sie mal am besten mit mir, sonst verlaufen Sie sich hier drinnen noch. Ich bin übrigens Philipp Reuter, aus der Physischen.«

Leidinger und Tilly folgten gehorsam. Den Versuch, sich den Weg einzuprägen, gab Leidinger aber nach der dritten Abzweigung auf.

»Jetzt müssen wir rechts durch den Flachtrakt – nein, nicht diese Tür, die ist immer abgeschlossen, aus Sicherheitsgründen! Und passen Sie auf, hier liegen noch ein paar Betonbrocken …«

Es beeindruckte ihn, wie mühelos ihr Begleiter sich in diesem labyrinthartigen Gebäude zurechtfand, als der sich plötzlich umdrehte, die Brille, die ihm wieder auf die Nasenspitze gerutscht war, erneut nach oben schob und sie entschuldigend anlächelte: »Ich glaube, jetzt haben wir uns verlaufen!«

»Aber Sie arbeiten doch hier, da müssten Sie sich doch in dem Gebäude auskennen!« Tilly klang jetzt mehr als nur leicht gereizt.

»Bis gestern konnte man auch noch durch diesen Flur gehen, ich habe nicht mitbekommen, dass hier seit heute eine Wand eingezogen ist«, verteidigte sich Reuter.

»Fragen wir doch einen von den Studenten«, schlug Leidinger versöhnlich vor und hielt die erstbeste Person an, die vorbeikam: »Warten Sie mal gerade? Eine kurze Frage: Wie ist der aktuell kürzeste Weg zur Raumplanung?«

»Treppe hoch und dann rechts durch die Glastür«, antwortete die Studentin forsch.

»Danke …«, murmelte Reuter. »Sie haben's gehört!«

Sie folgten ihm schweigend, und endlich hatten sie das Büro gefunden.

Fast.

»Also, Hoffmanns Büro liegt auf dem Flur hinter dieser Tür. Ich muss jetzt leider gehen und nach meinen Proben sehen, die müssen unbedingt so schnell wie möglich in die Trocknung.«

»Aber die Tür ist abgeschlossen«, protestierte Leidinger.

»Natürlich ist die abgeschlossen. Das ist ein Laborbereich. Ich kann Ihnen da sowieso nicht helfen, ich habe keinen Transponder für diesen Gebäudeteil. Sie können ja mal klopfen, vielleicht hört Sie die Sekretärin.«

Damit ließ er sie stehen und eilte mit flatterndem Kittel davon.

Nur diese lächerliche, aber leider verschlossene Glastür trennte sie noch von dem Flur, auf dem sich Hoffmanns Büro angeblich befand. Auf dem Schild an der Tür erkannte Leidinger schwarz auf orange zwei vertraute Warnhinweise: einen Totenkopf mit gekreuzten Knochen und das überaus anschauliche Piktogramm eines Fisches, der mit offenem Maul tot an Land liegt. Die anderen Zeichen kannte er nicht, aber er nahm an, dass es sich dabei ebenfalls um Gefahrensymbole handelte.

Leidinger konnte einem handgeschriebenen Zettel, der mit Tesafilm danebengeklebt war, entnehmen, dass auf demselben Flur auch die Büros des Fachbereichs Botanik sowie der Labortrakt lagen und daher verhindert werden musste, »dass da jeder durchläuft«. Unterschrieben war der Zettel mit »Lörke«.

Leidinger klopfte an die Glastür und hoffte, im Vertrauen auf ihre staatlich zertifizierte Autorität in Form eines Polizeiausweises, dass jemand ihnen öffnen würde.

Was genau in diesen Laboren erforscht wurde, das solche Sicherheitsmaßnahmen rechtfertigte, würde ihn ja schon interessieren. Botaniker befassten sich doch mit Pflanzen, aber sogar Giftpflanzen waren nicht so gefährlich, oder? Während sie warteten, drehte er sich zu Tilly um, der sehnsüchtig aus dem Fenster zu einer Gruppe Studenten blickte, die auf dem Hof standen, schwere Rucksäcke und Stiefel trugen und aussahen, als wollten sie gerade zu einer Wanderung aufbrechen.

»Das schien ihn ja nicht gerade sehr mitzunehmen, dass sein Kollege ums Leben gekommen ist«, sagte Leidinger nachdenklich.

»Hallo, suchen Sie jemanden? Kann ich Ihnen helfen?«, fragte eine junge Frau mit Pferdeschwanz, die fast hinter dem riesigen Blumenstrauß verschwand, den sie in beiden Armen vor sich hertrug. Wie schön, dachte Leidinger, sie bringt Blumen mit zur Arbeit. Und hat sie sogar selber gepflückt.

»Ich weiß nicht – vielleicht. Hier scheinen alle ziemlich im Stress zu sein. Wir sind von der Polizei und müssten in das Büro vom Herrn Hoffmann. Hübscher Strauß übrigens«, schaltete sich Tilly ein.

Ach, der Pflanzenkenner. Die Büropflanze allerdings hatte er weggeworfen mit dem Kommentar: »Wird nix mehr, die ist hin!«. Leidingers Aralie, die er sechs Jahre lang bei jedem Umzug in ein neues Büro mitgenommen hatte. Die nicht einmal vor dem Sick-Building-Syndrom kapituliert hatte. Zugegeben, sie hatte zuletzt etwas krank ausgesehen, aber ob dieses harte Urteil wirklich gerechtfertigt gewesen war, bezweifelte er doch stark.

»Schmuck, die Blumen machen sich sicher gut auf Ihrem

Schreibtisch. Sind das Margeriten?«, fragte Tilly, auf ein paar weiße Blumen in der Mitte des Straußes deutend.

»Nein«, erwiderte die Frau, »schließlich haben wir gerade mal Anfang April. Das sind Schafgarben, und der Strauß ist bedauerlicherweise nicht für meinen Schreibtisch, sondern für den Pflanzenbestimmungskurs, wo sie leider komplett auseinandergenommen werden. Und was Ihre Vermutung betrifft: Die lieben Kollegen sind ein bisschen gestresst, weil in drei Wochen der große Tag ist – Sie wissen schon. Und jetzt noch diese schlimme Sache mit Hoffmann. Ich hoffe, Sie finden schnell heraus, was passiert ist.«

So, Kollege, dachte Leidinger, du kennst dich also mit Pflanzen aus. Aber er schob den Gedanken schnell beiseite.

»Könnten Sie uns möglicherweise diese Tür hier aufschließen?«, fragte Tilly liebenswürdig.

»Klar. Die Büros der Botanik liegen auf demselben Flur wie die Raumplanung. Aber mein Transponder funktioniert natürlich nicht für Herrn Hoffmanns Büro.«

»Das macht nichts«, entgegnete Leidinger matt. »Wir fragen dann einfach die Sekretärin. Ich nehme an, dass es sich dabei um Frau Lörke handelt?« Er deutete auf den Zettel.

Die Frau hinter dem Blumenstrauß nickte. »Allerdings.«

»Was haben Sie eigentlich vorhin damit gemeint? Was für ein großer Tag?«, wollte Leidinger wissen.

»Der Ausnahmezustand.« Sie schüttelte den Kopf. »Na ja, Sie müssen das verstehen. Da geht es schließlich um einiges. Tut mir wirklich leid, aber ich bin auch ein wenig in Eile, mein Kurs fängt gleich an. Ich muss jetzt gehen, aber Frau Lörke lässt Sie sicher rein. Erste Tür rechts! Auf Wiedersehen.«

Nachdem die Sekretärin sich mit einem Anruf im Präsidium Klarheit über die Identität der beiden und die Rechtmäßigkeit ihres Anliegens verschafft und Leidinger sie für ihre Umsicht gelobt hatte, durften sie einen Blick in Hoffmanns Büro werfen. Endlich.

»Was macht denn so ein Raumplaner eigentlich?«

Leidinger zuckte die Schultern. »Werden wir gleich wissen.«

Er nahm einen Ordner aus dem Regal neben dem Fenster

und schlug ihn auf. »Bauleitplanungen und Planfeststellungsverfahren – 2008 bis 2010«, las er laut vor. »Das klingt nach Baugenehmigungen und solchen Sachen.« Er nahm einen weiteren Ordner: »Mobilitätskonzept«. Er blätterte rasch ein paar Seiten durch. »Statistiken, Karten, Pläne … Ich weiß nicht, ob das wichtig ist.«

»Wie sieht es denn auf seinem Rechner aus?«, unterbrach Tilly die Suche. »Der hat wichtige Dinge doch bestimmt hier auf dem Computer.«

Leidinger fühlte sich nicht allzu sicher im Umgang mit Computern. Er zog handfeste Leitz-Ordner virtuellen Symbolen eindeutig vor. »Sieh du ruhig nach, ich blättere hier noch ein bisschen.«

Er griff wahllos nach einem dritten Ordner: »Konzept für den ruhenden Verkehr in Trier«. So würde das nicht gehen, sie würden das alles systematisch sichten müssen. Hoffentlich nicht vergeblich.

»Er hat ziemlich viele E-Mails bekommen«, meldete sich Tilly.

»Ist etwas Interessantes dabei?«

»Weiß ich noch nicht. Die meisten sind anscheinend irgendwelche Terminwünsche und Anfragen von Studenten. Aber warte mal, hier sind noch mehr Mails.« Er pfiff durch die Zähne. »Sag mal – kann es sein, dass Verkehr und Parken in Trier irgendwie heiße Themen sind?«

Leidinger schloss den Ordner behutsam. »Ja. Das kann sein. Oder besser gesagt: Es ist definitiv so. Warum fragst du?«

»Nun, ich hab zugegebenermaßen keine Ahnung von Stadtplanung, aber der Herr Professor hat wohl ziemlich viele Leute gegen sich aufgebracht.«

Leidinger sah ihm über die Schulter und überflog rasch den Text der Mails. Das war in der Tat interessant. »Gibt es davon noch mehr?«

Tilly nickte. »Wie wäre es zum Beispiel hiermit: *Sie Autofetischist werden wohl nicht eher ruhen, bevor wir alle und unsere Umwelt verpestet worden sind! Denken Sie auch mal an die Anwohner!* Er blickte auf. »Die Mails sind vom Stil her alle recht ähnlich. Wir sollten uns das genauer ansehen, aber ich fürchte, es sind einfach zu viele. Ich rufe die Kollegen an, die müssen den Rechner mitnehmen und die Mails und die anderen Dateien in Ruhe ansehen.«

»Und was machen wir solange? Wollen wir auch mit den anderen Mitarbeitern sprechen, wenn wir schon einmal hier sind?«

»Oh ja, Befragungen sind meine große Stärke!« Tilly klang bei der Aussicht regelrecht begeistert.

»Mit wem fangen wir an?«

»Keine Ahnung.«

Die einzige Person, die sich ihnen gegenüber auskunftsfreudig und freundlich gezeigt hatte, zerpflückte gerade Schafgarben und stand wohl bedauerlicherweise nicht für ein Gespräch zur Verfügung.

Schnell stellten sie fest, dass es keine gute Idee war, an der Universität mit jemandem sprechen zu wollen, ohne zuvor einen Termin vereinbart zu haben. Alle waren auf dem Weg von oder zu einem Seminar oder einer Vorlesung und hatten überhaupt keine Zeit.

»Also, ich habe jetzt keine Lust mehr, hier herumzulaufen und irgendwelche gesprächsbereiten Leute zu suchen. Lass uns die Sekretärin mal nach Freunden oder Kollegen fragen, mit denen Hoffmann bei der Arbeit oder privat näher zu tun hatte.«

»Gute Idee.« Tilly schien wirklich unerschütterlich. »Sekretärinnen wissen doch immer alles. Und die Lörke bestimmt. Außerdem glaub ich, die findet mich sympathisch.«

Besonders positive Schwingungen zwischen Tilly und Frau Lörke hatte Leidinger nun nicht unbedingt wahrgenommen, aber warum sollte er einem Kollegen die Motivation nehmen? Er klopfte knapp an die angelehnte Tür des Sekretariats.

»Ja, bitte? Ach, Sie sind es schon wieder.« Frau Lörke klang nicht gerade begeistert.

»Ist ziemlich schwer, hier auf jemanden zu treffen, der uns weiterhelfen könnte.«

Frau Lörke sah sie mit einem Kann-man-sich-doch-denken-Ausdruck an. »Sie haben schließlich keinen Termin«, erklärte sie.

Leidingers Fingerspitzen begannen zu kribbeln. »Okay, gut. Ja. Wir wissen das fürs nächste Mal. Aber vielleicht dürften wir Ihnen ein paar Fragen stellen? Sicher haben Sie Herrn Hoffmann gut gekannt. Können Sie uns denn etwas über ihn erzählen?«

Frau Lörke setzte sich auf und nestelte an der Brosche am Revers ihrer karierten Kostümjacke. »Ich weiß nicht, was Sie wissen wollen?«, fragte sie vorsichtig.

Den Tonfall kannte Leidinger zur Genüge. Sie wollte auf keinen Fall etwas Negatives über ihren Chef sagen, hatte aber gleichzeitig Angst, der Polizei etwas zu verschweigen. Da musste man äußerst behutsam vorgehen, erst einmal mit ganz unverfänglichen Fragen anfangen.

»Haben Sie lange für ihn gearbeitet?«

Sie schüttelte den Kopf. »Erst seit letztem Semester. Vorher habe ich nur in der Botanik gearbeitet. Aber die Verwaltung versucht natürlich zu sparen, wo es geht, und deswegen arbeite ich seit Oktober auch noch für die Raumplanung. Dabei ist das eigentlich kaum zu schaffen. Ich meine – haben Sie gesehen, was hier los ist? Ich weiß nicht, wie die sich das vorstellen, mit immer weniger Leuten immer mehr Arbeit zu erledigen!« Sie hielt inne, offenbar von der eigenen Heftigkeit erschrocken. Leidinger nickte ihr verständnisvoll zu, aber vergeblich. Sie machte keine Anstalten, weiterzusprechen, und rückte die Brosche zurecht.

»Also hatten Sie mit Herrn Hoffmann zu tun. Wenn Sie ihn beschreiben sollten, wie war er denn so als Chef?«

»Herr Hoffmann war immer sehr korrekt.« Sie zögerte nicht eine Sekunde.

»Haben Sie in den letzten Wochen oder Monaten Veränderungen bei ihm wahrgenommen? Machte er sich vielleicht Sorgen, wirkte er irgendwie bedrückt, oder hatte er Angst?«

»Auf gar keinen Fall.« Frau Lörke klang ganz sicher, und Leidinger glaubte ihr. »Das wäre mir bestimmt aufgefallen. Der Herr Professor war genau wie immer.«

Tilly lehnte sich zu ihr hinüber und senkte die Stimme. »Er war ja geschieden.«

Angesichts des abrupten Themenwechsels runzelte Frau Lörke

die Stirn. »Um sein Privatleben habe ich mich nie gekümmert. Aber ich bin mir sicher, dass es nicht zu beanstanden war.«

»Nein, nein, das wollte ich auch nicht unterstellen. Ich frage mich nur, ob es jemand Neues in seinem Leben gab? Wenn man so eng zusammenarbeitet wie Sie und Professor Hoffmann, bekommt man doch wahrscheinlich so einiges mit?«

»Ich kann Ihnen absolut nichts über Herrn Hoffmanns Privatleben sagen. An solchem Bürotratsch beteilige ich mich nicht.«

Also gab es den Bürotratsch, dachte Leidinger, sie will ihn bloß nicht weitergeben – die Frage war gar nicht so dumm gewesen. »Ich verstehe, und das ehrt Sie auch sehr, Frau Lörke. Und einmal abgesehen davon, dass er immer korrekt war: Wie war er denn ganz allgemein im Umgang mit den Kollegen und den Studenten?«

Sie hob die Augenbrauen. »Er hatte nicht diese vertrauliche Art, wie einige der jüngeren Dozenten sie haben. Er war mit allen per Sie, mit den Studenten wie mit den Kollegen. Mit mir übrigens auch«, ergänzte sie mit einem scharfen Unterton in der Stimme, als hätte irgendjemand etwas Gegenteiliges angedeutet. »Und wenn etwas nicht schnell oder gründlich genug erledigt wurde oder wenn jemand geschludert hat – dafür hatte er überhaupt kein Verständnis. Professor Hoffmann wusste immer sehr genau, was er wollte. Eine Eigenschaft, die ich persönlich sehr schätze!«, setzte sie nachdrücklich hinzu.

»Gut, Frau Lörke, noch eine abschließende Frage, dann wollen wir Sie nicht länger aufhalten. Würden Sie uns sagen, welche Kollegen uns eventuell etwas über Herrn Hoffmann erzählen könnten? Sicher gab es doch den ein oder anderen, mit dem er mal Kaffee getrunken hat oder essen ging?«

Frau Lörkes Augenbrauen zogen sich zusammen, und eine steile Falte erschien auf ihrer Stirn.

»Kein Bürotratsch«, beeilte sich Leidinger zu betonen, »nur gemeinsames Mittagessen mit den Kollegen.«

Sie schien zu überlegen, und er war sich nicht sicher, ob sie über eine Antwort nachdachte oder darüber, wie sie sie ihnen geben sollte.

»Warum stochern Sie eigentlich so in Herrn Hoffmanns Leben herum? Ist es denn nicht schon schlimm genug, was passiert ist?«, wollte sie wissen.

»Weil wir verstehen müssen, was geschehen ist. Dass es schlimm ist, wissen wir – aber wir müssen auch herausfinden, warum diese schlimmen Dinge geschehen. Das ist nun einmal unser Beruf, und da sind wir gründlich. Das verstehen Sie doch bestimmt.«

»Hier brauchen Sie jedenfalls nicht zu suchen. Ich kann Ihnen nicht weiterhelfen. Wenn Sie etwas über die wissenschaftliche Tätigkeit von Herrn Hoffmann wissen wollen, fragen Sie am besten den Herrn Dekan. Was sein Privatleben betrifft, so war es genau das: privat.«

Damit nahm sie einen Stapel Papiere aus dem Regal und begann, sie in verschiedene Ablagen einzusortieren. Offenbar hatte sie ihnen nichts mehr zu sagen.

Leidinger stand auf. »Auf Wiedersehen, Frau Lörke. Vielen Dank für Ihre Hilfe.«

»Tschö!«, verabschiedete sich Tilly mit einem freundlichen Lächeln.

Auf dem Flur drehte Leidinger sich zu seinem Kollegen um: »Tschö?«, fragte er irritiert.

»Erste Regel, wenn man sich irgendwo integrieren will: Sprich wie die Eingeborenen.«

Leidinger, der Dialekten im Allgemeinen wenig abgewinnen konnte, hatte lange genug geübt, um sein Trierisch loszuwerden. Es war ihm fast gelungen. »Na, sehr aufschlussreich war das ja nicht. Das klang eher so, als sollte sie ihm ein Arbeitszeugnis ausstellen. Korrekt, pflichtbewusst, Privatleben nicht zu beanstanden. Ich dachte, Sekretärinnen bekommen alles mit?«

»Tun sie auch, aber sie sind normalerweise diskret. Ich bin mir sicher, dass die viel mehr weiß, als sie uns gesagt hat. Hast du nicht bemerkt, wie sie dichtgemacht hat, als ich wissen wollte, ob Hoffmann eine neue Freundin hatte?«

»Abgesehen davon hast du dich ja sehr zurückgehalten – ich dachte, Befragungen sind deine große Stärke?«

»Ich dachte, ich lass dich die Lage mal sondieren, und wenn

wir Näheres wissen, red ich mal unter vier Augen mit ihr. Vertraulich, verstehst?«

»Verstehe.«

»Und was jetzt?«

»Hoffmanns Arzt, die Aktenordner und die Computerdateien.«

»Ich nehme den Computer und die Ordner«, erklärte sich Tilly bereit.

»Gut, dann gehe ich zu seinem Arzt. Vielleicht kann er uns etwas über Richard Hoffmann sagen, was wir noch nicht wissen. Ich würde auch zu gern etwas mehr über sein korrektes Privatleben wissen, darum hat er ja anscheinend ein großes Geheimnis gemacht.«

DONNERSTAG

»Na, Herr Leidinger. Konnten Sie dem neuen Kollegen schon etwas von der Stadt zeigen?« Abendroth sah ihn erwartungsvoll an.

Leidinger war überrascht – hatte er ihn deswegen sprechen wollen? Dieser Personalführungskurs musste wirklich tief greifende Veränderungen bewirkt haben.

»Leider noch nicht. Ich – wir haben gestern damit begonnen, die Wohnung von Professor Hoffmann unter die Lupe zu nehmen. Dann haben wir noch das toxikologische Gutachten aus der Gerichtsmedizin – es sieht leider danach aus, als ob es doch eine kompliziertere Angelegenheit werden würde.«

»Kompliziert? Was meinen Sie damit? Nach meinem Kenntnisstand stellt sich die Lage doch recht klar dar.«

»Es gibt ein paar Ungereimtheiten, denen wir noch nachgehen müssen.«

Abendroth sah alles andere als zufrieden aus. Offenbar war das nicht die Antwort, die er erwartet hatte. »Herr Dr. Clüsserath hat mir bereits mitgeteilt, dass Sie ihm gegenüber Zweifel an einem Suizid geäußert haben. Herr Leidinger, ich muss nicht betonen, dass Sie da mit – nun, mit Fingerspitzengefühl vorgehen müssen?«

Fingerspitzengefühl? Was wollte Abendroth ihm sagen?

»Sicher werden Sie die Angelegenheit mit aller Gewissenhaftigkeit untersuchen, ich erwarte nichts anderes von Ihnen. Aber bitte bedenken Sie bei Ihren Ermittlungen immer auch, dass Professor Hoffmann hier in Trier kein Unbekannter war. Er war sozusagen eine Person des öffentlichen Lebens. Welche Gründe auch immer zu seinem tragischen Freitod geführt haben, werden wir vermutlich ohnehin nicht mehr erfahren. Vielleicht war er krank? Haben Sie in seiner Wohnung einen Abschiedsbrief gefunden?«, fragte Abendroth hoffnungsvoll.

»Nein, haben wir nicht. Wir können noch nicht ausschließen, dass eine weitere Person am Tatort war. Im Gegenteil, es gibt einige Hinweise auf mögliche Feinde. Hoffmann hat zahlreiche E-Mails und Briefe bekommen, in denen er bedroht wurde. Und sein Arzt hat ihm nie Schlaftabletten verschrieben. Seiner Aussage zufolge hatte Hoffmann auch sonst keine gesundheitlichen Probleme, keine Depression oder Ähnliches. Davon habe ich die Staatsanwaltschaft bereits unterrichtet.«

Die Aussage des Arztes, die verschwundenen Tablettenpackungen und vor allem die E-Mails und Briefe waren allerdings die einzigen halbwegs handfesten Indizien. Kriminalistische Intuition würde sein Chef wohl nicht gelten lassen.

Abendroth legte die Fingerspitzen zusammen und bedachte Leidinger mit einem langen, forschenden Blick. »Suchen Sie weiter, Herr Leidinger, und nehmen Sie Herrn Tilly unter Ihre Fittiche. Weisen Sie ihn gut ein. Aber ich ermahne Sie beide dringend, und ich stehe da in gutem Einvernehmen mit Herrn Dr. Clüsserath, diskret vorzugehen.«

»Selbstverständlich.« Das war doch nicht seine erste Ermittlung – warum war Abendroth plötzlich so besorgt?

»Dann gehen Sie jetzt wieder an Ihre Arbeit. Ich verlasse mich auf Sie.«

In seinem Büro rekapitulierte Leidinger noch einmal das seltsame Gespräch. Was war da gerade passiert? Abendroth mischte sich doch sonst nie in laufende Ermittlungen ein. Oder diskutierte sie mit der Staatsanwaltschaft – das war schließlich sein eigener Job, und nichts anderes hatte er getan.

Selbstmord aus privaten Gründen? Das war natürlich eine Möglichkeit, aber er wollte sich jetzt nicht endgültig festlegen, dafür gab es noch zu viele Dinge, die ihn störten. Das Mindeste war, sich diese Drohbriefe noch einmal näher anzusehen. Da waren einige dabei, die die Grenze zur strafrechtlich relevanten Bedrohung deutlich überschritten, und er konnte sie nicht einfach ignorieren, auch wenn Hoffmann genau das getan hatte. Die meisten Menschen hätten deswegen schon längst Anzeige erstattet. Aber wenn ihm die Briefe nichts bedeuteten, warum hatte er sie dann überhaupt gesammelt? Er nahm sich den Korrespondenz-Ordner vor, den sie im Büro gefunden hatten.

Hoffmann hatte nicht nur die Briefe sorgfältig abgeheftet, sondern auch E-Mails ausgedruckt.

Als er den – gefühlt – hundertzwanzigsten Ausdruck überflog, wurde die Tür aufgerissen. Ah, der Kollege betrat die Bühne.

»Guten Morgen!«, rief Tilly gut gelaunt.

»Morgen ist gut – es ist nach elf.«

»Ja – das ist doch noch Morgen, oder? Ist noch nicht zwölf. Um zwölf ist Mittag.«

Leidinger hatte heute keine Kraft, sich dieser entwaffnenden Logik zu widersetzen.

»Und, was liegt an?«

»Diskrete Ermittlungen im Fall Hoffmann, sagt der Chef.«

Sein Kollege sah ihn verblüfft an. »Diskret? Was meint er damit? Schleppst du normalerweise einen Trupp Journalisten mit dir rum, oder stürmst du mitten in der Nacht Wohnungen mit dem SEK?«

»Natürlich nicht.« Leidinger hegte ein tief verwurzeltes Misstrauen gegenüber der Presse. Zu oft hatten die Damen und Herren ihm schon mit voreiligen Schlussfolgerungen oder Vorverurteilungen das Leben schwer gemacht. Und in seiner ganzen beruflichen Laufbahn hatte er noch nie nachts eine Wohnung stürmen müssen, schon gar nicht mit dem SEK. Was er auch in naher Zukunft nicht zu tun gedachte.

»Er favorisiert die Hypothese, dass Hoffmann sich das Leben genommen hat. Das mag stimmen oder auch nicht. Ich könnte es jetzt noch nicht mit gutem Gewissen entscheiden. Mehr oder weniger zwischen den Zeilen hat er mir mitgeteilt, dass er es wünschenswert fände, wenn wir ebenfalls zu diesem Schluss kämen. Ich möchte vorher aber unbedingt zwei Dinge wissen: was es mit diesen Drohbriefen auf sich hat und was das für verschlüsselte Daten auf seinem Laptop sind. Wenn wir nichts finden – okay. Aber ich will das erst geklärt haben. Schaust du dir den Rechner mal an?«

»Ich kann's versuchen. Aber ohne Gewähr. Wenn er den Ordner wirklich so gut gesichert hat, komme ich auch nicht ran. Übrigens wollt' ich heut früher gehen. Ich hätte eine Wohnungsbesichtigung.«

Später kommen und früher gehen – das fing ja gut an. Aber eine Wohnungsbesichtigung konnte Leidinger als guten Grund gelten lassen – das war immerhin auch in seinem Interesse. Dafür blieb er gern eine Stunde oder zwei länger und schrieb einen weiteren Bericht für Abendroth und die Staatsanwaltschaft.

Es waren drei Stunden geworden. Leidinger stand vor seiner Wohnungstür, setzte die Einkaufstasche ab, atmete noch einmal tief durch und schloss auf. Schon als er sich die Schuhe auszog, hörte er Bässe wummern. Offenbar war sein Mitbewohner bereits zu Hause. Sehr vorsichtig schob er die Tür auf. Im ersten Moment war noch alles in Ordnung. Dann öffnete sich die Tür des Gästezimmers. Synkopische Rhythmen, Bässe, die den Fußboden vibrieren ließen, und Gitarrenklänge erfüllten die Luft, und zwar in ohrenbetäubender Lautstärke.

»Bo!«, brüllte er gegen die akustische Körperverletzung an. »Kannst du die Musik vielleicht mal leiser machen, wir haben Nachbarn!«

Die Lautstärke wurde ein paar Dezibel heruntergedreht. »Hey, wo ist das Problem? Anstrengenden Tag gehabt?« Tilly blinzelte ihn freundlich an. Die Lederklamotten hatte er gegen ein schwarzes T-Shirt und eine grässliche graue Jogginghose getauscht. »Die Nachbarn kriegen übrigens nix mit, die sind taub.«

»Klar, wenn sie das schon die ganze Zeit hören müssen. Ich habe den ganzen Tag versucht, aus Hoffmanns Korrespondenz schlau zu werden«, erwiderte Leidinger und ging in die Küche. »Übrigens war das meiste davon auf Englisch, Austausch mit seinen Kollegen, soviel ich verstanden habe. Ich weiß jetzt mehr über Verkehrslenkung, als ich je wissen wollte. Und, bist du wenigstens mit den verschlüsselten Daten weitergekommen?«

»Überhaupt nicht, die sind halt verschlüsselt. Das wird doch ein Job für die Nerds.«

Also auch an dieser Front keine Erfolge zu vermelden. Er startete einen letzten Versuch: »Wie ist denn deine Wohnungsbesichtigung gelaufen?«

Tilly verzog nur das Gesicht und machte eine wegwerfende

Handbewegung. Wunderbar, dann blieb sein Mitbewohner ihm ja noch ein bisschen erhalten.

»Du bist heut aber ein bisserl stressig, kann das sein?«, fragte Tilly ganz überrascht. »Übrigens, am Wochenende wollen ein paar Freunde von mir aus der alten Heimat zu Besuch kommen. Das ist doch kein Problem, oder?«

»Freunde?« Sein Mitbewohner auf Zeit hatte Freunde. Leidinger wagte kaum, sich auszumalen, was das bedeutete.

»Ja, Freunde halt. Du weißt schon, Leute, die einen mal besuchen kommen, mit denen man Dinge unternimmt und so?«

»Wie viele denn genau?« Er ahnte Schlimmes. Freunde. Mehrzahl.

»Das wären zwei. Die wollten auch immer schon mal nach Trier.«

Das bezweifelte Leidinger stark. »Die sollen doch nicht etwa auch noch hier einziehen?«

»Ach, die würden nur für ein paar Tage bleiben, und tagsüber wären sie ja auch nicht da, da würden sie eh diesen Touri-Kram machen, Sightseeing und so. Du würdest sie so gut wie gar nicht bemerken. Das ist doch okay?«

Ein paar Tage … ein schrecklicher Verdacht keimte in Leidinger. »Hast du sie vielleicht schon eingeladen?«

»Also, na ja …« Tilly druckste herum, und es gelang ihm tatsächlich, zerknirscht auszusehen. Lange hielt er es allerdings nicht durch.

»Hast du oder hast du nicht?«

»Schon«, gab er zögernd zu. »Aber die sind echt nett, du wirst sie mögen! Das sind praktisch meine ältesten Freunde aus Weiden. Die wollten sehen, wo ich jetzt gelandet bin, und ich konnte es ihnen einfach nicht abschlagen.«

Leidinger kapitulierte – und hegte bereits in diesem Moment keinerlei Zweifel daran, dass er das sehr bald bereuen würde. »Also gut, jetzt ist es ja wohl ohnehin schon zu spät. Von mir aus. Aber nur ein paar Tage, verstanden?«

Sein Blick fiel auf die Briefe, die er immer noch in der Hand hatte. Erstaunt nahm er den Namen des Empfängers zur Kenntnis. Das konnte doch nicht wahr sein. »Sag mal, ist das hier tatsächlich dein richtiger Name?«

Tilly versuchte, ihm den Brief zu entreißen. »Gib den sofort her!«

Leidinger hielt das Beweisstück hinter seinem Rücken, sodass Tilly es nicht erreichen konnte. »Nein, sag schon, heißt du tatsächlich so?«

»Ja, wenn's da steht.«

»Du heißt wirklich Bohemund?« Leidinger traf den wunden Punkt mit gnadenloser Sicherheit: »Was ist denn das für ein Name?«

»Das ist überhaupt nicht witzig. Mein Vater ist Historiker, ich kann nichts dafür. In unserer Familie haben diese Vornamen Tradition. Mit dem Familiennamen ...« Er verdrehte die Augen. »Er fand, es wäre eine großartige Idee, mich nach Bohemund von Tarent zu nennen.«

Leidinger wurde klar, dass er Nachholbedarf in Geschichte hatte. »Wer um alles in der Welt ist denn Bohemund von Tarent?«

»Ein berühmter Kreuzritter aus dem Mittelalter. Na ja, berühmt ist vielleicht relativ. Als ich meinem Vater erzählt habe, dass ich nach Trier gehen werde, war er hellauf begeistert – wusstest du, dass Trier im Mittelalter tatsächlich einen Erzbischof Bohemund hatte?«

Leidinger hatte noch nie von diesem Erzbischof gehört, und das, obwohl er in Trier geboren und aufgewachsen war. Er kannte bloß Balduin von Luxemburg, wegen dessen Statue auf dem Brunnen, und Karl Kaspar von der Leyen wegen der Verwandtschaft. Vermutlich war Kurfürst Bohemund kein herausragender Vertreter der Trierer Stadtgeschichte gewesen. Bohemund. Weil er spürte, dass das Thema seinem Mitbewohner deutlich unangenehm war, hakte er nach: »Und was ist mit dem Familiennamen?«

»Mein Vater hat immer behauptet, mit dem berühmten General Tilly aus dem Dreißigjährigen Krieg verwandt zu sein«, erwiderte er unwirsch.

Auch dieser Name sagte Leidinger rein gar nichts.

»Bevor du fragst: Das war der, der damals die Festung Magdeburg geschleift hat«, erklärte Tilly.

»Sicher nicht einfach, mit so einem ausgefallenen Namen.«

Tilly stand auf und ließ die Tür seines Zimmers geräuschvoll hinter sich zufallen. Wenig später setzte die Musik wieder ein, aber diesmal ein paar Dezibel leiser. Leidinger verbuchte das als Erfolg. Er blickte in sein Aquarium. Verlässlich zogen seine beiden Goldfische ihre Bahnen. Er sah der Zukunft ein bisschen gelassener entgegen. Immerhin gab es jetzt etwas, womit er seinen unfreiwilligen Mitbewohner treffen konnte, empfindlich sogar.

SAMSTAG

Am Samstagmorgen um halb acht klingelte es an der Wohnungstür. Schrill. Sehr schrill. Leidinger war auf der Stelle hellwach. Am Wochenende, um diese Uhrzeit – das konnte eigentlich nur bedeuten, dass es irgendwo einen Notfall gegeben hatte und er jetzt an einem Tatort gebraucht wurde. Aber warum hatte er das Telefon nicht gehört? Normalerweise würden die Kollegen doch vorher anrufen. Er befürchtete das Schlimmste. Trotzdem schloss er versuchsweise noch einmal die Augen. Vielleicht hatte er das Klingeln nur geträumt. Manchmal träumte er so lebhaft, dass …

Es klingelte erneut.

Gut, er hatte es nicht geträumt. Aber möglicherweise hatte jemand zufällig die falsche Klingel erwischt?

Als es das dritte Mal klingelte, diesmal noch ausdauernder, stand er auf und schlurfte zur Tür. »Moment, ich komme schon!«

Da er mit dem Schlimmsten gerechnet hatte, war er fast erleichtert, als er die Tür öffnete und statt der Kollegen, die er erwartet hatte, lediglich zwei ihm gänzlich unbekannte Personen im Treppenhaus standen. Die Erleichterung hielt allerdings nicht lange an.

»Servus«, begrüßte ihn eine Frau in einem weiten, bodenlangen Kleid in schrillen Batikfarben, deren verfilzte Dreadlocks ihr bis über die Schultern fielen. »Du bist sicher der Bernd?« Sie schenkte ihm ein strahlendes Lächeln.

»Ich … ja, wer …« Er sah sich außerstande, das Lächeln oder die Begrüßung zu erwidern. Vielleicht war er doch in einem besonders realistischen Traum gefangen?

»Ich bin die Vroni!«, erklärte sie strahlend. »Das da« – sie deutete auf Beweisstück A zu ihrer Rechten –, »das ist der Wolle.«

Macht Sinn, dachte Leidinger und blinzelte. Die blonden Haare standen dem Mann gegen das helle Treppenhauslicht heiligenscheinartig um den Kopf. Auch er grinste freundlich, hob eine Hand und winkte. Leidinger nickte ihm zu, weil er nicht recht wusste, was er sonst tun sollte.

»Ja, dürfen wir reinkommen?«, fragte die Frau, die sich als Vroni vorgestellt hatte. »Der Bo hat dir doch sicher erzählt, dass wir kommen?« Ihre Stimme klang plötzlich ein kleines bisschen unsicher.

»Ja, er hat – ich meine … kommen Sie herein«, stotterte Leidinger und trat zur Seite.

Vroni zog einen großen Rollkoffer hinter sich her, während Wolle sein Gepäck in zwei Seesäcken untergebracht hatte, die er jetzt mitten im Flur abstellte. Es war ein sehr großer Rollkoffer. Insgesamt schien es ihm ziemlich viel Gepäck für ein paar Tage zu sein.

»Ich mache uns dann erst einmal einen Tee, und dann wollen wir den Bo mal wecken. Der ist so ein Langschläfer!«, erklärte Vroni resolut, während Wolle sich staunend im Flur umsah, so als sei er es nicht gewohnt, von Wänden umgeben zu sein. »Wo ist denn bei euch die Küche?«

Leidinger deutete wortlos auf die Küchentür. Er fühlte sich noch nicht zu ganzen Sätzen fähig. Dann fiel ihm ein, dass er noch im Schlafanzug war. Vroni und Wolle verschwanden in der Küche, und während Leidinger sich anzog, hörte er sie bereits laut lachen und mit ihrem wiedergefundenen Kumpan die neuesten Ereignisse aus dem heimischen Weiden erörtern. Gott sei Dank verstand er bei dem grausamen Dialekt nur die Hälfte. Er wollte vorerst auch gar nichts Näheres wissen.

MONTAG

»So, ich bin endlich mit diesem Drohbrief-Ordner durch«, erklärte Leidinger. »Es scheint so, dass der Professor einen ganz speziellen Verehrer hatte, der ihm in den letzten Monaten fast wöchentlich geschrieben hat. So ganz durchschaue ich allerdings nicht, worum es geht und worüber er sich dermaßen echauffiert. Nur, dass ihm irgendwas an Hoffmanns Planungen nicht passt, und deshalb schreckt er nicht vor sehr expliziten Drohungen gegen den Herrn Hoffmann zurück.«

»›Wenn Sie Ihre Pläne weiterhin ohne Rücksicht auf die Anwohner so skrupellos durchziehen, wird es Ihnen leidtun …‹«, las Tilly. »Stimmt, das würde ich als explizite Drohung gelten lassen.«

»Aber um was geht es denn überhaupt?«, überlegte Leidinger laut. »Von welchen Plänen reden wir hier eigentlich genau? Weißt du mehr?«

»Nein – jedenfalls bin ich mir noch nicht hundertprozentig sicher. Aber ich habe einen Verdacht – ich habe in einem Internetportal einige Artikel von Hoffmann gefunden.« Tilly zog einen weiteren Stoß Papier aus einer Mappe. »Ich hab mal einen davon ausgedruckt.«

Angeblich hatte mit dem Siegeszug des Computers das papierlose Büro kommen sollen. Leidinger hielt das nach wie vor für einen Mythos. Allein die Handbücher für die Geräte waren weit davon entfernt, das Papieraufkommen zu reduzieren. Und wichtige Sachen musste man ohnehin nach wie vor ausdrucken, um sie ordentlich zu den Akten nehmen zu können.

»Muss ich den Artikel ganz lesen?« Er war kein besonders schneller Leser und hatte den starken Verdacht, dass sich ein Artikel über Verkehrslenkung nicht eben besonders spannend ausnehmen würde.

»Hoffmanns Text selbst ist gar nicht so lang, das sind nur die ersten anderthalb Seiten. Die anderen zwanzig Seiten sind Kommentare und Diskussionen. Darunter auch mindestens dreißig Beiträge von jemandem, der sich ›Anwohner‹ nennt. Sehr sinnig. Die Kollegen sind gerade dabei, die IP-Adresse von diesem ›Anwohner‹ herauszufinden. Dem Stil nach zu urteilen, könnte es sich bei ihm durchaus auch um den Autor der Drohbriefe handeln.«

Leidinger überflog den Artikel – im Unterschied zu den meisten anderen Stadtplanern setzte sich Hoffmann darin für eine radikale und durchgehende Öffnung der Innenstadt für den Autoverkehr ein, mit Ausnahme einiger sehr kleiner Straßen, die dann als Parkraum zur Verfügung stünden – und begann, die Kommentare zu studieren. Sie lasen sich ebenso anstrengend wie die Drohmails, voller Grammatikfehler und mit einer furchterregenden Rechtschreibung. Natürlich wusste er, dass es Menschen gab, die nur in der scheinbaren Anonymität des Internets ihrem Hass freien Lauf ließen. Was, wenn jemand sich nicht nur darauf beschränkt hatte?

Er legte die Ausdrucke zur Seite und widmete sich wieder seinem Bericht.

»Wir wissen jetzt, wer der Anwohner ist«, erklärte Tilly wenig später stolz.

»Ja, und wer?«

»Eben genau das – ein Anwohner halt.« Er grinste.

Leidinger atmete tief durch. Der Kollege strapazierte seine Geduld heute über Gebühr. »Anwohner von was?«, fragte er langsam.

»Von Hoffmanns Verkehrskonzept.«

»Halt. Langsam, für mich zum Mitschreiben: Wie lauten Name und Anschrift dieser Person?«

»Hey, Kollege, schon gut. Der Herr heißt Hans Jedin, wohnt in der Sichelstraße.«

»Verstehe.«

Tilly sah Leidinger fragend und leicht beeindruckt an. »Im Ernst jetzt?«

»Ja. Ich habe nämlich die letzten zwei Stunden unter anderem damit verbracht, dieses Konzept für den ruhenden Verkehr zu lesen. Wenn Jedin in der Sichelstraße wohnt, ist mir völlig klar, warum er das Konzept ablehnt.«

Er stand auf und zeigte auf den Stadtplan, der an der Wand hing. »Hier: Sichelstraße, Flanderstraße und Deworastraße sind drei kleine Straßen zwischen Dom und Bahnhof, in denen es seit Langem Probleme mit Durchgangsverkehr und herumirrenden Parkplatzsuchern gibt, sowohl aus Trier als auch von außerhalb. Die Straßen sind einfach sehr eng – original mittelalterliches Stadtbild, für den Historiker. Entschuldige«, fügte er hinzu und grinste, als er den Gesichtsausdruck seines Kollegen sah.

»Außerdem gibt es dort noch zwei Gymnasien, und da die Kinder heute keine zehn Meter mehr zu Fuß gehen dürfen, bedeutet das, dass die Eltern dort halten und ihre Sprösslinge ein- und aussteigen lassen. Das hält den Verkehr dann natürlich noch zusätzlich auf. Hoffmann schlug also vor, die Flanderstraße für den Durchgangsverkehr komplett zu sperren. Was bedeutet, der Verkehr in der Dewora- und der Sichelstraße würde erst einmal zunehmen – behaupten zumindest die Gegner seines Planes. Und das sagt den Anwohnern, unter ihnen wohl Jedin, wiederum nicht zu. Verglichen mit dem Lärm- und Abgasproblem im Berufsverkehr in Olewig oder dem Avelertal ist das allerdings immer noch ein Luxusproblem. Na, wie auch immer. Dann wollen wir diesen Herrn Jedin mal besuchen – sieht so aus, als könnte der Mann interessant für uns sein.«

Um die Mittagszeit war es wirklich unmöglich, einen Parkplatz in der Sichelstraße zu erwischen. Im Auguste-Viktoria-Gymnasium musste gerade der Unterricht zu Ende gegangen sein, denn die Flanderstraße war in der Tat vollgestopft mit SUVs und Kleinwagen, die Teenager ein- und umluden. So langsam gewannen Hoffmanns Thesen für Leidinger an Anschaulichkeit.

Er hatte Straßen bisher eher neutral als Verbindungen zwischen zwei Punkten betrachtet. Natürlich hatte er sich über die gefühlten zehntausend Trierer Einbahnstraßen oder die zeitraubenden und völlig asynchronen Ampelschaltungen geärgert, und so etwas wie eine übergeordnete Planung zur Vermeidung von Flaschenhälsen und neuralgischen Punkten hatte er in Trier bislang noch nicht feststellen können. Er war aber bereit, zuzugestehen, dass er möglicherweise zu hart mit den Stadtplanern ins Gericht ging. Wenn man eine Stadt völlig neu planen könnte, würde man sicher alles besser machen. In einer Stadt, deren älteste Straßen zweitausend Jahre alt und für Pferdekarren ausgelegt waren, konnte man als Verkehrsplaner wahrscheinlich höchstens Schadensbegrenzung versuchen. Und zwar nach jedem Krieg nach den Vorstellungen, die gerade in Mode waren.

In den sechziger Jahren fuhren Autos auf der Simeonstraße, und er konnte sich noch gut daran erinnern, dass bis vor ein paar Jahren die großen Plätze Triers, der Viehmarkt ebenso wie der Domfreihof und der Kornmarkt, lediglich kostenlose Parkplätze gewesen waren. Das konnte man sich heute wirklich nicht mehr vorstellen. Das römische Straßennetz war von einer beeindruckenden Schnörkellosigkeit gewesen, vollkommen rechtwinklig angelegt. Aber damals hatte es wohl auch recht wenig ruhenden Verkehr gegeben, nahm er an. Sie ließen das Auto an der Sieh-um-Dich stehen und gingen den kurzen Weg bis in die Sichelstraße zu Fuß.

Ein Mann in den Sechzigern öffnete ihnen die Tür. Hans Jedin wirkte nicht besonders überrascht über den Besuch der Kriminalpolizei. Er zupfte den Kragen seines Polohemdes zurecht und räusperte sich. »Kommen Sie nur herein, die Herren. Ich habe Sie schon erwartet!« Er trat beiseite und machte eine einladende Handbewegung.

Eine so freundliche Begrüßung machte Leidinger aus Erfahrung misstrauisch. Vorsichtig betraten sie die Wohnung.

»Nehmen Sie doch erst einmal Platz, meine Herren. Ich bin gleich bei Ihnen.« Jedin führte sie ins Wohnzimmer, das trotz der wuchtigen Couch-Landschaft eher einem Arbeitszimmer glich, mit einigen deckenhohen »Ivar«-Regalen. Das Arbeitszimmer eines Psychopathen, wie Tilly Leidinger zuflüsterte.

»Sei bloß still!« Leidinger versuchte, ihn mit einer raschen Handbewegung zum Schweigen zu bringen. Allerdings war auch er von dem Anblick beeindruckt, der sich ihnen bot. Jedin hatte fast so viele Aktenordner in den Regalen stehen wie Hoffmann in seinem Büro. Aber das wirklich Verstörende waren die Wände: Nur noch stellenweise war die weiße Raufaser zu sehen. Darüber waren sie geradezu tapeziert mit Zeitungsausschnitten, teils aktuell, teils bereits vergilbt und verblasst.

Leidinger las einige der Überschriften. Es schien sich ausnahmslos um Artikel zu handeln, die etwas mit Autos, Verkehr oder Parkplätzen zu tun hatten. Die älteren Artikel beschäftigten sich noch mit dem Bau der Ungers-Vitrine, dem Glaspalast auf dem Viehmarkt und den Ausgrabungen der Viehmarkt-Thermen. Wann war das denn gewesen? – Anfang der neunziger Jahre, wenn er sich recht erinnerte. Anscheinend hatte das Thema »Verkehr« Jedin schon lange, bevor Hoffmann auf den Plan getreten war, beschäftigt, denn damals musste der noch studiert haben.

Tilly schien dieses Archiv höchst fragwürdig zu finden, denn als Jedin mit den Worten »Ich muss noch mal schnell nach der Kamera sehen!« verschwand, beugte er sich zu Leidinger und flüsterte: »Du, ich glaub, der hat einen Sparren, aber gewaltig.«

Leidinger seufzte innerlich. Der Kollege hatte ein Talent, das Offensichtliche auszusprechen, das war sagenhaft. »Wenn dem so ist, dann ist er wahrscheinlich nicht begeistert, wenn du es ihm auch noch mitteilst«, flüsterte er.

»Haben Sie etwas gesagt?«, erkundigte sich Jedin. Er stand in der Wohnzimmertür, eine kleine Digitalkamera in der Hand. Auf Tillys fragenden Blick hin erwiderte er achselzuckend: »Der Akku ist fast leer.«

»Was nehmen Sie denn so auf?« Leidinger versuchte, die Frage nach unbefangenem Small Talk klingen zu lassen.

»Diese verdammten Autos.«

»Sie filmen Autos? Warum?«

Communication failed, wie die Computerexperten jetzt wohl sagen würden.

»Weil die falsch parken, natürlich«, erklärte Jedin geduldig, als hätte er ein besonders begriffsstutziges Kind vor sich. »Das ist hier immer noch ein Wohngebiet und kein Parkplatz. Ich lasse mir das nicht bieten, ich sammele Beweise. Und die lege ich dann dem Ordnungsamt vor. Fragen Sie Ihren Kollegen dort, Herrn Wagner, ruhig einmal nach mir. Er ist immer ausgesprochen dankbar für meine Unterstützung. Einer muss es ja machen. Die

Polizei kümmert sich schließlich um nichts«, ereiferte sich Jedin mit einem giftigen Seitenblick auf ihn.

Jetzt hieß es vorsichtig vorgehen. Ganz, ganz vorsichtig. Leidinger hoffte nur, dass sein Kollege nicht vorhatte, die Gesprächsführung zu übernehmen.

»Herr Jedin, Sie haben uns noch gar nicht gefragt, was wir eigentlich von Ihnen wollen.«

»Mich verhaften, nehme ich an. Weil es diesen Autonarren erwischt hat.«

Sollte das wirklich so schnell und reibungslos über die Bühne gehen?

»Sie haben ziemlich hitzig mit Professor Hoffmann diskutiert, im Internet.« Leidinger hätte nicht gedacht, dass er einmal einem Verdächtigen mit diesem Argument kommen würde, und war ein bisschen stolz auf sich. Niemand sollte sagen, dass er nicht mit den modernen Kommunikationsmitteln umgehen konnte.

»Stimmt.«

Zu seiner Verblüffung versuchte Jedin gar nicht, das abzustreiten, und brachte ihn damit erst einmal aus dem Konzept. Das war allerdings das einzig Positive an Überzeugungstätern: Hatte man sie einmal überführt, standen sie meist zu dem, was sie angerichtet hatten.

»Weil er meine Lebensqualität beeinträchtigen wollte. Und das lasse ich mir nicht gefallen. Wissen Sie eigentlich, was mich diese Wohnung hier gekostet hat?«

»Kann's mir vorstellen«, murmelte Tilly. Laut sagte er: »Allerdings schaut es ja nun so aus, dass jemand die Lebensqualität vom Herrn Hoffmann beeinträchtigt hat, und zwar nachhaltig. Können Sie uns vielleicht etwas dazu sagen?«

»Ja.« Er sah sie triumphierend an. »Ist nicht schade um den! Aber ich war's nicht.«

Tilly zog den Ordner mit den Drohbriefen aus der Tasche und legte ihn vor Jedin auf den Tisch. Der blätterte darin herum.

»Haben Sie diese Briefe hier geschrieben? Und überlegen Sie sich genau, was Sie jetzt antworten, weil – a) wir bekommen es eh raus, und b) denken Sie lieber zweimal nach, ob Sie sich selbst belasten wollen. Das müssen Sie nämlich nicht.«

Leidinger dachte kurz über diese unkonventionelle Form der Belehrung nach und kam zu dem Schluss, dass sie vermutlich nicht zu beanstanden war.

»Oh ja.« Jedin nahm den Ordner und strich fast liebevoll eine zerknitterte Seite glatt. Ein maliziöses Lächeln überflog sein Gesicht: »Werden Sie mich jetzt verhaften?«, wollte er wissen.

»Wir möchten Ihnen erst einmal ein paar Fragen im Zusammenhang mit dem Tod Richard Hoffmanns stellen. Auf dem Präsidium.«

»Na, wenn Sie meinen. Ich wechsele nur noch rasch den Akku und ziehe mich um.«

Leidinger und Tilly tauschten verwirrte Blicke, als Jedin sich anschickte, das Wohnzimmer zu verlassen.

»Herr Jedin, haben Sie mich nicht verstanden? Wir möchten Sie wegen des Todes von Professor Richard Hoffmann vernehmen«, wiederholte er.

»Doch, doch, ich habe Sie sehr gut verstanden, junger Mann. Sie müssen mich als Nächstes nach meinem Alibi fragen.«

Leidinger mochte es gar nicht, wenn jemand anders ihm das Tempo diktierte. Aber Jedin hatte recht. Genau das hatte er eigentlich tun wollen. »Okay – wo waren Sie in der Nacht von Montag auf Dienstag letzter Woche?«

»Ich habe geschlafen, wie jede Nacht. In meinem Bett. Allein. Und jetzt müssen Sie mich bitte kurz entschuldigen. Diese Falschparker werden ungemein dreist, wenn sie sich unbeobachtet fühlen, man darf da nicht nachlassen. Sie haben ja offensichtlich wichtigere Dinge zu tun, als sich um die Anliegen von anständigen Bürgern zu kümmern.«

Leidinger ließ das einmal so stehen. »Ich fürchte, Ihr Alibi genügt uns nicht. Wenn Sie jetzt bitte mitkommen würden.«

Jedin stemmte die Hände in die Hüften und seufzte theatralisch. »Wissen Sie, eigentlich ist es eine Unverschämtheit, einen ordentlichen Mitbürger und Steuerzahler zu belästigen, der nichts Unrechtes getan hat. Aber wenn Sie darauf bestehen … es ist schließlich Ihre Zeit, die Sie verschwenden. Wenn auch unser aller Steuergeld.«

»Wir müssen darauf bestehen. Und, Herr Jedin: Machen Sie

bitte keine Schwierigkeiten. Kommen Sie einfach mit uns mit. Wenn Sie sich nichts vorzuwerfen haben, klären wir das ganz schnell.«

Jedin war einer dieser Typen, die schwer einzuschätzen waren. Er verhielt sich zwar äußerlich vollkommen ruhig, sah sie aber an, als ginge er im Geiste bereits verschiedene Möglichkeiten durch. Leidinger hoffte inständig, er würde keine Dummheiten machen, und tatsächlich hatten sie Glück.

Jedin zuckte nur mit den Schultern. »Hoffentlich hält der Akku so lange durch«, sagte er.

»Ich muss mich verbessern«, sagte Tilly, als sie Jedins Vernehmung kurz unterbrachen, »der ist nicht irre, der ist vollkommen bösartig.«

Jedin hatte gerade eine Dreiviertelstunde lang komplizierte, verworrene und überaus weitschweifige Erklärungen zur seiner Meinung nach verfehlten Trierer Verkehrspolitik abgegeben. Als er gerade etwas von einer Kabinenbahn faselte, hatte Tilly erklärt, er brauche jetzt frische Luft.

»Ich fürchte, wir müssen wieder reingehen.«

»Bernd, bitte nicht, ich bin selber schon ganz wirr im Kopf von dem, was der erzählt. Will er auf verminderte Schuldfähigkeit hinaus?«

»Ich weiß es nicht. Das mit der Kabinenbahn ist übrigens eine lange Geschichte. Erzähle ich dir ein andermal, wenn es dich interessiert. Es ging um die Anbindung der Höhenstadtteile auf dem Petrisberg. Hoffmann hat dazu ganze Abhandlungen verfasst und Mail-Diskussionen mit ausländischen Kollegen geführt.«

Tilly winkte ab. »Du kannst besser mit ihm als ich, ich hab einfach nicht den Hauch einer Ahnung, wovon der eigentlich redet.«

Leidinger hielt ihm wortlos die Tür auf. Jedin sah sie schon erwartungsvoll an und rückte energisch seine Brille zurecht.

»So, Herr Jedin, machen wir weiter. Und ich meine jetzt nicht mit der Kabinenbahn. Gehen wir den Montagabend noch einmal durch. Uns interessiert vor allem, was sie so ab zwanzig Uhr gemacht haben.«

»Dasselbe wie jeden Abend. Ich habe die Nachrichten gesehen, dann die Kamera in den Nachtmodus versetzt – ich habe den Restlichtverstärker eingeschaltet – und war danach noch ein bisschen im Internet unterwegs.«

Tilly fragte: »Haben Sie noch mehr Drohbriefe oder Mails verschickt?«

Jedin schürzte die Lippen. »Herr Kommissar, das sind keine Drohbriefe, das sind berechtigte Anliegen eines besorgten Bürgers.«

Tilly hob abwehrend die Hände. »Bitte, nicht schon wieder. Hier schreiben Sie: ›Es wird etwas passieren, wenn Sie nicht von Ihren Plänen lassen.‹ Oder hier: ›Hören Sie auf, oder es wird Konsequenzen für Sie haben.‹ Und das sollen keine Drohungen sein? Was denn dann?«

Jedin schwieg und sah ihn herausfordernd an. »Ich würde es eher eine treffende Voraussage nennen«, erwiderte er dann.

»Haben Sie Ihre Wohnung später am Montagabend vielleicht noch einmal verlassen?«

»Nein.« Er verschränkte die Arme vor der Brust.

»Denken Sie noch einmal ganz genau nach«, forderte Leidinger ihn auf.

»Ich habe Ihnen alles gesagt, da können Sie noch so oft fragen. Mir war nicht bewusst, dass ich Zeugen dafür brauche, wie ich meine Abende verbringe.«

»Es wäre hilfreich für Sie, wenn Sie welche hätten. Ich sage es Ihnen ganz offen – für uns sieht es so aus, dass Sie Professor Hoffmann getötet haben. Sie haben ein Motiv und kein Alibi. Das reicht für einen Haftbefehl«, sagte Tilly.

Im Leben nicht, dachte Leidinger. Sie hatten außer den Briefen keinen Anhaltspunkt für Jedins Schuld. Und ob der sich so leicht beeindrucken ließ, bezweifelte er.

»Ich habe Ihnen nichts mehr zu sagen. Ich bedauere es nicht, dass Hoffmann jetzt keinen Schaden mehr anrichten kann, aber ich habe nichts damit zu tun.«

Das war alles, so ging das schon seit Stunden, keine weiteren Erläuterungen, keine Verteidigung. Sobald Tilly oder er das Gespräch – egal wie behutsam – auf Jedins Alibi, sein Motiv oder ganz allgemein auf den Tod Hoffmanns lenkten, blockte Jedin nach kurzer Zeit ab. Er hatte sofort zugegeben, Hoffmann im Internet beschimpft zu haben. Auch die Urheberschaft an einem Großteil der Briefe in seinem Korrespondenz-Ordner hatte er gleich eingeräumt. Hier war Leugnen auch wirklich zwecklos, denn beides würde man ihm mit Leichtigkeit nachweisen können. Aber er bestritt beharrlich, Hoffmann getötet zu haben.

»Ach, kommen Sie, Herr Jedin. Sie wollten Hoffmann aus dem Weg räumen, ein für alle Mal. Sie sind ja regelrecht besessen von dem Mann gewesen. Haben Sie sich mit ihm verabredet, bei ihm zu Hause? Wollten Sie ihm mal so richtig die Meinung sagen, von Mann zu Mann?«

Jedin sah Leidinger mit aufreizender Herablassung an. »Entweder können oder wollen Sie es nicht verstehen. Ich arbeite für das Gemeinwohl – ehrenamtlich versteht sich, nicht auf Kosten des Steuerzahlers, wie ich betonen möchte –, und allein deswegen würde ich niemals jemandem etwas antun, nicht einmal diesem Hoffmann. War auch wohl nicht nötig, anscheinend hat er ja endlich die Konsequenzen gezogen und wenigstens einmal das Richtige getan. Oder er hat sich noch mehr Feinde gemacht, wovon ich stark ausgehe.«

***

Perlen vor die Säue, dachte Christian Rausch mit einem leichten Anflug von Schadenfreude. Saskia Caspary wirkte wieder einmal äußerst kompetent in ihrem Hosenanzug und mit den blonden, streng hochgesteckten Haaren. Sie unterschied sich deutlich von den anderen Geografen, die eher einen legeren Look bevorzugten, in dem sie auch notfalls geländetauglich waren. Das war sie in ihrem Business-Outfit sicher nicht. Und es sah eindeutig nicht so aus, als ob das, was sie gerade machte, ihr große Freude bereitete.

Rausch sah ihr von der letzten Reihe im Hörsaal aus zu, wie sie vor hundertzwanzig mehr oder weniger gelangweilten Studenten stand, die miteinander tuschelten, ihre Handys bearbeiteten und alles Mögliche anstarrten, nur nicht ihre Präsentation. Einige zwangen sich wenigstens dazu, mitzuschreiben. Dabei musste er zugeben, dass ihr Vortrag wirklich gut war. Die Studenten verpassten eine echte Gelegenheit, etwas zu lernen. Sie konnte es sich allerdings leisten, die Missachtung ihres Publikums überhaupt nicht zur Kenntnis zu nehmen, und sprach ungerührt weiter:

»Und diese Maßnahmen zum Bodenschutz, die ich eben aufgeführt habe, das Anpflanzen von Feldgehölzen, Konturpflügen …«, hektisches Gekritzel auf Blöcken, »… oder auch der Verzicht auf Monokulturen mit starker Auszehrung des Bodens – ich nenne hier exemplarisch Mais –, und stattdessen der Einsatz von Mischkulturen, sind wirksame Methoden zur Verhinderung von Erosion und Degradation. Vielen Dank für Ihre Aufmerksamkeit, ich sehe Sie dann nächste Woche zur Klausur.«

Die leise Ironie in ihren Worten war an die Studenten genauso verschwendet wie der Rest des Vortrages und fiel ihnen überhaupt nicht auf. Christian Rausch schon. Er musste lächeln. Flüchtiges Klopfen auf die Pulte, bevor die Studenten aus dem Hörsaal drängten. Es war die letzte Vorlesung für heute gewesen, achtzehn bis zwanzig Uhr, und er konnte sehr gut verstehen, dass alle so schnell wie möglich verschwinden wollten. Er war auch nur noch hier, weil er ein paar dringende Fragen an Frau Caspary hatte. Und sie ihm endlich eine Audienz gewährt hatte. Sie trennte den Laptop vom Beamer, packte ihre Sachen ein und hängte sich die Tasche um, als sie ihn bemerkte.

»Ach, Herr Rausch.«

Täuschte er sich, oder klang sie nicht besonders erfreut? »Ich dachte, ich hole Sie ab. Wenn ich Ihnen mit der Tasche helfen kann?«

Wie macht sie das bloß, dachte er. Es ist acht Uhr abends, sie ist doch auch schon den ganzen Tag hier und sieht aus wie aus dem Ei gepellt. Das war auch so ein mysteriöses Frauen-Ding, vermutete er. Er versuchte, einen Tomatensoßenfleck vom Mittagessen auf seinem Hemdsärmel zu verbergen, indem er ihn hochkrempelte. Vielleicht ließ ihn das dynamisch und zupackend wirken. Es brachte ihm einen mitleidigen Blick von Frau Professor Caspary ein. Schnell krempelte er den Ärmel wieder herunter, der jetzt fleckig *und* zerknittert war.

»Das ist sehr aufmerksam von Ihnen.« Sie öffnete die Tür zu ihrem Büro und bedeutete ihm, einzutreten. Auf dem Schreibtisch stand eine Schale mit Keksen, ein unförmiges Prachtstück aus ungleichmäßig hellblau glasiertem Ton. Hatte sie nicht einmal erwähnt, dass ihr Mann unterrichtete? Arbeitslehre oder so etwas Ähnliches? Wenn dabei solche Objekte herauskamen, durfte man sich eigentlich nicht mehr über die Studierenden wundern. Sie stellte das Keksmonstrum auf den kleinen Beistelltisch.

»Und, wie läuft es so mit den Projektanträgen? Alles klar? Ist ja eine ganze Menge Papierkram«, begann er bemüht locker.

Sie sah ihn scharf an. Hatte er da etwa einen wunden Punkt berührt?

»In der Tat«, erwiderte sie, »vor allem, wenn man auch noch einigermaßen ernsthaft Wissenschaft betreiben möchte. Als hätte man nicht schon genug zu tun mit Forschung, Lehre und Evaluation. Aber wahrscheinlich lohnt es sich. Irgendwann. Hoffentlich bald.«

»Sie wollen diesen Sonderforschungsbereich unbedingt für die Physische Geografie, was? Warum überlassen Sie das eigentlich nicht der Bodenkunde?«

Sie winkte ab. »Erosionsforschung fordert einen interdisziplinären Ansatz. Bodenkunde, Raumplanung, Klimatologie sind doch letztlich nur einzelne Teilbereiche mit einer eingeschränkten Sicht auf größere Zusammenhänge. Meiner Meinung nach ist nur die Physische Geografie in der Lage, die Mittel angemessen einzusetzen. Schließlich beschäftige ich mich bereits seit fast zwanzig Jahren mit dem Komplex, und das ist auch nötig. Nur deswegen verfüge ich mittlerweile über ausreichende Daten, um verlässliche Aussagen treffen zu können. Das ist etwas völlig anderes als bei diesen Modethemen, die in einem Jahr absolute Priorität bei den Fördergeldern haben und nach denen im nächsten Jahr kein Hahn mehr kräht. Wobei ich Ihnen natürlich nicht zu nahe treten möchte.«

»Überhaupt kein Problem«, versicherte er. Als ob Artenschutz ein solches Modethema wäre – das war ja wieder mal typisch.

»Sie sind immer noch an dieser Schildkrötensache dran, nicht wahr?«

»Oh ja, allerdings. Und wie. Das wird eine echte Sensation. Und es hat Regionalbezug, schließlich geht es um das Vorkommen einer bedrohten Tierart im Kreis Trier-Saarburg.« Er machte eine kleine Pause. »Natürlich sind Sandstürme in Mali nicht gerade irrelevant, verstehen Sie mich nicht falsch.« Was sie konnte, konnte er schon lange.

»Es geht bei Weitem nicht nur um Sandstürme in Mali, auch wenn wir dort tatsächlich viele Daten erhoben haben. Wie Bodenerosion zu verhindern ist und welche Maßnahmen eine nachhaltige Nutzung ermöglichen, ist eine Frage, die im 21. Jahrhundert von existenzieller Bedeutung ist, bei einer Weltbevölkerung von sieben Milliarden. Das Problem ausgelaugter Böden ist auch direkt vor unserer Haustür ein Thema – schauen Sie sich nur mal die Mais- und Raps-Monokulturen in der Eifel an«, sagte sie und lächelte dann freundlich. »Entschuldigung, jetzt rede ich nur von meinem Projekt. Aber Sie wissen ja, wie das ist: Wes' das Herz voll ist, geht der Mund über. Erzählen Sie doch mal von Ihren Schildkröten. Ist Ihnen der Erstnachweis endlich gelungen? Arbeiten Sie eigentlich ganz allein an dem Projekt?«

»Ich habe noch eine sehr engagierte Studentin, die ihre Abschlussarbeit darüber schreiben möchte und einen Großteil der Geländearbeit übernimmt.« Und die hoffentlich ganz schnell auch ein paar Schildkröten vorweisen kann, ergänzte er in Gedanken.

»Na, da haben Sie ja Glück! Sicher ist das eine große Unterstützung für Sie.«

»Allerdings, ich wüsste nicht, was ich ohne sie machen würde. Wie Sie das so ganz ohne Hilfskräfte hinbekommen, bei den ganzen Daten, die Sie da auszuwerten haben, Respekt! Erosionsforschung, da müssen Sie ja endlos viel messen und rechnen.«

Beziehungsweise: Sie musste die richtigen Computerprogramme drüberlaufen lassen, die die Auswertung machten. Big Deal … die Frau Professor musste dann nur noch hübsche Excel-Diagramme und PowerPoint-Präsentationen daraus machen. Die hatte bestimmt noch nicht stundenlang in einem Weiher gestanden und versucht, Schildkröten einzufangen. Nicht mit diesen Schuhen jedenfalls. Er sah sie vor sich, wie sie mit ihrem marineblauen Kostüm und den Lackpumps im Mattheiser Weiher zwischen den Seerosen und Nilgänsen stand, und die Vorstellung erheiterte ihn für einen Augenblick.

»In der Tat. Es sind schließlich die Ergebnisse von über zwanzig Jahren harter Feldarbeit«, entgegnete sie knapp. »Oh, wie unhöflich von mir. Möchten Sie eigentlich einen Kaffee?«

»Besten Dank, aber nicht mehr um diese Uhrzeit. Wenn Sie eventuell einen Tee hätten?« Sein Magen war ruiniert genug.

Sie kramte in einer Schublade herum und brachte schließlich eine zerdrückte Packung Teebeutel zum Vorschein. »Früchtetee ist recht?«

»Klar, gern, wenn er nicht zu viel Säure hat. Ich habe einen empfindlichen Magen.«

Das Wasser kochte, und sie goss den Tee auf. Eine kleine Staubwolke schwebte über der Tasse, als das Wasser auf den Beutel traf.

»Bedienen Sie sich nur, die Nusskekse sind sehr lecker. Selbst gebacken. Nicht von mir, sondern von der Hauswirtschaftsklasse meines Mannes.«

Christian Rausch neigte bedauernd den Kopf. »Leider habe ich eine Nussallergie. Schade.« Die Plätzchen sahen aus wie kleine Meteoriten mit einer sehr hohen Dichte und vermutlich einem Kern aus Eisen. Und die Schokoladenkekse wirkten auch nicht besser.

Er schlürfte nachdenklich den wässrigen Früchtetee, stellte die Tasse auf den Tisch und stand auf. »Das war sehr interessant, und vielen Dank auch für den Tee. Dann noch einen schönen Abend.«

Saskia Caspary verschluckte sich an einem staubtrockenen Schokoladenkeks. Tränen stiegen ihr in die Augen. »Ihnen auch«, brachte sie hustend hervor. »Auf Wiedersehen, Herr Rausch.«

Auf dem Weg zum Ausgang hing Christian Rausch hauptsächlich einem Gedanken nach, von dem er ahnte, dass er ihn in den folgenden Tagen – und Nächten – noch ausführlicher beschäftigen würde: Wie um Himmels willen könnte es ihm bloß gelingen, gegen ein dermaßen fundiertes Forschungsprojekt wie das von Frau Professor Caspary zu bestehen? Zwanzig Jahre … Vor gut zwanzig Jahren war die Mauer gefallen, der Soundtrack dazu kam von David Hasselhoff, und er selbst war gerade dabei gewesen, Lesen und Schreiben zu lernen. Und seinen einzigen Pluspunkt, den Regionalbezug, hatte er anscheinend auch verloren. Wann zum Teufel hatte sie die Eifel miteinbezogen? Er war die ganze Zeit davon ausgegangen, dass sie sich auf tropische Böden in irrelevanten Ländern mit ständig wechselnder Grenzziehung beschränkt hatte. Er musste dringend etwas unternehmen. Ganz in Gedanken versunken prallte er gegen die Glastür des Haupteingangs, die sich völlig unerwartet nicht öffnete.

Er kramte in seinen Hosentaschen. Wo war denn der verfluchte Transponder? Er musste ihn im Büro liegen gelassen haben. Was bedeutete: sich auf eine Odyssee durch das halbe Gebäude zu begeben. Das musste auch einfacher gehen. Er machte sich noch einmal auf den Weg zum Büro der Frau Professor.

»Entschuldigen Sie, wenn ich Sie noch einmal störe, Frau Caspary, aber ich habe meinen Transponder vergessen. Könnten Sie mich vielleicht rauslassen?«, fragte er so freundlich wie möglich.

Sie stand auf. Rausch fiel auf, dass sie noch keinerlei Anstalten gemacht hatte, ihr Büro zu verlassen. Überstunden gehörten zwar für sie alle dazu, aber die Caspary schien hier ja fast zu wohnen. »Selbstverständlich«, sagte sie.

Auf dem Weg sprach sie kein Wort. Nur als sie fast mit Professor Lieschmann zusammenstieß, der einen Stapel Bücher und Papier vor sich hertrug, hellte sich ihr Gesicht einen Moment auf. »Guten Abend, Herr Lieschmann, auch noch am Arbeiten?«

Lieschmann lächelte freundlich zurück. »Ach, Sie wissen

ja, wie es ist, bin den ganzen Tag noch zu nichts gekommen. Übrigens – vielen Dank für den Artikel, Frau Caspary, der war wirklich sehr interessant. Niedere Pflanzen der Westsahara … spannend.«

»Immer gern. Freut mich, dass ich helfen konnte. Bringen Sie ihn einfach bei Gelegenheit zurück, es eilt nicht.«

DIENSTAG

Schlamm, nichts als Schlamm, Matsch und Morast. Zwei Tage und Nächte Dauerregen hatten die Umgebung des alten Hospitals in eine schiere Schlammwüste verwandelt. Unglaublich, dass die Trierer da mal eine Gartenschau veranstaltet hatten. Mit Algen vielleicht oder irgendwelchen Sumpfpflanzen. Die paar Tulpen im Beet dazwischen rissen es auch nicht gerade raus. Sie sollten wohl für Frühling und neues Wachstum stehen, was aber eine eher kühne Behauptung seitens des zuständigen Gärtners wäre. Ein Lichtblick – im wahrsten Sinne des Wortes – war lediglich das Gewächshaus neben dem Hauptgebäude. Eine solche Beleuchtungstechnik … und um die Stromrechnung brauchten sich die Herren Professoren ja nicht zu kümmern. Allerdings verschwendeten sie diese wunderbaren Quecksilberdampf-Tageslichtlampen tatsächlich an Gras. Also an ganz gewöhnliches grünes Gras, das genauso aussah wie das draußen auf der Wiese vor dem Gewächshaus. Da sehe mal einer einen Sinn drin …

Tilly stapfte missmutig durch den Matsch. Eben noch war er durch eine rote Pfütze gewatet, hier ging die Farbe mehr ins Bräunliche. Irgendein besserwisserischer, neugieriger und selbstverständlich notorisch im Weg herumstehender Geograf hatte ihm etwas von Eisenoxiden und Hämatit erzählt. Möglich auch, dass es sich um einen Geologen gehandelt hatte. Herrgott, als ob das jetzt wichtig wäre. Wichtig war hier etwas ganz anderes, nämlich warum sie gerade dabei waren, einen Toten aus dem flachen Teich vor dem Seiteneingang des Gebäudes zu ziehen.

Es handelte sich um einen gewissen Friedrich Lieschmann, Professor für Botanik, der da im Schilf lag. Daran konnte dank der zahlreichen hilfreichen Hinweise der Umstehenden leider kein Zweifel bestehen. Professor Lieschmann trieb mit dem Gesicht nach unten im flachen Wasser zwischen Rohrkolben und Seerosen. Die Blesshühner waren vor dem ganzen Trubel in den Schilfgürtel geflohen und schnatterten empört.

Um etwas Genaueres zu sagen, war es – wie immer – noch

viel zu früh. Es konnte natürlich ein tragischer Unfall gewesen sein. Einfach Pech. Nur war diese Hypothese nicht unbedingt tragfähig. Dafür, dass ein gesunder Mann von schätzungsweise Ende vierzig einfach so in einem Teich von etwas mehr als fünfzig Zentimeter Tiefe ertrank, gab es eigentlich nur zwei plausible Erklärungen: entweder Alkohol und/oder andere Drogen oder ein Anfall – vielleicht ein Herzinfarkt oder Epilepsie.

Ob irgendeine Substanz bei Lieschmanns Tod eine Rolle spielte, würde man erst nach Meyers toxikologischem Gutachten sagen können. Der Notarzt hatte nur noch Lieschmanns Tod feststellen und ihnen immerhin noch mitgeben können, dass der wohl schon ein paar Stunden zurückläge.

Der zweite Todesfall innerhalb einer Woche. Was die Theorie seines Kollegen über Hoffmann erst einmal zu bestätigen schien. Und was ihren Chef sicher überhaupt nicht freuen würde, dem es am liebsten gewesen wäre, wenn über »diese tragische Sache mit Professor Hoffmann« so schnell wie möglich Gras gewachsen wäre – oder irgendetwas anderes, Tulpen, Schilf oder Schafgarben seinetwegen. Die Botanik gab ja genug her. Ihn selbst begeisterte es auch nicht gerade, davon einmal ganz abgesehen. Aber das scherte ja – wie üblich – keinen.

Tilly atmete tief durch und beobachtete, wie Schneider von der Spurensicherung einen zappelnden roten Goldfisch aus Lieschmanns tropfender Strickjacke zog und zurück in den Teich warf. Und dann waren hier noch all diese Leute, diese Studenten und Geologen, die völlig unbeeindruckt von den Absperrmaßnahmen über seinen Tatort liefen. Wenn sie nicht gerade im Weg herumstanden und gafften. Oder … das durfte doch nicht wahr sein!

»Halt! Bleiben Sie sofort da weg, was glauben Sie, warum da abgesperrt ist?«, rief er einer Gruppe von Studenten nach, die sich gerade bückten, um unter dem rot-weißen Flatterband durchzuklettern.

»Hier ist doch überall irgendwas abgesperrt. Wenn man immer die ganzen Umwege machen würde, käme man nie rechtzeitig in seine Seminare«, erklärte einer der drei. Die anderen beiden lachten beifällig.

Endlich kam jemand, der Verantwortung zu tragen schien, mit festen, energischen Schritten direkt auf ihn zu. Tilly stöhnte auf. Ausgerechnet. Es war Frau Lörke, Hoffmanns Sekretärin, die er von ihrem ersten Besuch noch in wenig angenehmer Erinnerung hatte. Trotzdem nahm er sich vor, charmant zu bleiben. Die ältlichen Oberpfälzerinnen mochten das, vielleicht hatte er auch hier Glück. Sie war ja auch schon ein wenig reifer, die Frau Lörke. In dem Alter waren die Frauen oft recht ansprechbar.

Er setzte sein schönstes Naturburschenlächeln auf und nickte ihr zu. Freundlich und selbstsicher wirken, das fanden die Damen für gewöhnlich vertrauenerweckend. Das konnte er aus dem Effeff.

»Sind Sie hier denn immer noch nicht fertig?«, fragte sie und fixierte ihn mit schräg gelegtem Kopf. Frau Lörke gehörte zu den Personen, die auch auf Leute herabschauen konnten, die dreißig Zentimeter größer waren. »Sie stehen schon den ganzen Morgen hier herum.«

Er zuckte leicht zusammen, und es gelang ihm nur mühsam, sein Lächeln beizubehalten. Gut, hier war sein Charme offenbar nicht gefragt. Trotzdem – man durfte sich nicht provozieren lassen. Ganz wichtig. Immer locker und entspannt bleiben. Und Kompetenz ausstrahlen, wie er es in der denkwürdigen Fortbildung »Zielorientierte Kommunikation – der Bürger als Partner« gelernt hatte. Er hätte nicht gedacht, dass er Inhalte aus diesem Seminar jemals würde anwenden dürfen.

»Grüß Gott, Frau Lörke. Ich würde ja sagen, schön Sie zu sehen, aber unter den gegebenen Umständen … Wissen Sie, so eine Todesermittlung dauert oft mal länger als ein paar Stunden. Nur im Fernsehen geht das in neunzig Minuten. Und wir haben hier gerade erst angefangen.«

Sie wischte seine leise Ironie beiseite. »Wie ist denn der Stand der Dinge?«, verlangte sie Aufklärung.

Dann musste er eben deutlicher werden. Die Dame schien ohnehin eher nicht von der sensiblen Sorte zu sein. »Professor Lieschmann wurde eben erst gefunden. Wahrscheinlich ist er im Teich ertrunken. Das war kein besonders angenehmer Anblick, glauben Sie mir – sicher kein schöner Tod. So möchte man nicht enden.«

Üblicherweise drückte er sich nicht so drastisch aus, aber bei Frau Lörke schienen schwerere Geschütze durchaus angebracht zu sein.

»Gibt es denn Ihrer Meinung nach einen schönen Tod?«

Ja, Herrgott, wie war die denn drauf? Metaphysische Fragen erörtern, während ihr Chef gerade aus dem Wasser gezogen wurde? Jetzt war es aber an der Zeit, etwas mehr auf seine Autorität zu pochen. Er schüttelte entschieden den Kopf. »Kaum. Jedenfalls habe ich noch keinen gesehen. Aber wenn ich es mir aussuchen dürfte, würde ich es nicht unbedingt vorziehen, in einem veralgten Goldfischteich zu ertrinken.«

»Hören Sie, Herr Tilly«, unterbrach Frau Lörke ihn, ungerührt von seiner plastischen Schilderung, »der Tod von Herrn Lieschmann ist für uns alle eine unfassbare Tragödie, vor allem, weil diese unglückliche Sache mit Hoffmann erst ein paar Tage her ist. Sie sollten Ihr Möglichstes tun, um ihn aufzuklären.«

Tilly verschlug es für einen Augenblick die Sprache. Aber nur für einen Augenblick. Diese Unverschämtheit, ihm seinen Job erklären zu wollen! Was glaubte sie denn, was sie hier machten? Und anstatt ihm zu helfen, kam die ihm so daher. »Diese unglückliche Sache mit Hoffmann« – das klang ja nach einem ausgesprochen herzlichen Verhältnis.

»Ja, vielen Dank, Frau Lörke, dass Sie mich daran erinnern. Ich hab mich das auch schon gefragt, weshalb wir hier eigentlich schon den halben Tag im Regen herumstehen. Nachdem wir das dann geklärt hätten, machen Sie doch in der Zwischenzeit einfach weiter Ihre Arbeit und lassen Sie uns die unsrige machen!«

Frau Lörke warf ihm einen Blick zu, der die Tulpen um den Teich herum gänzlich zum Verdorren gebracht hätte, drehte sich um und stolzierte zurück.

Die Studenten zerstreuten sich, als klar wurde, dass die Show zu Ende war. Das wollte er ihnen auch geraten haben. Langsam, aber sicher begannen diese Akademiker ihm gehörig auf die Nerven zu gehen. Jetzt war er gerade einmal seit einer Woche in Trier und schon in einen der größten Skandale verwickelt, die die Uni, ach was, wahrscheinlich diese ganze verschlafene Stadt, je erschüttert hatten. Und das Schlimmste war, dass er wohl noch eine ganze Weile hier herumlaufen und im Morast stochern musste, bildlich gesprochen. Es sah nicht danach aus, als ob das hier schnell ausgestanden wäre. Im Gegenteil. Es wurde komplizierter. Davon, dass Lieschmann plötzlich unter Epilepsie zu leiden begonnen hatte oder sich sinnlos betrunken in selbstmörderischer Absicht in den Teich gestürzt hatte, ging er momentan nicht aus.

Bitte lass es einen Unfall gewesen sein, dachte er. Einen Herzinfarkt, einen Schlaganfall, irgendwas, aber einen Unfall. Ohne Fremdverschulden.

Eine weitere Person kam auf ihn zugeeilt. Noch eine Frau, aber sie wirkte aufgelöst und hatte Schwierigkeiten, mit ihren hohen Absätzen das Gleichgewicht zu halten.

»Um Gottes willen, was ist denn hier passiert?«, fragte sie mit einem Blick auf die Absperrung.

»Darf ich fragen, wer Sie sind?«, erkundigte Tilly sich höflich.

»Saskia Caspary. Was ist denn los?«

»Unterrichten Sie auch hier?«

Sie nickte.

»Es gab einen Todesfall. Einer Ihrer Kollegen ist ertrunken.« Er sah keine Möglichkeit, es ihr schonend beizubringen. »Friedrich Lieschmann.«

»Aber das kann doch nicht sein. Ich meine – wann ist das denn passiert? Ich habe ihn doch … oh Gott, ich habe ihn doch gestern Abend noch gesehen.«

»Sie haben ihn gesehen? Wann war denn das?« Tilly führte sie ein Stück zur Seite, um ungestört mit ihr reden zu können. Das Letzte, was er jetzt brauchen konnte, waren geschwätzige Studenten, die hier und da was aufschnappten und dann die Gerüchteküche zum Brodeln brachten.

»Das muss kurz nach acht gewesen sein. Ich hatte eine Vorlesung, danach habe ich noch im Büro etwas nachgearbeitet, und er kam mir entgegen, als ich den Kollegen Rausch zur Tür begleitet habe.«

Rausch. Tilly machte sich eine gedankliche Notiz. »Und ist Ihnen dabei irgendetwas an Herrn Lieschmann aufgefallen?«

Sie schüttelte den Kopf. »Er war wie immer. Nett, höflich, mit einem Stapel Bücher im Arm. Wir haben nur kurz ein paar Worte gewechselt, dann habe ich ihn nicht mehr gesehen. Das ist wirklich furchtbar!«

Tilly nickte. »Okay, Frau Caspary, danke schon mal für Ihre Hilfe. Wir müssten Ihre Aussage noch protokollieren, das muss aber nicht sofort sein. Wir wissen ja, wie wir Sie erreichen können.«

»Jederzeit. Sie finden mich im ersten Stock, Physische Geografie.«

»Herr Professor Lieschmann ist … ich meine, er war Lichenologe«, erklärte die nette Frau mit dem Pferdeschwanz, die ihnen bei ihrem ersten Besuch aufgeschlossen hatte und die diesmal keine Blumen dabeihatte. Sie stellte sich als Brigitte Murnau vor und wirkte völlig fassungslos über Lieschmanns Tod.

Als sie Leidingers verständnislosen Blick bemerkte, erläuterte sie, dass ein Lichenologe ein Wissenschaftler sei, der sich mit Flechten beschäftigte.

Also mit diesen krustenartigen Flecken auf Steinen und Bäumen, die man zweimal im Jahr mit dem Kärcher entfernen musste. Vorsichtshalber sagte Leidinger das nicht laut. Er hatte das dunkle Gefühl, dass Frau Murnau den Einsatz von Dampfreinigern gegen Flechten nicht gutheißen würde, und er wollte sie nicht kränken.

»Professor Lieschmann hat sich seit Jahren in seiner wissenschaftlichen Arbeit auf Flechten spezialisiert. Die Liste seiner Veröffentlichungen ist endlos – er hat Großes in der Flechtenforschung geleistet. Ich würde sagen, dass niemand mehr für die Bestimmung der *Cladonia*-Arten getan hat als er.«

Daran zweifelte Leidinger ebenfalls keine Sekunde, so überzeugt wie sie das sagte – was auch immer das für Arten sein mochten.

»Becherflechten«, sagte Frau Murnau mit einem traurigen

Lächeln. Sie hatte seinen Gesichtsausdruck völlig richtig interpretiert.

Auf Lieschmanns Schreibtisch stapelten sich Pralinenschachteln, auf denen verschiedenfarbige Etiketten klebten. Er öffnete die oberste und fand darin unzählige kleine Papiertütchen, die in einer kritzeligen Handschrift mit Bleistift beschriftet waren und ihm höchst verdächtig vorkamen, bis ihm klar wurde, dass Aufschriften wie »*Cladonia spec.*« oder »*Peltigera spec.*« wohl etwas Botanisches bezeichneten.

Neugierig und behutsam öffnete Leidinger eines der Butterbrottütchen und zog den obskuren Inhalt ans Tageslicht. Er drehte ihn und betrachtete das seltsame Ding von allen Seiten. So sahen also Flechten aus, wenn sie nicht mehr auf dem Beton klebten oder was immer sie da taten. Das Ding erinnerte mit seinen fremdartigen Auswüchsen, Aufsätzen und Lappen in interessanten Farben entfernt an außerirdische Lebensformen. Jede Menge Flechten also. Eine ganze Sammlung. Vermutlich eine ganze Wissenschaftler-Karriere. Warum um Himmels willen sollte jemand einen Flechtenforscher umbringen? Möglicherweise eine Koinzidenz der Ereignisse und kein Fremdverschulden.

Er schaltete den Rechner an. Rechner waren wichtig: In Hoffmanns Fall hatte er sich auch als wahre Fundgrube für Hintergrundinformationen entpuppt.

»*Enter password.*«

Was für ein Passwort? Er probierte das erstbeste, worauf sein Blick fiel: *Cladonia*. »*Access denied.*« Das Gleiche mit *Peltigera* und *Hypogymnia*. Er setzte sich an den Schreibtisch und starrte auf den Bildschirm. Was für ein Passwort nimmt ein Botaniker, der sich mit Flechten beschäftigt?

Um seinem Blick etwas Abwechslung zu gönnen, starrte er aus dem Fenster und beobachtete, wie sich der Auflauf am Teich langsam zerstreute, nachdem Lieschmann abtransportiert worden war. Es hatte wieder angefangen zu regnen.

»Frau Murnau?«, rief er.

Brigitte Murnaus Büro lag direkt neben Lieschmanns.

»Ja?« Sie blieb in der Tür stehen.

»Wissen Sie zufällig, welches Passwort Herr Lieschmann für seinen Rechner hatte?«

»Das hat er mir nie gesagt, tut mir wirklich leid.«

Leidinger bemerkte, dass ihre Stimme zitterte. »Schon gut, Frau Murnau, danke.«

Sie blinzelte, drehte sich um und verschwand wieder im Nebenraum.

Es muss ihr wirklich nahegehen, dachte er und fragte sich, welcher Art ihre Beziehung wohl gewesen sein mochte. Mehr als beruflich? Oder war das wieder sein berufsbedingtes Misstrauen? Er hörte ihre Schritte und dann eine Tür zufallen. Dann musste er sich eben allein seinem Computerproblem zuwenden. Na gut.

Das Wort »Flechte« tippte Leidinger mit seinem Zwei-Finger-System nur ein, um nichts unversucht zu lassen. Er konnte sich ein triumphierendes Grinsen nicht verkneifen, als der Rechner ihm schließlich das Benutzerprofil Lieschmanns anzeigte. Ha! Dazu brauchte er nicht auf die Experten vom LKA zu warten. Allerdings war er sich nicht sicher, ob sich der Versuch gelohnt hatte.

Auf den ersten Blick erwartete ihn auch hier keine Überraschung: Bilder von *Cladonia* und *Peltigera* und ihren Artgenossen. Unglaublich viele. Leidinger fand es auf eine seltsame Art faszinierend, dass dieser Mann seine ganze Arbeit – also einen großen Teil seines Lebens – einer Sache gewidmet hatte, die ihm selbst immer nur lästig war. Dabei wiesen diese Flechten tatsächlich eine ganz eigene Art von Schönheit auf, wenn man sie so für sich betrachtete. Und was für eine Vielfalt an Farben und Formen: Es gab leuchtend gelbe Krusten, unregelmäßige Farbkleckse auf grauem Beton, andere Formen hingen wie lange, zottelige Nikolausbärte in den Ästen hoher Bäume. Leidinger musste sich fast mit Gewalt von den faszinierenden Bildern losreißen. Vielleicht würde er das nächste Mal den Kärcher in der Garage stehen lassen. Frau Murnau würde das sicher zu schätzen wissen.

Außer den Fotos fand Leidinger noch einen Ordner mit Folien und Skripten für Vorlesungen sowie einige Gewebequerschnitte von Pflanzen in Großaufnahme, die beschriftet waren mit Wörtern wie »Leitbündel«, was vage amtlich klang, oder »Schwammparenchym« – was er sich darunter vorstellen sollte, wusste er nun überhaupt nicht. Wahrscheinlich war es aber auch nicht besonders relevant, notfalls würde er eben Frau Murnau fragen müssen.

Persönliche Dinge fanden sich auf den ersten Blick nicht, Lieschmann hatte seine private Korrespondenz anscheinend nicht im Büro erledigt und nur wenige dienstliche E-Mails geschrieben und empfangen. Auch sein Terminkalender in der Schreibtischschublade gab nicht viel her. Ein paar Arzttermine, Geburtstage … Als Flechtenforscher hatte man wohl kein besonders aufregendes Leben. Er würde sich das später noch einmal genauer ansehen müssen, bezweifelte aber jetzt schon, dass es sehr ergiebig sein würde.

Das trübe Wetter passte durchaus zu Leidingers Stimmung, als er und Tilly zurück ins Präsidium fuhren. Ganz Trier hing unter einer tiefen Wolkendecke, und auch wenn es aufgehört hatte zu regnen, schien es nur eine Frage der Zeit zu sein, bis es wieder anfing.

Sie fuhren am Regenbogenviertel vorbei, wo ein Aushang für freie Appartements warb. Angesichts der schlechten Laune seines Partners verzichtete Leidinger allerdings darauf, ihn auf das Schild aufmerksam zu machen. Schließlich raffte er sich auf und sprach die unangenehme Wahrheit aus. Einer musste es ja tun: »Sollte sich herausstellen, dass Lieschmann ermordet wurde, dann jedenfalls nicht von Jedin.«

»Was du nicht sagst«, entgegnete Tilly. »Das ist mir auch schon aufgefallen. Lieschmanns Tod könnte aber ein Unfall gewesen sein. Vielleicht hat ihn der Schlag getroffen«, fügte er hoffnungsvoll hinzu.

»Jetzt komm – das glaubst du doch selber nicht.«

Tilly schien noch nicht bereit, Jedin kampflos aufzugeben. »Nun ja, es sind schon unwahrscheinlichere Dinge vorgekommen, oder?«

»Klar, genau das werde ich dem Staatsanwalt sagen – Dr. Clüsserath wird sich bestimmt freuen, wenn er damit eine Anklage begründen darf. Und der Haftrichter erst! Ich bitte dich: Wir haben zwei ungeklärte Todesfälle innerhalb einer Woche an der Universität – da liegt es schon nahe, dass ein Zusammenhang besteht. Und ebenso wahrscheinlich ist leider, dass dieser Jedin ein armer Spinner ist, der zu viel Zeit mit Aus-dem-Fenster-Gucken verbringt.«

»Es könnte ein Trittbrettfahrer sein«, beharrte Tilly auf seiner Theorie. »Und du hast selbst gesagt, dass ein Mann, der eine körperliche Auseinandersetzung scheut, zu Gift greifen würde. Und der Jedin ist nun wirklich niemand, dem ich Handgreiflichkeiten zutraue.«

»Es könnte eine Möglichkeit sein«, räumte Leidinger ein. »Ein einziger Täter oder zwei verschiedene, Unfall und Selbstmord. Ich sage es nur ungern, aber wir haben so wenig, dass uns nicht viel anderes übrig bleibt, als jeden dieser Ansätze zu verfolgen. Wir müssen bei null anfangen.«

Leidinger nahm ein Blatt Papier aus der Mappe in seiner obersten Schreibtischschublade. Links schrieb er Friedrich Lieschmanns Namen, daneben den von Richard Hoffmann. Es half ihm, seine Gedanken zu strukturieren, wenn er sie auf Papier festhielt. Dann versuchte er eine Aufstellung der Personen, die mit den beiden zu tun hatten. Bei Hoffmann: seine Exfrau, die Sekretärin Frau Lörke und Hans Jedin. Bei Lieschmann: Frau Murnau und Frau Caspary, die ihn gemeinsam mit einem Herrn Rausch vermutlich als Letzte gesehen hatte. Und Frau Lörke, die auch für ihn gearbeitet hatte.

Tilly hatte nicht unrecht. Es gab immer die Möglichkeit eines Zufalls, oder schlimmer noch, eines Trittbrettfahrers. Wenn Tilly sich also unbedingt weiter mit Jedin beschäftigen wollte, konnte es nicht schaden, wenn er selbst einen anderen Ansatz verfolgte. Legte man sich zu früh eindeutig fest, war man unter Umständen blind für Spuren, die nicht ins Bild passten. Jedin hatte zwar eindeutig Motiv und Gelegenheit, was Hoffmann betraf. Aber er war skeptisch, ob er auch die Mittel dazu hatte, einen so raffinierten Mord zu begehen und ihn dann als Selbstmord zu tarnen. Es schien ihm nicht recht zu dem verbohrten und fanatischen Einzelgänger zu passen, als den er ihn einschätzte.

»Also, wie willst du vorgehen?«, fragte er Tilly.

»Ich werde mal herausfinden, ob Jedin Schlaftabletten nimmt. Ich frag ihn erst mal nett, und wenn er Schwierigkeiten macht, besorge ich mir einen Durchsuchungsbeschluss für seine Wohnung. Dafür müsste es reichen.«

Leidinger würde sich in der Zwischenzeit mit den beiden toten Professoren beschäftigen. Hoffmann und Lieschmann hatten an derselben Universität gearbeitet, beide waren Geowissenschaftler, allerdings war Hoffmann Raumplaner und Lieschmann Botaniker, zwei Fächer, die, soviel er verstanden hatte, wenig miteinander zu tun hatten. Zusammengearbeitet hatten sie jedenfalls nie. Allerdings hatten sie sich eine Sekretärin geteilt.

Wie war es wohl für Frau Lörke, innerhalb einer Woche ihre beiden Chefs zu verlieren? Und was würde jetzt aus ihr werden? Sie war zwar gefürchtet für ihr scharfes Mundwerk und hatte seinen Kollegen zu dessen großer Verärgerung recht unfreundlich zusammengestaucht, aber die beiden Todesfälle konnten sie doch nicht völlig kaltlassen?

Hatte die beiden Männer vielleicht über die Universität hinaus etwas verbunden, hatten sie auch privat miteinander zu tun gehabt? Bisher erschien ihm das Privatleben der beiden Professoren denkbar unspektakulär: Hoffmann war geschieden, Lieschmann alleinstehend, beide ohne Kinder. Vereinsmitgliedschaften: die »Fotografische Gesellschaft« und der »Tennisclub Rot-Weiß« bei Hoffmann, ein »Verein für die Erforschung niederer Pflanzen« bei Lieschmann. Da waren sich die beiden wohl auch eher nicht über den Weg gelaufen.

Leidinger hielt fest, dass es auf den ersten Blick – die Sekretärin einmal außer Acht gelassen – keine berufliche oder private Verbindung zwischen den Männern gegeben hatte. Frau Murnau zufolge hatte Lieschmann nur wenig anderes als seine Flechten im Kopf gehabt. Sie hatte das so gesagt, als ob sie es bedauerte.

Also: Einmal angenommen, Lieschmanns Tod war kein Unfall, dann mussten sie sich fragen, wem sein Tod etwas nutzen würde. Leidinger war nun sicher kein Fachmann, was Botanik betraf, und verfügte nicht einmal ansatzweise über genügend Phantasie, um sich vorzustellen, wer vom Tod eines Flechtenexperten profitieren könnte. Und was bedeutete das für den bizarren Tod Richard Hoffmanns?

Das Klingeln des Telefons riss ihn aus seinen Gedanken.

»Leidinger.«

»Hier ist Meyer, ich habe das Ergebnis der Blutuntersuchung von eurem Blümchenpflücker.«

»Meinen Sie Professor Lieschmann?«

Meyer räusperte sich und wurde sofort ernst. »Ja. Wir wissen jetzt, warum er in dem Teich ertrunken ist.«

»Herr Meyer, bitte, hätten Sie die Güte, es mir mitzuteilen? Knapp und prägnant?«

»Skopolamin und Hyoscyamin.«

Das klang schon mal ungesund – und deutlich zu knapp. »Möchten Sie mir vielleicht sagen, dass Herr Lieschmann an einer Vergiftung gestorben ist?«

»In der Tat«, bestätigte Meyer und klang aufgeregt. »Passenderweise sind es Pflanzengifte. Es handelt sich dabei um Alkaloide von *Hyoscyamus niger.*«

Nein, dachte Leidinger mit einem Anflug von Panik, bitte nicht noch mehr Botanik. »Auf Deutsch?«

Meyer nutzte jede, wirklich jede Gelegenheit, um zu einem Vortrag auszuholen. Leidinger wusste, dass die Toxikologie schon lange seine heimliche Leidenschaft war, und jetzt war er voll und ganz in seinem Element. Dass er nun den zweiten Todesfall durch Gift in einer Woche auf den Tisch bekommen hatte, mochte seine Begeisterung ein wenig erklären, wenn auch nicht entschuldigen.

»Skopolamin und Hyoscyamin sind die Gifte des Schwarzen Bilsenkrauts *Hyoscyamus niger*. Schon fünfzig Milligramm Skopolamin führen bei einem durchschnittlich schweren Erwachsenen wie eurem Botaniker zu Verwirrungszuständen, Halluzinationen und Orientierungsschwierigkeiten. In höheren Dosen führt es darüber hinaus zum Herzstillstand.«

»Verstehe. Das klingt ja sehr unangenehm. Also hatte er eine

Art Drogenrausch? Oder ist er an dem Gift gestorben?«, wollte er wissen.

»Nicht direkt. Lieschmann ist definitiv in diesem Tümpel ertrunken. Wir haben Wasser mit den Algen aus dem Teich in seiner Lunge gefunden, was unwiderlegbar bedeutet, dass er noch lebte, als er im Teich landete, aber wie es dazu gekommen ist, müsst ihr jetzt herausfinden. Ich kann nur sagen, dass Spuren äußerer Gewaltanwendung nicht vorhanden sind, genau wie bei Hoffmann. Keine Blutergüsse, keine Abwehrverletzungen oder Spuren unter den Fingernägeln. Die Intoxikation war allerdings schon indirekt ursächlich für das Ertrinken.«

»Was bedeutet denn indirekt ursächlich?« Meyer hatte so ein Talent, komplizierte Sachverhalte noch komplizierter auszudrücken.

»Bilsenkraut ist hochgiftig und wirkt unter anderem entspannend auf die Muskulatur, vor allem die Samen. In den fünfziger Jahren des letzten Jahrhunderts kam Skopolamin zu einem eher zweifelhaften Ruf als ›Wahrheitsserum‹, und es geht die Sage, die Samen des Schwarzen Bilsenkrauts seien wesentlicher Bestandteil der sogenannten Hexensalben gewesen. Im Falle des armen Herrn Professor hat es ihm wohl ziemlich den Geist verwirrt, und er hat einfach nicht mehr gesehen, wo er seine Füße hingesetzt hat. Oder weiß der Himmel, was er zu sehen geglaubt hat. So ist er wohl in den Teich gefallen und war dann einfach nicht mehr in der Lage, aufzustehen. So ähnlich wie bei Kindern, die ertrinken auch manchmal in ganz –«

»Danke, Herr Meyer, ich habe verstanden. Ist es vielleicht möglich – ich meine, besteht auch nur der Hauch einer Wahrscheinlichkeit, dass Lieschmann sich versehentlich vergiftet haben könnte?«

»Kaum. Theoretisch – aber wirklich nur sehr theoretisch – könnte ein Laie die Samen mit Mohn verwechseln, aber ich glaube ehrlich gesagt nicht, dass einem Botanikprofessor da ein Fehler unterlaufen würde«, erklärte er trocken.

Leidingers Hoffnung schwand.

»Ihr könntet ja mal schauen, ob der Mann schon mal mit Drogen zu tun hatte. Ich meine, er war immerhin Botaniker –

vielleicht hat er experimentiert? Wir haben zwar nichts in seinem Blut gefunden, aber ich kann zur Sicherheit noch eine Haarprobe nehmen – dann haben wir, bei seiner Frisur, die letzten sechs Monate«, schlug Meyer vor.

»Gut, tun Sie das. Wenn wir nicht von einem Versehen ausgehen: Wann und in welcher Form hat er das Gift dann zu sich genommen?«

»Die gemahlenen Samen. Und da kommen wir zu einem interessanten Aspekt beim Bilsenkraut. Das Problem ist nämlich Folgendes: Bei Skopolamin ist die Resorption wirklich tricky zu bestimmen. Das bedeutet, ich kann Ihnen unmöglich sagen, ob er das Gift mit dem Frühstück, dem Mittagessen, dem Nachtisch oder dem Kaffee zu sich genommen hat. Das müssen Sie jetzt herausfinden, wenn Sie seine letzten Stunden rekonstruieren. Obwohl, sehr viel hatte er nicht im Magen. Er hatte übrigens Spaghetti zum Mittagessen und Kuchen zum Dessert. Der Todeszeitpunkt liegt irgendwann zwischen einundzwanzig Uhr abends und zwei Uhr morgens, falls Sie das noch wissen wollen.«

Leidinger verzog das Gesicht. »Genauer können Sie es nicht eingrenzen?«, fragte er.

»Leider nicht. Wegen der Zeit im Wasser.«

»Gut, danke. Eins noch: Wo wächst denn dieses Bilsenkraut?«

»Herr Leidinger, woher soll ich denn das wissen? Ich bin kein Botaniker, da müssen Sie schon jemanden fragen, der sich mit so was auskennt. Ich komme schließlich kaum noch aus dem Labor, weil Sie Ihre Gutachten immer am liebsten sofort haben wollen. Notfalls weiß Wiki das.«

»Wicki? Welche Wicki?« Hatten sie etwa schon wieder eine neue Praktikantin?

»Wikipedia, Herr Leidinger. Wikipedia weiß alles.«

Leidinger bedankte sich und legte auf. Darauf hätte er auch wirklich selber kommen können. Sicher hielt Meyer ihn jetzt für vollkommen rückständig. Er öffnete seinen Internetbrowser und tippte die Adresse ein.

Die Enzyklopädie wusste es tatsächlich. Und noch eine Menge mehr.

Hyoscyamus niger, das Schwarze Bilsenkraut, war eine in

Deutschland seltene Pflanze aus der Familie der Nachtschattengewächse. Völlig unbeachtet wachse das Bilsenkraut unter anderem auf Schutt-, Sand- und Erdhügeln, die bei Bauarbeiten aufgehäuft werden. Zwischen Klatschmohn, Hirtentäschelkraut und anderen sogenannten »einjährigen Ruderalpflanzen« streckte es seine flaumigen kleinen Blätter der Sonne entgegen, und die kleinen gelben Blütenkelche sahen ein wenig aus wie die der Petunie, die ebenfalls in die Reihe der entfernten und harmlosen Verwandten gehörte.

Wie auch Tomaten und Kartoffeln, erfuhr Leidinger zu seiner Überraschung. Er hatte bislang keine Ahnung gehabt, dass Kartoffeln giftig waren. Obwohl der Name »Nachtschatten« schon irgendwie darauf hindeutete, wenn man es genau nahm.

Er ist nicht einmal ansatzweise nervös, dachte Leidinger und versuchte, sich ganz auf Jedin zu konzentrieren, auf seine Mimik und seine Körpersprache, während Tilly ihm Fragen stellte. Normalerweise hatte er ein recht gutes Gespür dafür, wenn jemand die Unwahrheit sagte – oder aber die Wahrheit verschwieg –, doch bei Jedin versagten seine Antennen völlig.

»Herr Jedin, wir haben das hier in Ihrer Wohnung gefunden.«

Tilly legte eine Tablettenschachtel in einem durchsichtigen Ziploc-Beutel auf den Tisch. Wenn er gehofft hatte, dass Jedin auf diesen Vorhalt hin zusammenbrechen und ein umfassendes Geständnis ablegen würde, so wurde er enttäuscht.

Jedin warf lediglich einen kurzen Blick darauf und zuckte die Schultern. »Und weiter? Ich habe ein Rezept dafür, fragen Sie meinen Arzt. Ist ja kein Wunder, wenn ich bei dem ganzen Ärger nicht mehr schlafen kann. Haben Sie meine Magentabletten zufälligerweise auch dabei? Dafür wäre ich Ihnen wirklich dankbar.«

Entweder war er völlig abgebrüht, oder er war tatsächlich unschuldig. Jedenfalls reagierte er so, als hätte er nicht die geringste Vorstellung, warum sie ihm gerade diesen Fund vorlegten.

»Mit genau diesem Medikament wurde Richard Hoffmann vergiftet. Wir haben mit seinem Arzt gesprochen, er hat ihm nie ein Schlafmittel verschrieben. Sie dagegen haben gleich ein paar Schachteln davon zu Hause. Lassen Sie es mich einmal zusammenfassen: Sie schreiben Hoffmann Drohbriefe, und das über Monate hinweg, Sie streiten mit ihm im Internet, dass die Fetzen fliegen. Dann stirbt Hoffmann eines gewaltsamen Todes. Ein Alibi für die Tatzeit haben Sie nicht, aber zufällig das Medikament daheim, mit dem er vergiftet wurde. Finden Sie nicht, dass das zu viele Zufälle sind?«

Jedin schloss die Augen. Dann sagte er langsam und nachsichtig wie zu einem Minderbemittelten: »Ich kann es nur noch einmal wiederholen: Ich habe Ihren Professor Hoffmann nicht vergiftet. Oder erdrosselt. Oder was auch immer mit ihm passiert ist. Ich weiß auch nicht, wer es getan haben könnte, wenn er es nicht doch selber war. Aber ich weiß, dass Sie mich nicht mehr sehr lange hier festhalten können, wenn Sie dem Haftrichter nicht ein paar gute Gründe für einen Haftbefehl bieten können. Und danach sieht es ja nun nicht gerade aus, oder täusche ich mich? Übrigens – ich habe gehört, dass Sie mittlerweile noch einen Toten gefunden haben. In dem Fall habe ich ja wohl ein Alibi.«

Er drückte die Schultern durch und richtete sich zu seiner ganzen Größe von knapp eins siebzig auf. »So, die Herren, bin ich jetzt entlassen? Auf mich wartet eine Menge Arbeit.«

»Das sind doch keine Zufälle, das kann er uns doch nicht weismachen.« Tilly war immer noch nicht bereit, von Jedin als Verdächtigem zu lassen.

»Ich weiß, dass Jedin perfekt passt, aber wenn er einen guten Anwalt hat, wird der sich auf Lieschmanns Tod stürzen«, erklärte Leidinger ihm zum dritten Mal. »Mit dem, was wir gegen ihn in der Hand haben, hätten wir im Leben keinen Haftbefehl bekommen. Das weiß er auch ganz genau. Und deswegen müssen wir ihn jetzt gehen lassen.« Die Indizienkette war nicht wirklich tragfähig, solange Jedin weiter beharrlich leugnete.

»Immerhin sind Hoffmann und Lieschmann ja auf recht unterschiedliche Weise gestorben, das entlastet Jedin im Fall Hoffmann nicht unbedingt«, wandte Tilly ein.

»So unterschiedlich nun auch wieder nicht. Beide sind in

erster Linie vergiftet worden. Hoffmann wurde erdrosselt, als er sozusagen widerstandsunfähig war, und Lieschmann ist in einem ganz ähnlichen Zustand ertrunken. Ich glaube, dass wir hier einen Unfall ausschließen müssen. Meyer meint, dass er sich auf keinen Fall versehentlich vergiftet haben kann. Es gibt deutliche Parallelen zwischen den beiden Fällen. Das hat mittlerweile auch Clüsserath erkannt, und Abendroth musste sich ihm beugen. Wir sollten Jedin im Auge behalten, damit er nicht wirklich eines Tages eine Dummheit macht. Aber länger können wir ihn nicht mehr festhalten.«

Leidinger konnte nur hoffen, dass sie nicht schon viel zu viel wertvolle Zeit mit Jedin verloren hatten. Die ersten vierundzwanzig Stunden waren in der Regel die wichtigsten, und Hoffmanns Tod lag jetzt schon eine Woche zurück. Und mit jeder Stunde, die verstrich, während sie im Nebel stocherten, verging weitere wertvolle Zeit.

Er schlug die Akte Hoffmann auf. Von Volltrunkenheit konnte bei ihm keine Rede sein, und auch wenn er mit null Komma acht Promille längst nicht mehr fahrtüchtig gewesen wäre – steuerungsfähig war er ganz sicher noch. Den Todeszeitpunkt hatte Meyer auf den Zeitraum von zwanzig Uhr bis Mitternacht eingegrenzt. Bei der Untersuchung der Weinflasche hatte er festgestellt, dass die Tabletten nicht in der Flasche aufgelöst worden waren. Und auch ein anderes Rätsel blieb: Wenn Hoffmann sich nicht freiwillig erdrosselt hatte, warum gab es dann überhaupt keine Spuren von Gegenwehr und äußerer Gewalteinwirkung? Er war ein kräftiger, gesunder Mann gewesen, der sich sicher gewehrt hätte, wenn man ihn festgehalten oder auf eine andere Art und Weise mit Gewalt gezwungen hätte.

In dem Fall also hatte Hoffmann seinen Mörder sicher gekannt und den Wein arglos und freiwillig getrunken. Und diese ihnen noch nicht, Hoffmann aber sehr wohl bekannte Person hatte dann ruhig neben ihm gestanden, gewartet, bis das Schlafmittel zu wirken begann, und dann seinen Schal so in den Ästen des Weidendomes verknotet, dass die Schlinge sich zuzog, als Hoffmann langsam das Bewusstsein verlor und zur Seite sackte.

Aber wie hatte man ihm die Tabletten untergejubelt, wenn sie nicht in der Flasche aufgelöst worden waren?

Mit der bizarren Auffindesituation hatte der Täter ein Zeichen setzen wollen, da war sich Leidinger inzwischen sicher. Warum sonst sollte jemand ein solches Bild in einem Wohngebiet inszenieren? Wollte der Täter erreichen, dass sie die Ermittlungen zurückhaltend führten, um Aufsehen zu vermeiden, damit so schnell wie möglich Gras über die Sache wuchs? Falls dem so war, wäre der Plan fast aufgegangen – Abendroth hatte ihn ja prompt zur Diskretion ermahnt.

Jedins Stil war das ganze Vorgehen jedenfalls nicht. Zu ihm hätte es gepasst, Hoffmann im Affekt zu erstechen oder mit dem Kamerastativ zu erschlagen und sich nachher womöglich der Polizei zu stellen, um eine seiner verworrenen Erklärungen abzugeben. Überzeugungstäter eben.

Leidinger schob seinen Schreibtischstuhl zurück und stand auf.

»Hast du gerade was zu tun?«

»Was gibt's, Chef?« Tilly war mit einer Computerrecherche beschäftigt. Zumindest schloss Leidinger das aus dem hektischen Tippen.

»Wir fahren jetzt noch einmal an die Universität. Hast du inzwischen herausgefunden, mit wem wir dort sprechen müssen?«

»Sicher, sicher. Unser Mann heißt Steinbach. Das ist der Dekan. Wenn ich es richtig verstehe, ist er der oberste Boss der ganzen Geowissenschaftler.«

Vielleicht würde das Gespräch mit ihm ja etwas Licht ins Dunkel bringen.

Statt Zimmernummern oder Namensschildern hingen in der Geografie überwiegend witzig gemeinte Postkarten, Fotos oder fotokopierte Sprüche an den Türen. »Das Genie beherrscht das Chaos« zum Beispiel, was Leidinger im Übrigen für einen Mythos hielt. Immerhin gab es auch hier ein Sekretariat, das stand zumindest auf einem Schild an der Tür. Sprechzeit Montag bis Freitag von neun bis zwölf. Das war doch schon mal etwas – wenigstens die Sekretärinnen versuchten hier, Ordnung im Chaos aufrechtzuerhalten, und vertrauten nicht auf ihr Genie.

Die Sekretärin hatte den aufgeräumtesten Schreibtisch, den Leidinger je gesehen hatte – bis zu genau dem Zeitpunkt, als die Tür des Nachbarbüros geöffnet wurde.

»So, Frau Lehnhardt, hier sind die Erstsemester-Klausuren, dann können Sie jetzt den Aushang mit den Noten fertig machen.« Ein hoher Stapel zerknickter und zerfledderter Blätter landete auf der Schreibtischplatte.

Die Sekretärin verzog einen Mundwinkel. »Gerne, Frau Caspary, sofort.«

Leidinger bedauerte es, die arme Frau jetzt auch noch behelligen zu müssen, wo sie gerade so viel Arbeit auf den Tisch bekommen hatte, aber es war nichts zu machen. Er räusperte sich.

»Guten Tag, Frau Lehnhardt, können Sie uns sagen, wo wir Herrn Professor Steinbach finden?«

»Was wollen Sie denn von ihm?«, fragte sie.

»Ja, das ist mehr … dienstlich, verstehen Sie«, schaltete sich Tilly nicht mehr ganz so freundlich ein. Offenbar hatte die Erfahrung mit Frau Lörke ihn Sekretärinnen gegenüber ein wenig voreingenommen gemacht.

»Dienstlich …« Sie ließ das Wort in der Luft hängen. Leidinger war wider Willen beeindruckt. Das war eine astreine Vernehmungstechnik, darauf zu warten, dass ihm das Schweigen zu unangenehm wurde und er mehr preisgab, als er eigentlich wollte. Und sie hatte Erfolg, das hielt keiner lange aus. Er auch nicht.

»Leidinger, Kriminalpolizei. Das hier ist mein Kollege Tilly. Wir ermitteln in den Todesfällen von Professor Lieschmann und Professor Hoffmann.«

»Und was genau hat der Herr Dekan damit zu tun?«, verlangte sie Auskunft.

»Ja nun, er ist der Dekan ihres Fachbereichs, richtig? Das ist so was wie der Chef, oder? Da wird er uns vielleicht was erzählen können – vorausgesetzt, Sie lassen uns heut' noch zu ihm.«

Frau Lehnhardt seufzte und ließ keinen Zweifel daran, dass sie nicht nur das Anliegen, sondern auch den Tonfall Tillys absolut missbilligte.

»Haben Sie einen Termin?«

»Nein, haben wir nicht. Die Notwendigkeit unseres Besuches hat sich eher kurzfristig ergeben«, meinte Tilly.

»Wir hätten sonst einen Termin ausgemacht, Frau Lehnhardt«, warf Leidinger rasch ein, als er den schmallippigen Ausdruck des Missfallens auf dem Gesicht der Sekretärin bemerkte.

»Herr Professor Steinbach hält gerade eine Vorlesung. Sie können aber gern auf ihn warten, sie ist jeden Moment zu Ende.« Sie blickte über den Rand ihrer Lesebrille zur Wanduhr. »In fünf Minuten.«

Leidinger nickte. »Danke. Wir warten dann draußen.«

Sie verbrachten die Wartezeit damit, den langen Gang entlangzuschlendern und dabei die Postkarten an den Türen zu studieren, die wohl alle auf die eine oder andere Art etwas über den Büroinhaber aussagen sollten und das auch – vielleicht unfreiwillig – taten. Leidinger wäre nie auf die Idee gekommen, an seine Bürotür eine lustige Postkarte zu kleben, auf der stand: »Wenn dich das Leben nervt, streu Glitzer drauf«. Oder: »Wer Ordnung hält, ist nur zu faul zum Suchen.« Abendroth fände das unter Garantie auch nicht witzig. Für Tilly würde er da allerdings die Hand nicht ins Feuer legen.

»Ich glaub, ich geh mal eine Toilette suchen«, meinte der plötzlich. »Hab ein bisschen viel Kaffee getrunken.«

»Bestimmt schon vier Tassen, seit wir hier sind. Und dann auch noch diese Automatenplörre. Das ist doch bestimmt nicht gut für deinen Blutdruck.«

»Mein Blutdruck ist super. Ich vermeid einfach alles, was ihn aus der Ruhe bringen könnt'. Dann passt das mit dem Kaffee schon.«

Zwischen den Bürotüren hingen großformatige Plakate und Grafiken, die die genetische Verwandtschaft verschiedener Eidechsenarten erklärten. Leidinger studierte sie aufmerksam. Von Genetik verstand er gerade so viel, um die Ergebnisse von DNA-Abgleichen zu interpretieren. Zwei, drei Dinge wusste er noch aus der Schule, die allerdings Erbsen betrafen und keine Eidechsen. Wenn er das hier richtig las, lebten die nächsten Verwandten der Trierer Mauereidechsen in Italien, was am warmen Klima des Moseltals lag. Er nahm sich vor, sich das zu merken, es wäre vielleicht ein interessantes Small-Talk-Thema für die nächste Party.

Die fünf Minuten, von denen Frau Lehnhardt gesprochen hatte, waren längst um, aber von Steinbach war noch nichts zu sehen. Ihm fiel ein, dass er sie gar nicht gefragt hatte, wo er diese Vorlesung überhaupt hielt. Vielleicht nicht auf diesem Stockwerk, vielleicht nicht einmal in diesem Gebäudeteil. Er wandte sich wieder dem Sekretariat zu, das mittlerweile allerdings abgeschlossen war. Neben der Tür hing bereits der Aushang mit den Klausurergebnissen. Donnerwetter, die Frau ist schnell, dachte er. Kurz zog er in Erwägung, sie abzuwerben. Wenn sie auch gute Berichte schrieb, würde sie auf jeden Fall ins Polizeipräsidium passen. Eine eigene Sekretärin würde ihm viel Zeit sparen, die er mit Berichten für die Staatsanwaltschaft verbrachte. Weil Herr Dr. Clüsserath stets in die Ermittlungen einbezogen werden wollte und seine Berichte ihm nie gut genug waren.

Tilly war immer noch verschwunden, Frau Lehnhardt ebenfalls. Und auch von Steinbach fehlte nach wie vor jede Spur – langsam hatte er es satt, allen Informationen und Leuten hinterherzulaufen. Die nächste Tür ist es, entschied er. Wer auch immer dahintersitzt, wird mir jetzt sofort Auskunft geben. Er klopfte an eine Tür, an die jemand eine Postkarte mit Schildkröten im Kampfanzug und dem Schriftzug »Ninja Turtles« geklebt hatte.

»Jaha!«

Das klang nicht unbedingt einladend. Egal. »Guten Tag. Ich suche Herrn Professor Steinbach.«

»Der hält, soviel ich weiß, gerade eine Vorlesung. Im Hörsaal drei«, erklärte der Mitarbeiter, ohne aufzusehen.

»Ist der Hörsaal auf diesem Flur?«

»Also, das Semester ist ja nun schon ein paar Tage alt, oder? Wo der Hörsaal ist, sollten Sie langsam mal wissen.«

»Aber ich …«, stotterte Leidinger.

»Ja, natürlich ist der hier auf dem Flur. Dritte Tür neben dem Treppenaufgang.«

»Danke, Herr …«

»Rausch. Keine Ursache. Auf Wiedersehen.«

Rausch blickte immer noch auf seinen Computerbildschirm und tippte hektisch auf der Tastatur. Leidinger erinnerte sich daran, was Frau Murnau über die blank liegenden Nerven gesagt hatte. Aber das war noch lange kein Grund, so unhöflich zu werden. Er setzte Rauschs Namen in Gedanken auf eine Negativliste, vor Frau Lehnhardt und nur ganz knapp nach Frau Lörke.

Seine Gedanken wurden jäh unterbrochen, als vom entgegengesetzten Ende des Flurs her aufgeregte Stimmen zu hören waren. Rausch grinste. Leidinger hingegen erstarrte, als ihm klar wurde, dass Tilly offenbar in einen Streit verwickelt war.

»Es ist mir völlig egal, ob da eine Rauchabzugssäule steht oder nicht, hier drinnen ist Rauchen verboten, und vor meinem Büro sowieso.«

Eine nörgelige Stimme, die ganz deutlich das Bild eines quengeligen Kindes vor Leidingers innerem Auge heraufbeschwor.

»Hartmut Liebig«, erklärte Rausch, als sei damit alles gesagt, und blickte erstmals auf. Als er erkannte, dass Leidinger wahrscheinlich kein Student war, zeigte sich ein Ausdruck von Irritation in seinem Gesicht. Er kam jedoch nicht dazu, etwas zu sagen.

»Aber wenn das Ding hier schon einmal steht, kann man es doch auch benutzen, woher soll ich denn wissen …«, versuchte sich Tilly zu verteidigen und klang dabei, als könnte er sich kaum das Lachen verbeißen.

»Schalten Sie sie ja nicht ein! Sobald Sie sie anschalten, bläst sie eine Viertelstunde lang Rauch in die Gegend. Sie können doch wie die anderen Studenten auch vor die Tür gehen und rauchen. Finger weg! Fassen Sie den Schalter nicht an!«

Genau in diesem Moment ging Steinbachs Vorlesung endlich zu Ende, und die ersten Studenten kamen aus dem Hörsaal, gefolgt von einem etwa fünfzigjährigen Mann, der nicht im Entferntesten so aussah, wie Leidinger es von einen Professor erwartet hatte. Das graue Haar hatte er mit einem schmalen Band zu einem üppigen Pferdeschwanz zusammengebunden, der auf ein zerknittertes helles Leinenhemd fiel. Anders als Hoffmann trug er keinen eleganten Anzug, sondern eine Hose mit Camouflagemuster aus Armeebeständen und einen ledernen Cowboyhut. Er sah aus wie ein gealterter Indiana Jones, der zuletzt ein paar nicht so gute Jahre durchgemacht hatte. Fehlte nur noch die Peitsche am Gürtel – wenigstens das war einigermaßen beruhigend.

Trotz seines unkonventionellen Äußeren strahlte er unbestreitbar Autorität aus, wozu neben der schieren Präsenz seiner Erscheinung auch seine tiefe, raumfüllende Stimme beitrug. Professor Steinbach brauchte ganz sicher kein Mikrofon, um sich bei den Studenten Gehör zu verschaffen. Oder bei seinen Mitarbeitern.

»Herr Liebig? Was ist denn hier los?«

»Er soll die Rauchabzugssäule ausschalten.«

Natürlich hatte sich Tilly über Liebigs Anweisung hinweggesetzt und die Säule angeschaltet. Wie sich zeigte, hatte Liebig nicht übertrieben: Eine toxische Wolke aus schwarzem Rauch begann sich auszubreiten und waberte durch den Flur.

»Wunderbar«, konstatierte Rausch, der nun ebenfalls in den Flur kam, und sah demonstrativ auf seine Uhr, »und jetzt warten Sie zehn Sekunden.«

Leidinger wartete.

Eine Sirene begann ein Stockwerk tiefer ohrenbetäubend zu heulen. Fünf Sekunden später setzte eine zweite ein.

»Hören Sie das? Das ist die Laborsirene, die Sauerstoffmangel anzeigt. Sie reagiert auf empfindlichste Schwankungen.« Liebig musste schreien. Er hoffte anscheinend, dass das Heulen der Sirenen bei Tilly eine Art Reue auslösen könnte. Er irrte.

»Empfindliche Reaktionen sind hier wirklich überhaupt nicht empfehlenswert«, kommentierte Rausch und zog sich eilig wieder in sein Büro zurück.

»Schalte endlich jemand diese Sirenen aus!«, brüllte Steinbach. Ihm gelang es ohne Probleme, den Lärm zu übertönen.

»Was ist denn hier überhaupt los? Wer sind Sie denn eigentlich?«, fragte Steinbach in normalem Ton, als das Heulen aufgehört hatte.

»Tilly, Kripo Trier. Sind Sie Professor Steinbach? Der Dekan?«

»Jawohl, der bin ich. Kann ich Ihnen irgendwie helfen?«

»Das wollen wir doch hoffen. Es geht um den Tod von Friedrich Lieschmann und Richard Hoffmann. Sollen wir uns hier auf dem Flur unterhalten, oder wäre es Ihnen vielleicht lieber, wenn wir in Ihrem Büro weiterreden?«

»Sicher, kommen Sie mit. Ist das da Ihr Kollege?« Er nickte in Leidingers Richtung, der gerade auf sie zukam, entschlossen, einzugreifen.

Leidinger packte Tilly am Jackenärmel und zog ihn von Liebig und der Säule weg. »Herr Liebig, Sie entschuldigen meinen Kollegen. Wir haben jetzt einen Termin.«

Steinbach bot den beiden Ermittlern in seinem Büro erst einmal Kaffee an. Er besaß eine Lavazza-Maschine – es brachte doch einige Vorteile mit sich, einen gewissen Status zu erlangen.

Auf einem Podest in der Ecke war in Kopfhöhe ein riesiger Greifvogel befestigt, mit ausgebreiteten Schwingen – mindestens zwei Meter Spannweite –, der aussah, als wollte er sich jeden Moment auf lästige Besucher stürzen. Tilly war von der Fülle interessanter Dinge, die sich in Steinbachs riesigem Büro befanden, offenbar völlig absorbiert und machte nicht den Eindruck, sich am Gespräch aktiv beteiligen zu wollen. Leidinger warf ihm hin und wieder kurze Blicke zu. Auf dem Fensterbrett standen Wasserflaschen mit zarten fiederblättrigen Pflanzen, um die glupschäugige Molche paddelten. Tilly klopfte gerade an die Scheibe eines Terrariums, das einen Regenwaldausschnitt mit Wasserfall nachbildete.

»Also, meine Herren – was genau kann ich für Sie tun? Ich beantworte Ihnen selbstverständlich gern Ihre Fragen, wenn ich Ihnen damit weiterhelfen kann.«

»Wenn wir richtig informiert sind, sind Sie länger hier in der Geografie« – Leidinger hob eine Hand, um Steinbachs Einspruch abzuwehren – »im weitesten Sinne – als jeder andere hier. Wir dachten daher, dass Sie uns am ehesten Auskunft geben könnten.«

»Auskunft wozu genau?«

»Zunächst einmal«, begann Tilly und sah von dem Miniatur-Regenwald hinter Glas auf, »haben wir hier eine gewisse Anspannung bemerkt. Das kann natürlich mit zwei ungeklärten

Todesfällen zu tun haben. Wir haben aber den Verdacht, dass es auch noch andere Ursachen hat. Hätten Sie vielleicht eine Idee?«

Steinbach nickte. »Unter Umständen. Haben Sie von der aktuellen Exzellenz-Initiative gehört? Da hängen sich einige Kollegen doch sehr rein, vor allem die, bei denen viel auf dem Spiel steht.«

»Eine Art Wettbewerb?«, fragte Leidinger.

»Ja. In gut zwei Wochen findet hier eine Tagung statt. Es geht darum, dass verschiedene Disziplinen sich einer Vergabekommission stellen und dann das beste, man könnte auch sagen: das aussichtsreichste, Projekt eine Förderung erhält und damit auf Jahre hin abgesichert ist«, erläuterte Steinbach.

»Nehmen Sie auch daran teil?«, erkundigte sich Tilly.

»Ich persönlich nicht. Von meinem Fach, von der Biogeografie, nimmt unser Herr Rausch mit einer wirklich bahnbrechenden Forschungsstudie über die Europäische Sumpfschildkröte in Trier teil. Das wird er Ihnen aber sicher gern selbst erklären, falls Sie glauben, dass es für Sie wichtig ist. Wenn Sie mich fragen – der Kollege hat die besten Aussichten auf die Förderung.«

»Ach ja?« Leidinger konnte sich nicht recht vorstellen, warum jemand viel Geld für die Erforschung von irgendwelchen Sumpfschildkröten ausgeben sollte. Dann wollte er lieber gar nicht erst wissen, womit sich die weniger aussichtsreichen Projekte beschäftigten.

»Auf jeden Fall. Herr Rausch ist ein sehr begabter und ehrgeiziger junger Mann, und ich denke, er wird sich auch durchsetzen.«

Während Leidinger noch versuchte, diese Information einzuordnen, hörte er ein helles Trillern, eine Mischung aus Kanarienvogel und Türklingel. Es klang so, als klingelte es direkt neben seinem Ohr. Er beobachtete Steinbach, aber der zeigte keinerlei Reaktion. Gut, jetzt war es also so weit. Völlig klar, dass ich eines Tages einen Tinnitus bekomme. Das war ja nur eine Frage der Zeit. Dieser Fall raubt mir aber auch die allerletzten Nerven, dachte er mit mehr als nur einem leichten Anflug von Ärger.

»Hören Sie«, Steinbach erhob sich und breitete die Arme

aus. Er war eine imposante Erscheinung, trotz des ungebügelten Hemds. »Wenn Sie sich – aus welchem Grund auch immer – für die Exzellenz-Initiative interessieren, ist es am besten, Sie sprechen mit den jeweiligen Kollegen. Herr Rausch brennt sicher darauf, Ihnen das alles zu erklären. Er ist nicht ohne Grund sehr stolz auf sein Projekt.«

Wieder klingelte es, diesmal zweistimmig. Leidinger überlegte, ob er es wagen konnte, das Störgeräusch anzusprechen. Von einem zweistimmigen Tinnitus hatte er noch nie etwas gehört. Er musste Klarheit haben. »Herr Steinbach«, begann er vorsichtig, »dieses Geräusch …«

»Ja«, rief Steinbach begeistert, »ist das nicht toll? Darauf warte ich schon seit Wochen! Endlich sind sie geschlechtsreif!«

Leidinger starrte ihn vollkommen entgeistert an. Dann warf er einen hilfesuchenden Seitenblick auf Tilly, aber der war gerade damit beschäftigt, die winzigen Einzelteile eines Schlangenskeletts wieder zusammenzusetzen.

»Die Frösche«, erklärte Steinbach.

Leidingers Verwirrung nahm nicht ab.

»Meine Pfeilgiftfrösche, hier in dem Terrarium, das Ihr Kollege eben so bewundert hat. Herr Tilly!«

Der sah schuldbewusst von den Rippen und Wirbeln auf.

»Die Frösche sind nicht ganz leicht zu erkennen. Am besten achten Sie auf das Trillern. Die geschlechtsreifen Männchen rufen, und meistens sitzen sie dabei auf erhöhten Plätzen. Suchen Sie mal auf den großen Blättern.«

Angestrengt suchte Leidinger das Gewirr von Blättern und Wurzeln ab, aber ohne Erfolg. Da … war da etwas? Nein, war wohl doch nur eine Blüte.

Steinbach wies auf den künstlichen Wasserfall. »Schauen Sie mal, hier auf diesem Vorsprung sitzt einer.«

Tatsächlich. Überaus erleichtert, doch keinen Tinnitus zu bekommen, sah Leidinger genauer hin. Auf einer bemoosten Wurzel saß ein höchstens zweieinhalb Zentimeter großer knallgelber Frosch. Er starrte ihn unverwandt aus pechschwarzen Augen an und rührte sich nicht. Wenn man einmal wusste, wonach man suchen musste, waren sie gar nicht so schwer zu entdecken. Da war noch einer. Und hier. Leidinger zählte fünf Stück.

»Unglaublich, dass so ein kleines Tierchen dermaßen laut sein kann, was?« Steinbach hörte sich an wie ein Vater, dessen Kind gerade die ersten Schritte macht. »Sie rufen nach den Weibchen. Ich züchte diese Frösche schon in der fünften Generation.«

Leidinger wusste nicht, was er sagen sollte, also nickte er bloß und hoffte, dass er angemessen beeindruckt aussah.

»Es sind *Phyllobates terribilis*«, erklärte Steinbach.

Terribilis? Das klang irgendwie …

»Schreckliche Blattsteiger«, erklärte Tilly.

Steinbach nickte. »Respekt.«

»Bayern-Abitur«, kommentierte Tilly achselzuckend.

»Gut. Herr Steinbach, so interessant das alles ist: Vielleicht können wir uns jetzt trotzdem wieder dem Zweck unseres Besuchs zuwenden. Wir werden mit Herrn Rausch sprechen. Er kann uns sicher sagen, welche weiteren Projekte an der Ausschreibung teilnehmen wollen, nicht wahr? Für uns wäre es aber auch interessant, wie Sie als Vorgesetzter Hoffmann und Lieschmann einschätzten, als Mitarbeiter und als Menschen.«

Steinbach sah aus, als überlegte er, wie er die Dinge möglichst positiv ausdrücken sollte. Schließlich schien er zu einem Ergebnis gekommen zu sein.

»Sicher. Fangen wir mit Herrn Hoffmann an. Ich könnte mir vorstellen, dass Sie – hinter vorgehaltener Hand, versteht sich – nicht allzu viel Nettes über ihn hören werden, vor allem von den Studenten. Wobei ich mir nicht sicher bin, ob es in jedem Fall ein gutes Zeichen ist, wenn ein Dozent bei den Studierenden übermäßig beliebt ist. Hoffmann war ausgesprochen anspruchsvoll, und ich würde ihn nicht unbedingt als Teamplayer bezeichnen. Er war überaus ehrgeizig, und er hatte einige Baustellen, unter denen Forschung und Lehre an der Universität nur eine war. Das hat er weniger ehrgeizige – oder weniger erfolgreiche – Kollegen auch schon einmal spüren lassen. Darüber hinaus verfasste er unter anderem bundesweit Gutachten über Verkehrskonzepte oder wirkte bei ihrer Entwicklung mit. Unter anderem war er auch federführend beim Trierer Mobilitätskonzept. Wie Sie sich sicher vorstellen können, hat er sich damit nicht nur Freunde gemacht.«

Leidinger dachte an die Hunderte Briefe, E-Mails und Internetkommentare. »Bei so einem heißen Thema kochen die Emotionen schnell mal hoch.«

»In der Tat. Und einige seiner Vorschläge waren doch recht … unkonventionell und wurden von den Fachkollegen an anderen Universitäten teilweise kontrovers diskutiert. Die Innenstadt wieder für den Autoverkehr freizugeben, das war schon ein sehr revolutionärer Vorschlag. Natürlich konnte er sich damit nicht durchsetzen, aber er hat es doch immer wieder in Diskussionen und Artikeln gefordert. Das fand auf wissenschaftlicher Ebene statt, versteht sich. Von den Auseinandersetzungen mit einigen Trierer Bürgern einmal ganz zu schweigen, die auch nicht besonders gut auf ihn zu sprechen waren. Es wird Sie nicht überraschen, dass diese Auseinandersetzungen auf einem anderen Niveau abliefen.«

»Wir haben in verschiedenen Internetforen entsprechende Diskussionen und Kommentare gefunden.« Das war schon das zweite Mal, dass Leidinger das Internet erwähnte. Und immer noch ohne die Hilfe der LKA-Cracks.

»Wissen Sie, bei jedem anderen hätte ich es mir sehr gut vorstellen können, dass er dem Druck einfach nicht mehr standgehalten hat. Wenn man von allen Seiten angefeindet und beschimpft wird, muss man schon sehr dickfellig sein. Haben Sie seinen Ordner mit den Drohbriefen gefunden? Hoffmann nahm das alles offenbar gar nicht ernst. Den Ordner reichte er sogar auf der letzten Weihnachtsfeier herum und machte sich darüber lustig. Seine Devise war: viel Feind, viel Ehr. Manchmal hatte ich den Eindruck, er genoss es geradezu, im Mittelpunkt dieser ganzen Auseinandersetzungen zu stehen. Dabei ließ er sich nie provozieren, ganz egal, wie heftig er angegriffen wurde. Ich kann mich nicht erinnern, dass er je in einer Diskussion laut geworden wäre oder gar die Beherrschung verloren hätte. Was seine Gegner dann oft noch mehr auf die Palme gebracht hat.«

Steinbach dachte kurz nach. »Wahrscheinlich hätte er es besser doch nicht auf die leichte Schulter genommen, was? Aber das weiß man ja immer erst hinterher.«

»Und Lieschmann?«

Steinbach lächelte, fast nachsichtig. »Lieschmann ... Friedrich Lieschmann war ein völlig anderer Mensch. In vielerlei Hinsicht das genaue Gegenteil von Hoffmann. Er lebte voll und ganz für die Wissenschaft. Sie wissen, dass er sich mit Flechten beschäftigt hat?«

»Das hat man uns berichtet, ja.«

»Dann haben Sie eigentlich auch schon eine ungefähre Vorstellung von Lieschmanns Persönlichkeit. Sicher war er auf seine Art in fachlicher Hinsicht ebenso brillant wie Hoffmann. Während Hoffmann aber die große Fähigkeit besaß, sein Wissen – und seine Meinungen – auch packend zu vermitteln und sogar Interviews in der Presse und im Fernsehen gab, war Lieschmann in dieser Hinsicht leider ein bisschen weniger begabt. Fairerweise muss man auch sagen, dass sein Interesse daran nicht besonders groß war. Natürlich hielt er seine Vorlesungen, wenn es sich gar nicht vermeiden ließ, aber wirklich überragend war er hinter dem Mikroskop, und damit war er auch völlig zufrieden. Damit und mit seinen Fachaufsätzen und Bestimmungsschlüsseln. Ich kenne mich mit Flechten nicht sonderlich gut aus, aber ich habe mir sagen lassen, dass er auf seinem Gebiet Maßstäbe gesetzt hat. Mit Gremien, Ausschreibungen und Vertretungsorganen konnte man ihn dagegen jagen. Er hielt es für wesentlich gesünder, sich aus diesen Dingen herauszuhalten. Zu viel Konkurrenz, sagte er immer. Nun«, sagte Steinbach nachdenklich, »genutzt hat ihm das ja dann wohl auch nichts, im Endeffekt. Das soll jetzt nicht respektlos klingen.«

MITTWOCH

»Müssen wir etwa schon wieder da hochfahren?«, fragte Tilly und ließ keinen Zweifel daran, dass er das möglichst vermeiden wollte. »Ich meine, müssen wir da wirklich unbedingt beide hin? Ich hätte noch einen Termin.«

»Du könntest deine Termine auch außerhalb deiner Arbeitszeit wahrnehmen.«

»Es geht um eine Wohnung.« Das müsste doch ein Argument sein, dem der Kollege sich nicht verschließen konnte. Und er wurde nicht enttäuscht. Leidinger warf ihm tatsächlich einen interessierten Blick zu.

»Wo denn?«

»Ludwig-Steinbach-Straße. Wo ist das?«

»Von hier aus gesehen am anderen Ende von Trier. In Euren. Noch im alten Ortskern, nicht im Gewerbegebiet.«

Sehr schön, jedenfalls nicht in der Nähe seiner Dienststelle. Obwohl … *Orts*kern? »Das ist aber schon noch Stadt, oder?«, fragte er misstrauisch.

»Doch, ja. Aber eine eher ruhige Lage.«

Ruhig, und das von Bernd Leidinger? Das musste todlangweilig sein. »Wenn du ›ruhig‹ sagst, meinst du damit …?«, hakte Tilly nach.

»Einen gewachsenen Stadtteil. Euren war bis 1930 eigenständig, und das merkt man bis heute.«

Tilly fand, dass sich das verdächtig nach einem Dorf anhörte. Er würde es sich trotzdem ansehen.

»Wann ist denn dein Termin?«

Er sah auf die Uhr. »Um zwei.« Jetzt war es kurz nach elf.

Leidinger stand auf. »Dann komm. Wir schaffen es vorher auf jeden Fall noch an die Uni, und ich setze dich dann auf dem Rückweg in Euren ab. Wir haben einen Termin mit diesem Rausch um halb zwölf. Frau Lehnhardt war so nett, uns einen zu geben.«

Tilly warf seinem Kollegen einen prüfenden Blick zu, aber Leidinger hatte das ganz ohne Ironie gesagt.

Während der Fahrt starrte er aus dem Fenster und versuchte, die vorüberziehende Schönheit am Straßenrand zu würdigen. Sie fuhren an einer Kirche vorbei. Es musste die ungefähr einhundertsiebenunddreißigste sein.

»Das da«, riss Leidinger ihn aus seinen Betrachtungen und deutete aus dem Fenster, »ist die ehemalige Reichsabtei. St. Maximin.«

Hilfe. Das war ja fast so schlimm, wie mit seinem Vater unterwegs zu sein. Der kannte auch jede Kirche, jedes Kloster und jede winzige Kapelle, inklusive der historischen Bedeutung derselben. Wenn Leidinger jetzt genauso anfing, würde er in Erwägung ziehen, auszusteigen und zu Fuß zu gehen. Auf der Stelle.

»Wird heute als Turnhalle genutzt«, ergänzte Leidinger lakonisch.

Das fand Tilly irgendwie beruhigend.

Fünf Minuten vor der Zeit ist des Beamten Pünktlichkeit, entschied Leidinger, als er auf die Uhr sah: fünf vor halb zwölf. Er klopfte an die Bürotür mit den Ninja-Schildkröten. Es war doch praktisch, dass alle Geografen diesen Hang zu individuellen Erkennungszeichen hatten: Sie machten es wenigstens leichter, das richtige Büro wiederzufinden.

»Herein!«

Rausch ließ nicht erkennen, dass er und Leidinger sich schon einmal begegnet waren, zeigte sich jetzt aber wesentlich zugänglicher. Vermutlich hatte Steinbach ihn ordentlich gebrieft.

»Bitte nehmen Sie Platz. Wie kann ich Ihnen helfen?«

Ganz sicher hatte er ihn gebrieft.

»Wir würden zunächst einmal ein bisschen was über diese Exzellenz-Initiative wissen«, sagte Tilly liebenswürdig.

Rausch verschränkte die Arme. »Das kann ich Ihnen gern erklären. Sicher haben Sie etwas von der Berichterstattung in der Zeitung und im Fernsehen mitbekommen? Es handelt sich bei dieser Initiative um eine Ausschreibung des Forschungsministeriums und der Deutschen Forschungsgemeinschaft. Der entsprechende Fachbereich bekommt Gelder, mit denen ein

Forschungsvorhaben auf Jahre hinaus gesichert ist, und deshalb stellen die verschiedenen Fachteile innerhalb der Geografie ihre besten Projekte vor, um sich um die Gelder zu bewerben. Da kann der Grundstein für einen ganzen Sonderforschungsbereich gelegt werden.«

Rausch leierte das so leidenschaftslos herunter, als hätte er es schon hundertmal erzählt. Leidinger hoffte in Rauschs eigenem Interesse, dass er seine Präsentation mit etwas mehr Enthusiasmus hielte. Oder war es das zwangsläufige Ergebnis jahrelanger Beschäftigung mit Schildkröten?

»Geht es da um viel Geld?«, fragte er. Geld und Eifersucht waren schließlich die ältesten Motive der Welt.

»Natürlich. Aber das ist es nicht allein – man ist ja schließlich nicht des Geldes wegen in die Wissenschaft gegangen.«

»Selbstverständlich nicht. Und welche Projekte wären das im Einzelnen?«, wollte Leidinger wissen.

»Das ist zuerst einmal dieses Mobilitätskonzept von Richard Hoffmann aus der Raumplanung. Wobei ich natürlich nicht sagen kann, ob das jetzt noch weitergeführt wird. Ich glaube, es ging da um Parkplätze. Also Verkehrsmanagement«, verbesserte er sich schnell. »Dann die Klimatologie: Professor Scheffler befasst sich mit Frischluftschneisen in Trier. Schließlich noch eines in der Physischen Geografie, zur Erosionsforschung. Die verantwortliche Professorin heißt Caspary. Und dann sind da natürlich noch meine Sumpfschildkröten.«

»Und Lieschmann?«, warf Tilly ein.

»Was ist mit Lieschmann?«, fragte Rausch.

»Ja, was ist mit seinem Projekt?«

Rausch sah Tilly verwirrt an. »Lieschmann hat nicht an dem Wettbewerb teilgenommen. Der Mann war Flechtenforscher. Können Sie sich vorstellen, dass man mit Flechten irgendwelche Ausschreibungen gewinnt oder Drittmittel einwirbt?«

»An dem Abend, als Lieschmann zuletzt gesehen wurde, waren Sie auch noch sehr lange hier, ist das richtig?«, wechselte Leidinger das Thema.

»Das ist richtig«, bestätigte Rausch. »allerdings bin ich noch vor ihm gegangen. Ich bin ihm noch begegnet, das muss kurz nach acht gewesen sein. Schreckliche Sache, aber ich kann Ihnen dazu nichts sagen, leider. Und zu den Projekten meiner Mitbewerber kann ich Ihnen leider auch nicht mehr sagen«, erklärte er knapp. »Aus verständlichen Gründen halten sich die Teilnehmer an solchen Ausschreibungen den Mitbewerbern gegenüber immer recht bedeckt.«

»Dann erzählen Sie halt von Ihrem«, forderte Tilly ihn auf. »Wir sagen es auch nicht weiter.« Er lehnte sich erwartungsvoll zurück.

»Es ist uns gelungen, die Europäische Sumpfschildkröte in Trier nachzuweisen«, sagte Rausch widerstrebend, aber in seiner Stimme schwang unverkennbar so etwas wie Stolz mit.

»Sumpfschildkröte«, wiederholte Tilly ungläubig.

Offenbar war er gestern mit den Fröschen und dem Schlangenskelett viel zu beschäftigt gewesen, um Steinbach zuzuhören. Leidinger würde ihn bei Gelegenheit darauf hinweisen müssen, wie wichtig es war, Befragungen aufmerksam zu führen.

»Ja, genau. Sie ist ausgesprochen selten. Vom Aussterben bedroht, steht auf der Roten Liste. Bis jetzt wusste man noch gar nicht, dass sie in Trier überhaupt vorkommt«, erwiderte Rausch ein wenig pikiert, als hielte er es für eine unentschuldbare Bildungslücke. Was sehr gut möglich sein konnte.

»Professor Steinbach meinte, dass Ihr Projekt gute Aussichten hätte, Gelder für den Sonderforschungsbereich einzuwerben.«

»So, hat er das gesagt? Na, hoffentlich hat er recht. Möchten Sie denn sonst noch etwas wissen?«

Was war das für ein Ausdruck, der sich da für den Bruchteil einer Sekunde auf sein Gesicht legte? Es ging zu schnell, noch ehe Leidinger ihn einordnen konnte, war er auch schon wieder verschwunden, und Rausch zeigte wieder sein freundliches Gesicht.

Er sieht müde aus, dachte Leidinger. Mehr als müde: vollkommen erschöpft. Er fragte sich, was Rausch den Schlaf rauben mochte. Einen Moment lang dachte er daran, ihn einfach zu fragen, aber dann entschied er, dass es für eine solche Überrumpelungstaktik noch zu früh war. »Kannten Sie Hoffmann oder Lieschmann näher?«, fragte er stattdessen.

»Wir haben uns natürlich gelegentlich beim Essen gesehen und auch mal ein paar Sätze miteinander gesprochen, aber richtig gekannt – nein, das würde ich nicht sagen. Warum wollen Sie das wissen?« Rausch klang jetzt nicht nur ungeduldig, sondern eindeutig nervös. Sein Tonfall stand in einem deutlichen Widerspruch zu seiner bemüht beflissenen Miene – es fiel ihm leichter, seinen Gesichtsausdruck zu kontrollieren als seine Stimme.

»Zumindest zu Herrn Hoffmann standen Sie jedenfalls in direkter Konkurrenz …« Leidinger ließ das letzte Wort in der Luft hängen. Was Frau Lehnhardt konnte, konnte er schon lange, er hatte das schließlich gelernt.

Rausch starrte ihn an, und sein Gesichtsausdruck wechselte von irritiert zu wütend, als er begriff. »Was wollen Sie damit andeuten?«

»Gar nichts, Herr Rausch. Wir deuten nie etwas an. Wir sprechen Dinge immer direkt aus, und wenn wir etwas wissen wollen, dann fragen wir. Ganz direkt. Also, Sie und Hoffmann waren Konkurrenten, dürfen wir das einmal so festhalten?«

»Wenn Sie es unbedingt so ausdrücken wollen, bitte. Aber jeder hier wird Ihnen bestätigen, dass Wettbewerb in der Welt der Wissenschaft etwas Alltägliches ist. Darum geht es ja bei diesen Initiativen gerade. Kompetitive Wissenschaft!«

»Ihre Mitbewerber sind alle habilitierte Professoren, richtig?«

»Ja, das stimmt. Umso mehr bin ich mir der Verantwortung bewusst, und ich weiß das Vertrauen von Herrn Steinbach unbedingt zu schätzen.«

»Aber sicher lastet doch damit auch ein großer Druck auf Ihnen, oder? Sie als einfacher … Was sind Sie genau?«

»Wissenschaftlicher Mitarbeiter«, sagte Rausch.

»Also, Sie als einfacher wissenschaftlicher Mitarbeiter – womit ich Ihnen nicht zu nahe treten möchte – müssen mit den Damen und Herren Professoren konkurrieren? Da steht man ziemlich unter Druck, könnte ich mir vorstellen.«

»Es geht dabei ausschließlich um akademischen Wettbewerb, und das ist allen Beteiligten auch klar. Falls Sie weitere fachliche Fragen haben, nur zu. Ansonsten habe ich hier noch einiges zu tun.«

»Na, die Schildkröten werden Ihnen ja nicht weglaufen, Herr Rausch.« Tilly klopfte ihm aufmunternd auf die Schulter.

»Bernd, lass uns gleich noch bei diesem Klimatologen vorbeischauen. Wenn wir schon mal hier sind.«

»Wir haben aber keinen Termin«, wandte Leidinger ein.

»Mag sein, aber ich habe keine große Lust, öfter als unbedingt nötig hier hochzufahren. Und es ist noch früh genug. Wie heißt der Mann noch mal? Scheffler?«

Leidinger gab nach. Auch er schien nicht begeistert von der Aussicht auf einen weiteren Ausflug in die Welt der Flechten und Schildkröten.

»Gut, vielleicht hat Scheffler auch ohne Termin Zeit für uns.«

»Wenn nicht, soll er sich die halt nehmen, Herrgott noch mal! Wir wollen immerhin herausfinden, wer seine Kollegen umgebracht hat.«

Lorenz Schefflers Büro sah aus wie die Klosterbibliothek in »Der Name der Rose«, nur viel kleiner. Es war so eng, dass man sich kaum umdrehen konnte, ohne Gefahr zu laufen, kunstvoll ausbalancierte Bücherstapel umzustoßen oder wackelige Regale herunterzureißen. Es gab Hunderte alter, zerlesener Bücher mit zerfledderten Einbänden und auch ein paar teuer aussehende Hochglanzbände, die teilweise noch in Folie eingeschweißt waren. Dazwischen standen gebundene Manuskripte, lagen vergilbte Schreibmaschinenseiten und lose Computerausdrucke. Im Film war die Klosterbibliothek am Schluss abgebrannt, erinnerte sich Tilly. Vermutlich hatte der Professor den nicht gesehen, denn auf seinem Schreibtisch stand ein überquellender Aschenbecher.

Tilly fühlte sich gleich wohl – dies schien die letzte Raucherbastion an der ganzen Uni zu sein. Definitiv hatte in diesem Büro noch keine Rauchabzugssäule die Chance gehabt, den Qualm aus der Luft zu filtern. Das einzig Moderne hier war ein extrem flacher und teuer aussehender Laptop auf Schefflers Schreibtisch. Ein Tablet-PC, für etwas anderes wäre auch kein Platz mehr gewesen.

Im Sonnenlicht, das durch das Fenster in seinem Rücken fiel, tanzten Staubflocken. Lorenz Scheffler selbst wirkte ebenfalls ein wenig klein und staubig, wie er im Gegenlicht hinter seinem Schreibtisch saß und den Kopf schief legte.

»Ja. Herr Leyendecker. Sie kommen also wegen Herrn Hoffmann.«

»Leidinger. Aber sonst haben Sie recht – wir ermitteln wegen des Todes von Herrn Hoffmann und Herrn Lieschmann.«

»Schlimme Sache.« Er wiegte den Kopf.

Leidinger räusperte sich. »In der Tat. Wir befragen jetzt alle, die möglicherweise dazu beitragen könnten, die Umstände dieser Todesfälle ein wenig zu erhellen.«

»Sehr gut, Herr Kommissar. Ausgezeichnete Idee. Darf ich fragen, an wen Sie dabei so gedacht haben?«

Tilly blickte überrascht auf. Wollte Scheffler sie auf den Arm nehmen? »Nun, Herr Scheffler«, kam er Leidinger zu Hilfe, »das mag jetzt überraschend für Sie klingen, aber wir hoffen, dass Sie uns als sein Kollege vielleicht weiterhelfen könnten.«

»Was, ich?« Scheffler blickte sich erschrocken um.

Tilly seufzte. »Ja. Aber keine Angst. Wir möchten nur einige Informationen von Ihnen. Wir interessieren uns zum Beispiel für diese Exzellenz-Initiative. Sie nehmen ja auch daran teil, wenn wir richtig informiert sind. Könnten Sie uns kurz erläutern, worum es in Ihrem Projekt genau geht?«

»Frischluft.«

»Gute Idee.« Leidinger stand auf und ging in Richtung Fenster.

Scheffler machte allerdings keine Anstalten, ihm den Weg freizugeben, und sah ihn stattdessen irritiert an. »Wo möchten Sie denn hin?«

»Ich … das Fenster. Ich wollte es öffnen. Wegen der Frischluft.« Unverrichteter Dinge setzte er sich wieder.

»Ja«, nahm Scheffler das Stichwort auf, »frische Luft. Jeder braucht frische Luft. Aber was machen die Stadtplaner in Trier?«

Tilly sah zu Leidinger hinüber und musste sich das Lachen verkneifen. Das würde jetzt länger dauern. Scheffler hatte gerade erst angefangen.

»Bauen Industriegebiete in der Hauptwindrichtung. Das muss

man sich mal vorstellen. Trier mit seiner Kessellage. Das Flusstal. Ach, ich zeige es Ihnen am besten.«

Er entrollte eine quadratmetergroße Karte von Trier auf seinem Schreibtisch, nachdem er ihn einigermaßen freigeräumt hatte. Auf ein Ende stellte er einen Topf mit einer Graslilie, auf das andere den Aschenbecher, damit sie sich nicht wieder einrollte.

»So. Hier ist Trier.« Tilly und Leidinger nickten synchron. »Das da ist die Mosel.«

»Herr Scheffler …«, wollte Leidinger ihn unterbrechen, aber Scheffler hatte bereits Fahrt aufgenommen.

»Bereits die Römer, und vor ihnen schon die Kelten, haben sich hier niedergelassen. Sehr gute Böden, das Schwemmland am Ufer. Hier gibt es auch heute noch Landwirtschaft, in Zewen. Da bekommen Sie das beste Obst und Gemüse in Trier. Und Hochwasser. Das auch, sogar regelmäßig. Das ist dann allerdings schlecht, wegen der Schwermetalle.« Er unterbrach sich. »Wo war ich?«

»Frischluft.« Und Obst mit Schwermetallen. Tilly war sich vollkommen darüber im Klaren, dass Scheffler sie nicht aus diesem Büro entlassen würde, ehe sie alles über Frischluft wussten. Nicht eine Minute früher. Da in Trier Frischluft anscheinend ziemlich knapp war, hoffte er, dass es nicht übermäßig lange dauern würde, sie ins Bild zu setzen. Er warf Leidinger, der aussah, als sei er sich noch nicht ganz sicher, ob er resignieren oder losschreien sollte, einen leicht besorgten Blick zu. Obwohl er Letzteres ja zu gern einmal erleben würde. Er musste sich sehr zusammenreißen, um nicht zu lachen.

»Ja. Frischluft. Also, in der Stadt gibt es – na, was?«

»Häuser?«, riet Tilly. Leidinger stöhnte auf.

»Richtig!« Scheffler strahlte. »Häuser. Und?«

»Menschen. Also Leute halt. Autos.«

»Genau«, freute er sich. »Und das bedeutet, dass jede Menge Sauerstoff verbraucht wird und CO_2, Kohlenmonoxid, Ozon, Feinstaub und so weiter entstehen. Also muss frische Luft in die Stadt. In sogenannten Frischluftschneisen. Trier liegt ja in einem Talkessel, was zur Folge hat, dass oft eine richtige Dunstglocke über der Stadt liegt. Die haben Sie sicher schon gesehen, wenn sie von der Korlinger Höhe in die Stadt hineinfahren. Wenn der Himmel auf der Höhe schon klar und blau ist und der Frühnebel sich längst verzogen hat, liegt Trier immer noch im Nebelmeer, nur die Windräder gucken raus.«

Scheffler räusperte sich und begann in seiner Schreibtischschublade herumzukramen. »Aber ich schweife ab, ich hoffe, Sie können mir verzeihen – was ich eigentlich sagen will, ist Folgendes: Der Wind würde normalerweise das Moseltal entlangwehen und die verbrauchte Luft immer wieder durch frische ersetzen. Kann er aber nicht, denn wir haben es mit einer echten stadtplanerischen Meisterleistung zu tun. Wir haben hier«, er deutete auf die Karte, »und hier«, er deutete auf das andere Ende Triers, »Industrie. Das bedeutet, wenn der Wind weht, zieht er erst einmal über das Industriegebiet.«

Er schien gefunden zu haben, was er suchte, und zog einen Bleistift hervor, mit dem er auf die Karte deutete.

Tilly sah sich die Stelle genauer an, auf die Scheffler zeigte. Zu seinem großen Missfallen entdeckte er, dass die Ludwig-Steinbach-Straße sich so ziemlich in der Nähe dieser »stadtplanerischen Meisterleistung« befand. Also ein langweiliges Dorf in der Nähe eines Industriegebietes an der Autobahn. Da hätte er doch wirklich gleich in der Oberpfalz bleiben können.

»Frischluft kann man das dann schon fast gar nicht mehr nennen«, erklärte Scheffler. Mehr oder weniger übergangslos fügte er hinzu: »Und die Mosel selber ist ja stark schwermetallbelastet, was aber der Chinesischen Körbchenmuschel nichts auszumachen scheint, die sich hier seit ein paar Jahren extrem rasant ausbreitet.«

Körbchenmuschel? War die auf irgendeine geheimnisvolle und wissenschaftliche Weise vielleicht mit Rauschs Sumpfschildkröten verwandt? Jetzt war Tilly an einem Punkt angelangt, an dem er nicht mehr folgen konnte. Aber noch bevor er dies Scheffler mitteilen konnte, fuhr der schon fort:

»Aber wenigstens lebt überhaupt noch was in der Mosel. Das ist ja keineswegs selbstverständlich. Wegen Cattenom. Die Wassertemperatur ist viel zu hoch. Hohe Temperaturen sind überhaupt so ein Trierer Problem, da wären wir wieder bei der Kessellage und der Frischluft. Ein bisschen besser ist das schon geworden, seit es das Stahlwerk nicht mehr gibt. Aber trotzdem, da ist noch viel zu tun. Zum Beispiel dürfte man eigentlich keine Bebauung mehr quer zu den Schneisen genehmigen.« Er lachte leise. »Und Sie wissen ja, wie begehrt Baugebiete, vor allem Gewerbegebiete, sind. Wenn diese Ergebnisse im Flächennutzungsplan berücksichtigt würden, würden geeignete Grundstücke natürlich knapp. Und was knapp ist, wird teuer.«

»Herr Scheffler!«, unterbrach Leidinger ihn mit fester Stimme. Offenbar war er doch nicht resigniert. »Wir wissen jetzt alles, was wir wissen müssen, jedenfalls über Frischluftschneisen. Allerdings hätten wir noch ein paar Fragen, Hoffmann und Lieschmann betreffend.«

»Ach ja. Deswegen sind Sie ja hier, nicht wahr?«

»Richtig. Herr Hoffmann hatte doch auch ein Projekt bei diesem Wettbewerb laufen, wenn wir richtig informiert sind.«

»Lassen Sie mich mal überlegen – ich weiß gar nicht mehr, was es genau war. Raumplanung. Sie haben doch sicher seine Unterlagen? Aber Lieschmann doch nicht, oder? Trotzdem«, fügte er hastig hinzu, »natürlich ist sein Tod für die Flechtenforschung ein herber Verlust, wirklich tragisch.«

»Ja«, sagte Leidinger, »das haben wir auch schon gehört. Eine Frage noch: Sie stehen ja nun im Wettbewerb mit Herrn Hoffmann und den anderen Projektteilnehmern. Würden Sie sagen, dass es da eine besonders scharfe Konkurrenz gibt?«

Scheffler antwortete nicht gleich. Er zupfte zunächst an den welken Blättern einer Grünlilie herum. »Wettbewerb ist etwas ganz Normales, deswegen bringt man doch nun wirklich niemanden um.«

Tilly und Leidinger erhoben sich.

»Sagen Sie«, Tilly drehte sich noch einmal um, »warum haben Sie eigentlich diese ganzen Grünpflanzen hier herumstehen?« Er pustete eine Staubschicht von einem Pfennigbaum.

»Ach die, die verbessern das Raumklima. Filtern Schadstoffe aus der Luft.« Scheffler lächelte versonnen.

»Und, was sagst du zu Scheffler?«, fragte Leidinger, als sie auf dem Weg nach draußen waren.

»Schwer zu sagen. Er wirkt nicht gerade wie ein Serienmörder.« Tilly klang ziemlich sicher.

»Nein, vermutlich nicht.« Auch er konnte sich nur schwer vorstellen, dass Scheffler in der Lage war, zwei Kollegen aus dem Weg zu räumen. Totquatschen vielleicht, aber vergiften oder erdrosseln?

»Andererseits«, sagte Leidinger nun, »kannte er beide Opfer und hätte ihnen das Gift problemlos beibringen können, ohne dass sie misstrauisch geworden wären. Was aber nicht viel aussagt, da sich die Dozenten wohl alle untereinander kennen und sich wahrscheinlich auch beim Essen und zur Kaffeepause sehen, der Fachbereich ist ja nicht so groß. Er ist schon der Zweite, der uns davon überzeugen möchte, dass Wettbewerb unter Wissenschaftler-Kollegen etwas vollkommen Normales ist. Und Friedrich Lieschmann hat ja mit niemandem konkurriert, von daher könnte Scheffler recht haben, und mit diesem Exzellenz-Wettbewerb hat es gar nichts zu tun.«

»Und Rausch?«

»Den finde ich schwierig einzuschätzen«, gab Leidinger zu.

»Geht mir auch so. Warum ist der so nervös?«

»Vielleicht, weil sehr viel für ihn und seine Karriere von dieser Tagung abhängt. Und er tritt gegen das versammelte Establishment an – da steht er sicher unter großem Druck. Da hat schon mancher eine Dummheit begangen. Wir müssen ihn auf jeden Fall nach seinen Alibis für die Tatzeit fragen. Bei Lieschmann ist es wackelig, das hat er ja praktisch schon zugegeben.«

»Meinst du, wir hätten die beiden warnen sollen?«, fragte Tilly.

»Ich weiß es nicht. Wovor denn? Wir haben doch überhaupt keine Hinweise darauf, wovor sich Scheffler und Rausch in Acht nehmen sollten. Wenn Meyer recht hat, können wir sie und die anderen Professoren vor Bilsenkrautsamen, möglicherweise getarnt in Form von Mohnbrötchen, und vor Spätburgunder warnen. Außerdem wurden einmal Schlaftabletten verwendet, einmal Pflanzengifte – das lässt doch alles Mögliche offen. Wenn wir jetzt irgendwelche Warnungen aussprechen, führt das nur zu Verunsicherung und unnötiger Panik.«

Genau das war das Problem. Das Letzte, was sie jetzt gebrauchen konnten, war ein Klima von allgemeinem Misstrauen und wild wuchernden Verdächtigungen.

»Wollen wir noch einen Kaffee trinken?«, schlug Tilly vor.

»Ernährst du dich eigentlich von Kaffee? Aber meinetwegen, bevor wir«, Leidinger klappte sein Notizbuch auf, »Frau Professor Caspary befragen, können wir auch eine kurze Pause machen. Zu deinem Termin kommst du trotzdem noch rechtzeitig. Lass uns in die Cafeteria gehen.«

Der Kaffee war bitter, als hätte er zu lange auf der Warmhalteplatte gestanden.

»Von Vollautomaten haben sie hier aber auch noch nichts gehört«, beschwerte sich Tilly. »Hoffentlich sind wir hier bald fertig, sonst krieg ich noch Magengeschwüre.«

Leidinger konnte sich dieser Hoffnung nur anschließen. Er nahm einen Schluck Kaffee und verzog das Gesicht. Der gab auch seinem Magen bestimmt den Rest. Wobei der Kaffee da noch das geringste Problem wäre, was die Genese von Magengeschwüren betraf.

»Meyer, der sich damit auskennt, meinte, dass Lieschmann so hohe Konzentrationen von Skopolamin und – was war das andere? – Hyosciamin im Blut hatte, dass er vollkommen verwirrt gewesen sein musste. Aber wie hat er das Zeug zu sich genommen?«, wandte sich Leidinger an seinen Kollegen.

Tilly schwieg und betrachtete nachdenklich die Sandhügel vorm Fenster.

»Hörst du mir zu?«

Tilly zuckte zusammen. »Was? Ich habe mich gerade gefragt, was mit Lieschmann passiert wäre, wenn er nicht in den Teich gefallen wäre. Hat Meyer dazu etwas gesagt?«

»Meyer meinte, dass er wohl halluziniert hat. Die Dosis war allerdings nicht letal, das Hyosciamin war nicht hoch genug dosiert, um ihn umzubringen. Seine genauen Worte waren: ›Der arme Kerl war wahrscheinlich auf einem richtig schlimmen Trip.‹ Wenn er nicht in diesen Teich gefallen wäre, hätte er wohl seinen Rausch ausgeschlafen und am nächsten Tag einen üblen Kater gehabt. Meyer erwähnte noch, dass Skopolamin – ich zitiere – ›geschwätzig‹ macht. Möglicherweise hätte er aber auch Spätschäden davongetragen, eine Psychose vielleicht, Angstzustände, Wahnvorstellungen.«

»Und warum vergiftet man jemanden mit einer nicht tödlichen Dosis Bilsenkraut?«

Gute Frage, fand Leidinger. »Da kann ich mir zwei Möglichkeiten vorstellen: Entweder der Mörder hat sich bei der Menge verrechnet, oder das Opfer sollte gar nicht sterben. Möglicherweise war es also überhaupt kein Mordversuch, sondern ein ziemlich schlechter Streich. Vielleicht ein Student, der sich für eine verhauene Klausur rächen wollte?«, schlug er vor. In dem Fall hatte der Streich ein ziemlich böses Ende genommen. Wenn es sich um einen Studenten der Botanik handelte, war der Gedanke vielleicht gar nicht so abwegig.

»Gut. Gehen wir einen Schritt zurück. Sagen wir, dass es sich nicht nur um einen einzigen Täter handelt. Dann müssen wir herausfinden, ob Lieschmann irgendwelche Studenten auf dem Kieker hatte. Wir sollten unbedingt noch einmal mit seiner Mitarbeiterin, dieser Frau Murnau, reden. Die hat sich doch mit ihm ganz gut verstanden.«

»Lass uns vorher mit Frau Caspary sprechen, dann haben wir es hinter uns. Egal, ob wir einen Termin haben oder nicht. Dafür wird sie sich ja wohl Zeit nehmen.« Leidinger stand auf und griff nach seiner Tasse, um den Kaffee auszutrinken. Doch er besann sich eines Besseren.

Auch wenn man auf den ersten Blick nicht unbedingt hätte sagen können, welche Art Wissenschaft hier betrieben wurde, strahlte Frau Professor Casparys Büro eine ausgesprochen professionelle Arbeitsatmosphäre aus. Die Einrichtung war äußerst funktional, jeder Gegenstand auf seinem Platz, und auf den ersten Blick verriet nichts, womit sich die Eigentümerin beschäftigte. Es hätte genauso gut theoretische Mathematik wie Unternehmensberatung sein können.

Leidinger hatte auf der Website der Universität Frau Casparys

Profil recherchiert. Ihr Gebiet war die Erosionsforschung. Das sagte sogar ihm etwas, ungefähr jedenfalls. Außerdem hatte Wikipedia ihm hier zuverlässig weitergeholfen. Aus reiner Neugier hatte er auch nach Hoffmann und Lieschmann gesucht. Dem Raumplaner war ein ganzer Artikel gewidmet, mit einer Liste seiner Publikationen, den Ausschüssen, in denen er saß, und den Preisen, die er bekommen hatte. Und das waren nicht wenige, wie er festgestellt hatte. Außerdem war er im Vorstand mehrerer Vereine gewesen, die im Bereich Stadtplanung und Verkehr tätig waren. Lieschmann allerdings – Fehlanzeige. Lediglich einige seiner Bücher waren im Wikipedia-Artikel über Flechten erwähnt.

Casparys Büro war von vorbildlicher Ordnung, um darin einer wissenschaftlichen Arbeit nachzugehen, das erkannte er auf den ersten Blick, ganz anders als Schefflers dschungelartiger, mit Grünpflanzen dekorierter Raum und der an ein Naturkundemuseum erinnernde Arbeitsplatz Steinbachs. Und trotzdem hatte es auch eine persönliche Note: An den Wänden standen deckenhohe Regale mit vorwiegend englischsprachigen Büchern und großformatige Bilder von Dschungelpflanzen mit bunten Blüten und großen Blättern. An der Wand hinter ihrem Schreibtisch hingen Urkunden und ein gerahmtes Foto, das sie beim Händeschütteln mit einer Gruppe offiziell wirkender Personen zeigte. Auf der Fensterbank standen weiße Orchideen.

Es gab dann doch etwas, das bei genauerer Betrachtung den Gegenstand ihrer Forschungen verriet: Auf einem Regalboden waren nebeneinander mehrere rechteckige durchsichtige Plastikdosen mit Erde aufgereiht.

Tilly wies auf die Proben: »Haben Sie den Boden da selber abgetragen? Ich dachte, das machen Wind und Regen.«

Frau Caspary verdrehte die Augen. Leidinger fühlte mit ihr. »Nein«, antwortete sie, »ich habe ihn nicht selbst abgetragen. Ich untersuche ihn nur. Die Nährstoffauswaschung in verschiedenen Bodentiefen, falls Sie es genau wissen wollen. Aber das ist wahrscheinlich für Sie nicht unbedingt von Interesse.«

Sie deutete auf ihren Computer, einen weißen iMac, der dezent vor sich hin summte, und auf den Schreibtisch, wo ein

Stapel Ausdrucke mit Tabellen und Diagrammen lag. Neben dem Dokumentenstapel stand eine blaue unregelmäßig geformte und entfernt an eine Muschel erinnernde Schale aus Ton, die überhaupt nicht zu der kühlen und sachlichen Atmosphäre passte. Leidinger versuchte, Tillys missglückten Witz wiedergutzumachen.

»Hübsche Schale! Ist die handgetöpfert?«

Frau Caspary nickte. Sie schob die Schale zu den beiden Kommissaren herüber. »Ein Geschenk von der Werkunterrichtsklasse meines Mannes. Er ist Lehrer. Da muss er sich zwar auch mit einer Menge herumschlagen, aber wenigstens gab es noch keine Toten.«

»Frau Caspary, Sie müssen sich keine Sorgen machen. Wir tun unser Bestes, da können Sie ganz beruhigt sein.«

Sie nickte. »Ja, sicherlich. Davon bin ich überzeugt. Ich möchte nicht unhöflich sein, aber ich habe ziemlich viel Arbeit. Was kann ich denn für Sie tun?«

Tilly räusperte sich. »Wir wollen Sie nicht allzu lange aufhalten. Sie bereiten sich auch auf diese Projektvorträge vor, haben wir gehört? Was machen Sie denn da genau?«

»Verstehen Sie zufällig etwas von Bodenbearbeitung?«, erkundigte sie sich.

»Der Kollege kommt vom Land«, erklärte Leidinger und erntete einen strafenden Blick des besagten Kollegen.

Sie lächelte beinahe entschuldigend und deutete auf den Stapel mit Ausdrucken. »Dann ist Ihnen ja vielleicht bekannt, wie sehr falsch bewirtschafteter Boden leidet. Monokulturen, Überdüngung, Erosion. Solche Sachen können selbst einen guten Boden in wenigen Jahrzehnten ruinieren. Und wenn die Ausgangsböden bereits nicht gerade erstklassig sind, geht das natürlich wesentlich schneller. Ich sehe Ihren Gesichtern an, dass Sie sich das jetzt nicht wirklich vorstellen können. Und da ich annehme, dass das den Damen und Herren der Vergabekommission genauso gehen wird, bin ich jetzt gerade dabei, die Ergebnisse der letzten zwanzig Jahre in einen anschaulichen Vortrag zu packen, der nicht länger als vierzig Minuten dauert und dabei gleichzeitig mitreißend und wissenschaftlich korrekt ist. Sie sehen, ziemlich viel zu tun.«

Sie atmete tief durch, und das Lächeln verschwand. »Aber natürlich bin ich beunruhigt. Zwei so tragische Todesfälle in so kurzer Zeit. Deswegen – wenn ich Ihnen irgendwie helfen kann, sagen Sie es nur.«

»Wir versuchen so viel wie möglich über Hoffmann und Lieschmann zu erfahren. Haben Sie einen oder auch beide Kollegen näher gekannt?«, wollte Leidinger wissen.

Frau Caspary lehnte sich zurück und legte ihren Kugelschreiber sorgfältig auf die Schreibtischunterlage.

Sie schüttelte knapp den Kopf. »Nicht näher, nein. Wir haben uns schon mal in der Mensa gesehen und natürlich auch gegrüßt und mal ein paar Worte gewechselt. Wir sind ja ein überschaubarer Fachbereich. Professor Lieschmann hatte immer Zeit für ein kurzes Gespräch zwischendurch, bewundernswert. Er war nie kurz angebunden oder unfreundlich. Ich habe ihm gelegentlich Artikel ausgeliehen, wenn ich zufällig auf etwas über niedere Pflanzen gestoßen bin. Hoffmann bin ich außerdem auch bei der Gremienarbeit gelegentlich begegnet. Er war wie ich auch in einigen Ausschüssen, im Prüfungsausschuss des Fachbereichs zum Beispiel. Aber sonst kann ich Ihnen über die beiden wohl nichts sagen, was für Sie von Interesse sein könnte, tut mir wirklich sehr leid.«

»Und in diesem Prüfungsausschuss, gab es da Probleme? Unstimmigkeiten? Schwierigkeiten mit Studenten, die sich vielleicht ungerecht benotet fühlten?«

Sie dachte kurz nach. »Es gibt immer mal wieder angefochtene Prüfungen, aber in der Regel werden die Konflikte gütlich beigelegt. Ich kann mich an keinen Fall erinnern, der für den beteiligten Studenten negative Konsequenzen gehabt hätte, nicht, seit ich auch in diesem Ausschuss bin, und das sind jetzt bald zwei Jahre. Und Hoffmann war ja nicht der Vorsitzende – wenn sich jemand für eine schlechte Prüfung hätte rächen wollen, dann sicher nicht an ihm. Der Vorsitzende ist der Dekan.«

»Danke für Ihre Zeit«, meinte Tilly freundlich, »dann wollen wir Sie mal nicht länger behelligen.«

»Herr Tilly?«

Er drehte sich noch einmal um.

»Sie lassen es mich doch wissen, wenn Sie Neuigkeiten haben? Ich könnte wirklich wesentlich besser schlafen, wenn diese Todesfälle aufgeklärt wären.«

»Sicher, Frau Professor. Bis dahin können wir Ihnen nur raten, passen Sie auf sich auf.«

»Das werde ich, versprochen.« Sie schob sich eine verirrte Strähne aus der Stirn und steckte sie wieder fest. »Vielen Dank.« Sie warf ihm ein freundliches Lächeln zu.

Tilly war müde. Der Kaffee half schon lange nicht mehr, außerdem war seit der letzten ungenießbaren Dosis auch wieder mindestens eine Stunde vergangen. Dieses Gebäude machte ihn unglaublich müde, die Menschen darin machten ihn müde. Die Gespräche. Alle erzählten ihm etwas, aber jeder Einzelne hielt mehr zurück, als er verriet, das spürte er genau. Wenn er nur wüsste, was und warum. Als er den Blick auf der Suche nach einem Automaten durch den Gang schweifen ließ und sich fragte, ob diese elementare Müdigkeit wirklich durch noch mehr Koffein bekämpft werden konnte, riss Leidinger ihn aus seinen trüben Gedanken.

»Hey, Bohemund, wo bist du gerade?«

»Sehr witzig. Ich habe nachgedacht. Über die Leute hier.«

»Über Frau Caspary?«

»Nicht direkt. Na ja, vielleicht auch«, gab er zu.

»Du weißt, dass wir sie auf keinen Fall von der Liste streichen können? Sie hat genauso ein Motiv wie Rausch.«

»Stimmt. Aber das hat Scheffler auch. Und den hast du auch ziemlich schnell ausgeschlossen.«

»Ich habe ihn nicht ausgeschlossen«, stellte Leidinger richtig, »ich halte ihn als Täter nur für eher unwahrscheinlich. Oder er spielt uns richtig Theater vor.«

»Ja, und ich halte eben die Caspary für nicht besonders wahrscheinlich. Ich weiß allerdings langsam auch nicht mehr, was ich von all dem halten soll. Findest du nicht, dass sich die Menschen hier irgendwie seltsam verhalten? Ich meine, da sterben zwei ihrer Kollegen. Wenn jemand umgebracht wird, erfahren wir doch normalerweise sofort alles – und ich meine wirklich alles – aus dem Privatleben. Da kommen Nachbarn, Freunde, Mitarbeiter, Liebhaber und wollen uns etwas erzählen. Und hier? Niemand weiß etwas, niemand will etwas sagen, und schon gar nichts Negatives. Da glaubst du doch, du hast es mit Cyborgs zu tun.«

»Womit?«, fragte Leidinger verwirrt.

»Cyborgs. Roboter, denen du nach Feierabend den Saft abdrehst und die du dann in die Ecke stellst. Vielleicht gelegentlich mal abstaubst.« Tilly schritt schneller aus. »Hoffmanns Exfrau hat sich genauso angehört wie seine Sekretärin, und beide äußerten sich über ihn, als sollten sie ihm ein Arbeitszeugnis ausstellen. Zielstrebig, ehrgeizig und so weiter.«

Leidinger schien leicht außer Atem, und Tilly verlangsamte sein Tempo. »Frau Murnau hat menschlich reagiert«, meinte er nachdenklich, »ich hatte den Eindruck, dass sie wirklich traurig war. Und Professor Caspary schien zumindest beunruhigt.«

»Das sollte sie auch sein. Und wir reden jetzt noch mal mit dieser Murnau. Der einzige Mensch, der Lieschmann offenbar näher gekannt hat. Weißt du zufällig den Weg noch?«

»Ungefähr. Ich glaube, es ging hier runter.«

Wie sich herausstellte, war der Weg richtig, aber Frau Murnau leider nicht mehr im Hause.

»Sie ist im Gelände unterwegs«, beschied Frau Lörke sie knapp.

Das war ja nicht anders zu erwarten gewesen. »Und wo genau ist das Gelände?«

»Meulenwald. Oberhalb von Quint. Möchten Sie sie suchen?«

»Nein, möchten wir nicht. Geben Sie uns einfach einen Termin, wenn's geht, heute noch.« Tilly hatte wirklich eine handfeste Sekretärinnen-Aversion entwickelt.

Frau Lörke verzog keine Miene, setzte ihre Lesebrille auf und blätterte in einem Terminkalender.

»Morgen früh ginge, zehn Uhr. Aber nur eine Viertelstunde.«

»Das sollte genügen.«

»Du hast ihr gar nicht gesagt, dass sie auf sich aufpassen soll«, meinte Leidinger grinsend.

»Das hat die nicht nötig, da bin ich mir sicher. Das bekommt sie schon von allein hin. Kann mir nicht vorstellen, dass jemand sich trauen würde, die zu vergiften.«

»Kann es sein, dass du ein bisschen voreingenommen bist?«

Tilly blieb stehen und drehte sich zu Leidinger um. »Ich bin nicht voreingenommen, ich hab das hier bloß satt. Die haben ja scheint's überhaupt gar kein Interesse daran, dass wir herausfinden, wer ihre Kollegen auf dem Gewissen hat. Lass uns fahren, sonst komme ich zu spät zu meiner Wohnungsbesichtigung.« Er drehte sich um und stapfte ohne ein weiteres Wort Richtung Parkplatz.

***

Die Wohnung war gar nicht so schlecht. Holzfußboden, hohe Decken, im Grunde guter Zustand, aber …

»Nachtspeicheröfen«, eröffnete ihm der Vermieter, ein älterer Mann in Cordhose und beigefarbenem Hemd, der in Pantoffeln vor ihm herschlurfte.

»Kann man die vielleicht austauschen?«, fragte Tilly. Das war wirklich das einzige Manko. Der Vermieter sah ihn an, als hätte er vorgeschlagen, auch gleich mal ein paar tragende Wände einzureißen.

»Eich stecken doch da kein Geld mehr rein! Hei wird et net asou kalt, da musst du net viel heizen. Die Noaban heizen au damit.«

»Wer?«

»Die Noaban«, artikulierte der Vermieter deutlich und vor allem laut, was die Verständlichkeit einer Fremdsprache für Ausländer bekanntlich immer sehr erhöhte.

»Kann schon sein, aber mir sind Nachtspeicheröfen einfach zu teuer, und außerdem sind die unpraktisch und eine Energieverschwendung.«

»Dat sin doch ungeloht Aija! Wart erst mol, bis et kalt get.«

Tilly schloss aus seinem Tonfall, dass der Vermieter etwas Beschwichtigendes gesagt hatte, aber er hatte keine Ahnung, was. »Gut, Herr Simon – ich werd's mir überlegen. Sagen Sie mal, was anderes: Wie sieht es denn hier so mit Kultur,

Vereinsleben und so weiter aus? Ist hier in Euren auch ein bisschen was los?«

»Allgebott. En Kameradenverein macht immer ein Sommerfest in der Hütte am Waldfrieden.«

»Kameradenverein?« Ein Reservistenverein in der Hütte am Waldfrieden? Das klang nicht unbedingt nach der Art von Abendvergnügen, an das er so dachte.

»Vom Kyffhäuserbund. Und den Männergesangsverein get et noch. Und den Foasendverein. Da findst schon was.«

Alles klar. Euren war gerade auf Tillys interner Rankingliste erstrebenswerter Adressen ein paar Plätze nach hinten gerutscht. Er überlegte, wie er das dem Vermieter höflich erklären konnte, ohne ihn in seinem Lokalpatriotismus zu beleidigen.

»Danke, Herr Simon. Ich würd mich dann noch mal melden, wegen der Wohnung.«

»Maach dat. Awwer bessi flott, eich hann noach anner Interessenten.«

Schon recht, er hatte verstanden. »Ach, wissen Sie, ich glaube, die Wohnung ist doch nichts für mich. Wenn ich mir das so überlege, ist mir der Weg zur Arbeit einfach zu weit, jeden Tag.«

Er brachte es nicht über sich, die Wahrheit zu sagen: dass er eine Nachbarschaft mit dem Kyffhäuserbund und dem Foasendverein, was auch immer man da machte, für sich zurzeit eher unpassend fand.

Und jetzt musste er auch noch irgendwie nach Hause kommen. Was sollte er machen, Leidinger anrufen? Der würde sich wahrscheinlich bedanken. Ohnehin hatte er den Verdacht, dass er seinem Kollegen auf die Nerven ging.

Er lief los. Beim Laufen konnte er am besten seinen Gedanken nachhängen. Etwas Ordnung in die ganze verworrene Angelegenheit bringen, in diesen Fall und, wenn er schon mal dabei war, in sein Leben überhaupt.

DONNERSTAG

Leidinger neigte eigentlich nicht zu Kopfschmerzen, außer wenn er starkem Stress ausgesetzt war. Und gestern Abend – das war mehr als Stress gewesen, das war Ausnahmezustand. Seine Mitbewohner auf Zeit hatten eine Art Fete gehabt. Er verstand ja, dass sie ihr Wiedersehen feiern wollten, aber es war schließlich nicht so, als hätten sie sich jahrelang nicht gesehen. Tilly hatte sie und Weiden vor nicht einmal zwei Wochen verlassen. Obwohl es auch ihm schon erheblich länger vorkam. Nein, unter diesen Umständen hielt er sich lieber hier auf.

Im Vergleich zu seiner Wohnung war sogar das Büro eine Oase der Ruhe, und das wollte etwas heißen. Obwohl es für eine Oase vielleicht ein bisschen wenig Grün gab. Genau genommen gab es gar kein Grün mehr, seit die Strahlenaralie im Abfall gelandet war. Sein Blick fiel auf den braungrauen Nadelfilz-Bodenbelag. Es mochte schönere Büros geben. Der moderne und minimalistische Arbeitsplatz Professor Casparys fiel ihm ein, und er fragte sich, was sie wohl zu dem Schreibtisch seines Kollegen sagen würde, auf dem sich Ordner stapelten, Ausdrucke und Kram jeder Art. Ganz oben auf dem Stapel thronte ein grüner Kristall, für den vermutlich Vroni verantwortlich war. Aber abgesehen von Tillys Schreibtisch war dies hier sein Raum – mit oder ohne Raumplaner. Und im Augenblick Gott sei Dank auch noch ohne Kollegen.

Er verschränkte die Arme auf dem Schreibtisch und legte seinen Kopf für einen Augenblick darauf. Nur einen Moment die Augen schließen und in Ruhe nachdenken …

Als er heute Morgen aufgestanden war, war er über zwei Dinge gestolpert: Über Tilly, der in der Küche eingeschlafen war, ebenfalls mit dem Kopf auf der Tischplatte – Leidinger richtete sich rasch wieder auf –, und über einen Zettel mit der krakeligen Aufschrift »Glaub, den Fischen geht's nicht gut. Gruß Bo«.

Leidinger mochte die unaufgeregte Regelmäßigkeit, mit

der seine beiden Goldfische ihre Bahnen durch das Aquarium zogen. Sie waren Lebewesen, mit denen er schon seit mehr als drei Jahren sehr gut zurechtkam. Friedliche und vor allem stille Mitbewohner. Er wollte nicht, dass ihnen etwas zustieß. Auf das Äußerste gefasst, hatte er das Aquarium untersucht. Dass es den Fischen nicht gut ging, war noch stark untertrieben: Sie zappelten an der Wasseroberfläche und schnappten hektisch nach Luft. Fische mussten sehr verzweifelt sein, wenn sie atmosphärische Luft dem sie umgebenden Medium vorzogen. Das war normalerweise Wasser, und Leidinger hätte schwören können, dass sich zu dem Zeitpunkt, als er ins Bett gegangen war, auch tatsächlich Wasser im Becken befunden hatte. Heute Morgen allerdings war die Flüssigkeit leuchtend blau und roch nach – Alkohol? Oh nein. Jemand musste Blue Curaçao ins Wasser geschüttet haben, und er hatte diesbezüglich schon einen recht konkreten Verdacht.

Er hatte die beiden Fische aus dem Aquarium gefischt und provisorisch in der bauchigen Glaskanne untergebracht, die er zum dreißigsten Geburtstag von seiner Mutter geschenkt bekommen hatte. Das dürfte sie nicht sehen, dachte er. Aber die Fische konnten unmöglich in der Brühe weiterschwimmen.

Hundertsechzig Liter Wasser zu schleppen – sechzehn randvolle Eimer –, bevor er ins Büro ging, war nicht gerade der Start in einen Arbeitstag, wie er ihn sich vorstellte. Und das noch vor dem Frühstück. Kurz hatte er mit dem Gedanken gespielt, einen der Eimer über seinen schlafenden Kollegen zu kippen, um ihn nachhaltig aufzuwecken, aber davon Abstand genommen, weil er den Fußboden nicht ruinieren wollte. Das musste Wolle, dieser Chaot, gewesen sein. Er schien gerade aus einem Bravo-Heft der späten siebziger Jahre entstiegen zu sein und rauchte merkwürdige Substanzen in einer Pfeife, die er als »seine Friedenspfeife« bezeichnete. Er musste unbedingt wissen, wer diese Leute waren und woher Tilly sie kannte.

Und dann die Frau, Vroni. Mit diesen merkwürdigen Haaren und der befremdlichen Angewohnheit, beim Frühstück auszupendeln, ob sie Butter oder Margarine zum Toast nehmen sollte. Alles in allem waren das keine Leute, von denen er jemals gedacht hätte, dass er einmal eine Wohnung mit ihnen teilen würde. Außerdem waren die paar Tage, von denen Tilly gesprochen hatte, schon länger vorbei. Er war sich nicht sicher, ob der Wohnungsmarkt in Trier wirklich so dicht war, wie Tilly behauptete, oder ob er nicht doch einfach zu hohe Ansprüche stellte. Er nahm sich vor, heute unbedingt noch einmal nachzuhaken – es musste ja nicht gerade die Altstadt sein. Schließlich gab es schöne und günstige Wohnungen im Umland.

Auf jeden Fall mussten diese Mitbewohner verschwinden. Schnellstens. Bevor sie die Wohnung in Schutt und Asche legten oder seine Fische umbrachten. Oder er die Mitbewohner, was gut möglich war …

***

»Na, der Herr Rausch – läuft alles gut?« Professor Steinbach sah Christian Rausch erwartungsvoll an.

»Selbstverständlich. Bestens, alles perfekt.«

»Aha, Sie halten sich gern etwas bedeckt, was? Ich bin schon sehr gespannt auf Ihre Präsentation.«

Wissen Sie was, Herr Steinbach, da geht es Ihnen wie mir, lag ihm auf der Zunge, aber sagen konnte er das natürlich auf gar keinen Fall. Dafür war es jetzt eindeutig zu spät. Er konnte nicht mehr zurück, so viel war klar. Aber vorwärts kam er auch nicht – er steckte fest.

Die Herwegh hatte ihn eindeutig enttäuscht. Sie hatte nicht den Einsatz gezeigt, den er von ihr erwartet hatte. Und dabei bedachte sie offenbar überhaupt nicht, was das für ihn bedeutete – sie konnte sich schließlich jederzeit einen neuen Betreuer für ihre Abschlussarbeit suchen. Er war derjenige, für den etwas auf dem Spiel stand, immerhin hatte er nur eine befristete Stelle. Bis zum Ende des Semesters befristet, um genau zu sein. Ohne die Projektgelder waren die Aussichten für eine Verlängerung äußerst deprimierend. Er war jetzt achtundzwanzig. Die Caspary war in seinem Alter bestimmt schon Junior-Professorin gewesen.

»Herr Steinbach, vielen Dank. Ich werde Sie nicht enttäuschen.« Eigentlich hatte er schon halb darauf gesetzt, dass die

Tagung abgesagt oder zumindest verschoben werden würde, nach Hoffmanns, nun ja, tragischem Ableben, aber die waren offenbar fest entschlossen, sie durchzuziehen. Er wusste fast nicht, was schlimmer war – Steinbach zu enttäuschen oder seine Stelle zu verlieren. Wenn Steinbach klar wurde, was er da angerichtet hatte – wenn ihm das ganze Ausmaß bewusst wurde, und das war nur noch eine Frage von Tagen –, dann konnte er sich ohnehin nur noch im Ausland bewerben. In Moldawien vielleicht, wo es wenigstens ganz sicher Sumpfschildkröten gab. Die aber wahrscheinlich eher im Kochtopf landeten als im Labor.

»Da bin ich mir sicher. Wie läuft es mit der Arbeit Ihrer Studentin – wie heißt sie noch gleich?«

»Karin Herwegh. Ja, sie ist sehr engagiert und gibt sich große Mühe. Zeigt viel Einsatz.« Er konnte sie ruhig ein bisschen loben, das schadete nichts. Natürlich musste er ihr nachher ins Gewissen reden, diesen vielversprechenden Weiher bei Holzerath noch einmal aufzusuchen, aber das musste Steinbach ja nicht wissen. In diesem Punkt war Christian Rausch geradezu begeistert von seiner Selbstlosigkeit. Nicht, dass er dafür Dank erwartete oder so, nein. Er wäre schon mit der ein oder anderen Schildkröte völlig zufrieden.

»Sehr gut, ausgezeichnet. Das hört man gern. Man kann gar nicht früh genug anfangen, sich den eigenen wissenschaftlichen Nachwuchs heranzuziehen. Ich denke, dass wir ihr dann eine Doktorandenstelle im Projekt anbieten können. Sie wissen ja selber, dass es mit dem Nachweis der Schildkröte noch lange nicht getan ist.«

Rausch nickte wortlos. Ihm fiel einfach nichts ein, was er sagen sollte, und da er fürchtete, dass es die Wahrheit sein könnte, wagte er gar nicht erst, den Mund aufzumachen. Steinbachs väterlich-wohlwollende Art hatte diese Wirkung auf ihn.

Steinbach strahlte. »Sehr gut, Herr Rausch. Sehr schön. Dann will ich Sie mal gar nicht länger aufhalten. Sie haben sicher noch jede Menge zu tun, und ich muss jetzt zu meiner Vorlesung. Wir wollen die jungen Leute doch nicht warten lassen, was?« Er klopfte ihm jovial auf die Schulter. »In diesen schweren Zeiten müssen wir alle unsere Aufgaben erfüllen, nicht wahr, jeder auf seinem Platz.«

Oh ja, er wusste gar nicht, wo er anfangen sollte. Er lächelte, bis Steinbach schwungvollen Schrittes verschwunden war. Dann drehte er sich um und schloss die Tür seines Büros.

Er setzte sich hinter den Schreibtisch und stützte den Kopf in die Hände. Er starrte einen Moment die Bücher im Regal an, aber von dort war keine Hilfe zu erwarten. Als sein Handy einen schrillen Alarmton von sich gab, schreckte er auf. Die Erinnerung an seinen Erstsemester-Kurs, der in zehn Minuten begann: »Einführung in das wissenschaftliche Arbeiten«.

***

»Guten Morgen, Frau Murnau«, grüßte Leidinger durch die offene Bürotür.

Brigitte Murnau sah auf und lächelte freundlich, als sie die beiden Kommissare erkannte. Auch wenn ihm nicht danach zumute war, erwiderte Leidinger ihr Lächeln, weil Frau Murnau schließlich nicht für seine schlechte Laune verantwortlich war.

»Guten Tag, Herr Leidinger. Frau Lörke hat Sie schon angekündigt. Kommen Sie ruhig herein.« Sie stand auf und räumte eine Pflanzenpresse von einem Stuhl, stellte ihn zu dem anderen vor ihren Schreibtisch und bedeutete den beiden, sich zu setzen.

»Es sind noch ein paar Dinge unklar, bei denen Sie uns vielleicht helfen können.«

»Wenn ich kann, gern. Geht es um Herrn Lieschmann?«

»Richtig. Wir müssen einfach mehr über ihn erfahren, um uns ein Bild von ihm zu machen. Nach dem, was wir wissen und was auch Sie uns bestätigt haben, hat er ja wohl einen großen Teil seiner Zeit an der Universität verbracht. Herr Steinbach hat uns gesagt, dass er seinen Schwerpunkt eher in der Forschung sah als in der Lehre.«

Sie nickte. »Das ist richtig. Er war ein sehr ruhiger, zurückhaltender Mensch, ich würde fast sagen, schüchtern. Er hielt nicht besonders gern Vorlesungen, weil er diesen leichten Sprachfehler hatte, und wenn er aufgeregt war, wurde es noch schlimmer.

Das war für die Studenten natürlich unglaublich erheiternd«, ergänzte sie.

Leidinger hatte ein sehr feines Gespür für leere Floskeln, und die Murnau klang ganz anders als Frau Lörke, für die Lieschmanns Tod eher ein Ärgernis darstellte, das es baldmöglichst abzuhaken galt. Und es klang so, als steckte eine Geschichte dahinter. »Haben Sie vielleicht mitbekommen, dass er einmal mit jemandem aneinandergeraten ist?«

Brigitte Murnau schüttelte den Kopf. »Nein. Er hatte mit niemandem …« Sie hielt inne, als ihr etwas einfiel: »Er nicht, nein. Ich schon. Aber ich kann mir nicht vorstellen …« Sie brach ab.

»Sagen Sie uns einfach, wen Sie da im Sinn haben. Wir finden den Rest dann schon allein heraus. Und keine Angst – wir behandeln das natürlich vertraulich.«

»Das müssen Sie nicht, Herr Leidinger, das haben damals einige Leute mitbekommen. Einmal habe ich einem Studenten ziemlich deutlich die Meinung gesagt, weil er sich über Lieschmann lustig gemacht hat, über seinen Sprachfehler und seine Flechten. Der Junge wurde dann ganz schnell ziemlich kleinlaut und hat sich bei ihm und bei mir entschuldigt. War ihm vor seinen Kumpels wohl richtig peinlich, von einer Frau so rundgemacht zu werden. Ich glaube allerdings nicht, dass das eine Rolle spielt, so was Kindisches …«

»Wann war das denn?«, fragte Leidinger.

»Das ist noch nicht allzu lange her, vielleicht zwei oder drei Wochen.«

»Und wissen Sie den Namen dieses Studenten zufällig noch?«

»Allerdings. Den kennt jeder, das ist ein ausgesprochen vorlauter Mensch. Er heißt Schulz, Georg Schulz. Frau Lörke wird Ihnen sicher die Adresse geben. Aber ich kann mir wirklich nicht vorstellen, dass er etwas – also, so etwas – tun würde.«

»Wenn Sie wüssten, wie oft wir diesen Satz schon gehört haben«, erwiderte Leidinger. »Danke, Frau Murnau. Sie haben uns sehr geholfen. Und wie gesagt: Wir behandeln das vertraulich, bitte tun Sie das ebenfalls.«

»Auf zu Herrn Schulz?«, fragte Tilly im Flur.

»Genau. Frag Frau Lörke nach der Adresse, und dann unterhalten wir uns mal mit dem jungen Mann.«

»Warum ich?«

»Ich dachte, die findet dich sympathisch? Los, setz deinen Charme ein.«

Tilly blieb nichts anderes übrig, als zu tun, was Leidinger ihm aufgetragen hatte. Zum einen brauchten sie die Adresse wirklich, und zum anderen war der Kollege ja nicht ganz zu Unrecht sauer. Das mit den Fischen war wirklich blöd. Hoffentlich ging es denen wieder einigermaßen. Wolle, dieser Idiot ... von wegen, die Fische wollen auch mal Spaß haben.

»Ach. Sie.«

Wie viel Missbilligung man in zwei Worte legen konnte. Aber er würde jetzt gar nicht darauf einsteigen.

»Wir brauchen eine Adresse. Der Mann heißt Georg Schulz, studiert hier Botanik.«

Sie sah ihn an, eine Augenbraue hochgezogen.

»Da müssen Sie sich ans Studentensekretariat wenden. Aber die geben grundsätzlich keine Daten weiter.« Sie klappte eine Mappe auf und begann, Papiere darin abzuzeichnen, um zu signalisieren, dass sie das Gespräch für beendet erklärt hatte.

Tilly nahm ihr die Mappe aus der Hand, klappte sie zu und legte sie wieder auf den Tisch. Frau Lörke öffnete den Mund, um zu protestieren.

»Sie suchen mir jetzt auf der Stelle die Adresse heraus. Bitte«, fügte er hinzu.

Die Sekretärin stand auf, nahm einen Ordner aus dem Regal und schrieb etwas auf einen Zettel, den sie ihm wortlos reichte.

»Besten Dank, Frau Lörke.« Er nickte ihr freundlich zu.

Der Innenstadtverkehr war um diese Zeit kein Vergnügen. Da hätte Hoffmann noch einiges zu tun gehabt, mit seinem neuen Mobilitätskonzept. Allerdings hätte er auch kaum etwas daran ändern können, dass sich der Verkehr von und zur Universität und den Neubaugebieten in den Höhenstadtteilen auf exakt zwei Strecken verteilte, Avelertal und Olewig. Die Seilbahn hatte man ja nicht bauen wollen … Da Schulz in der Saarstraße wohnte, fuhren sie über Olewig.

Am Klingelschild der Wohnung standen so viele Namen, mit Edding gekritzelt, durchgestrichen und mit Tesa-Krepp überklebt, dass die Vermutung nahelag, dass hier schon Generationen von Studenten gewohnt hatten. Die aktuellen Namen lauteten Schulz – Grimme – Hinrichs. Der Türöffner wurde betätigt, und Leidinger drückte die Tür auf.

Von oben rief jemand: »Erster Stock!«

Na, das ging ja noch. Leidinger sah sich in dem steilen Treppenhaus um. Sicher war das einmal ein gutbürgerliches Haus gewesen, und die dunklen Stufen waren jede Woche gebohnert worden. Jetzt standen Fahrräder auf den Treppenabsätzen, und an den Wänden hingen zerfledderte Plakate, die zu irgendwelchen Demonstrationen aufriefen, die irgendwo anders und größtenteils vor längerer Zeit stattgefunden hatten. Im ersten Stock stand ein etwa fünfundzwanzigjähriger Mann in der geöffneten Tür. Er trug Jeans und T-Shirt und sah mit seinen zerzausten Haaren aus, als sei er gerade erst aufgestanden.

»Herr Schulz?«

Der Mann kratzte sich an der Stirn, verschränkte die Arme vor der Brust und musterte die Besucher. »Warum?«

»Wir suchen Georg Schulz, sind Sie das oder nicht?« Tilly klang gereizt. Er hatte offenbar den Rest seiner Geduld aufgebraucht.

Dem jungen Mann fiel das entweder nicht auf, oder aber es war ihm egal. »Wer will das wissen?« Er versuchte, selbstbewusst zu klingen. Trotzdem gelang es ihm nicht ganz, die leichte Nervosität in seiner Stimme zu verbergen.

»Leidinger, Kriminalpolizei, das ist mein Kollege Tilly. Sind sie jetzt Herr Schulz oder nicht?«

»Kripo? Ach du Scheiße. Ja, ich bin Georg Schulz. Ist denn irgendwas passiert?« Die Selbstsicherheit hatte ihn kurzfristig verlassen.

»Dürfen wir hereinkommen?«

»Ja klar, kommen Sie.« Er machte den Weg frei.

»Was wollen Sie von mir?« Schulz setzte sich auf einen wackeligen Holzstuhl an den Küchentisch. Tilly ging zur Balkontür, schob den Perlenvorhang zur Seite und inspizierte die vertrockneten Pflanzen in den Plastikkübeln.

Leidinger blieb in der Küchentür stehen. »Sie studieren Botanik an der Universität?«

»Ja, wieso?« Das sollte vermutlich trotzig klingen, aber der Versuch scheiterte. Schulz räusperte sich verlegen.

»Dann dürfen wir annehmen, dass Sie Professor Lieschmann kannten?«

Schulz schluckte. Offenbar dachte er nach. Dann riss er bühnenreif die Augen auf. »Oh nein. Das glaube ich jetzt nicht. Sie denken nicht wirklich, dass ich etwas mit seinem Tod zu tun habe?«

»Warum sollten wir das denken?«, fragte Tilly von der Balkontür aus.

»Keine Ahnung, vielleicht weil Sie hier in meiner Küche stehen und mir Fragen über ihn stellen? Sie wollen mir doch bloß etwas anhängen.«

»Bis jetzt wollten wir eigentlich nur wissen, ob Sie bei ihm studiert haben.«

Seine ostentative Lässigkeit war jetzt endgültig zum Teufel. »Fragen Sie das alle Botanikstudenten? Ich habe nicht bei ihm studiert. Ich habe die eine oder andere seiner Vorlesungen besucht. Wenn es sein musste«, fügte er hinzu.

»Und wie fanden Sie ihn so?«

»Ich fand ihn okay, mehr aber auch nicht. Der große Bringer als Dozent war er in meinen Augen nicht unbedingt. Nicht jeder ist von Flechten so besessen wie Lieschmann und seine Assistentin«, sagte er, und seine Stimme bebte vor kaum unterdrücktem Ärger.

Gut so, dachte Leidinger. Wer die Beherrschung verliert, gibt eher etwas preis.

»Was sind das eigentlich für Pflanzen da auf dem Balkon?«, erkundigte sich Tilly interessiert.

Schulz zuckte mit den Achseln. »Pflanzen eben. Ich kann Ihnen gern die wissenschaftlichen Namen nennen, aber ich glaube ehrlich gesagt nicht, dass Sie etwas damit anfangen könnten. Ich studiere Botanik, wie Ihr Kollege ja schon festgestellt hat, und da beschäftigt man sich nun einmal mit Pflanzen.«

Tilly nickte. »Auch mit etwas spezielleren Pflanzen?«

»Wie meinen Sie das?«, fragte Schulz alarmiert.

»Herr Schulz, ich bitte Sie. Ich bin zwar kein Botaniker, aber ich erkenne doch Hanfpflanzen, wenn ich sie sehe. Auch dann, wenn sie so vertrocknet und erfroren sind wie die da draußen. Wissen Sie denn nicht, dass die es warm haben wollen?«

Er hob die Hand, als Schulz den Mund zu einer wütenden Entgegnung öffnete. »Sie wollen das jetzt doch wohl nicht auf Ihre Mitbewohner schieben, oder? Aber uns geht's jetzt erst mal gar nicht um den Hanf, wir suchen nach etwas anderem. Vielleicht sagen Sie's uns gleich, dann sparen wir es uns nämlich, die Kollegen von der Drogenfahndung anzurufen, die sich mit so was garantiert auskennen.«

Leidinger runzelte die Stirn. Er würde die Kollegen durchaus informieren. Aber er beschloss, Tilly diese Sache hier zu überlassen, es sah so aus, als hätte er einen Plan. Zur Abwechslung mal.

»Das sind nicht meine Pflanzen.«

Na, das war ja mal eine wirklich originelle Verteidigung.

»Ist klar. Die Pflanze, die wir suchen, heißt Schwarzes Bilsenkraut. Wächst die zufällig auch da draußen auf Ihrem Balkon?«

»Das ist nicht verboten. Bilsenkraut fällt nicht unters BtMG!«

»Hat auch keiner gesagt. Also heißt das Ja?«

»Wir haben April. Wissen Sie, wann Bilsenkraut blüht und fruchtet?«

»Wir sind zwar keine Botaniker, aber trotzdem: im Sommer«, warf Leidinger ein. Er hatte sich den Wikipedia-Artikel ausgedruckt und ausführlich studiert. »Aber es kann auch überwintern. Dann ist es zweijährig.«

Schulz kaute auf seiner Unterlippe. Offenbar kalkulierte er. »Wenn ich Ihnen sage, dass ich kein Bilsenkraut gezogen habe, werden Sie sich wohl einen Durchsuchungsbefehl besorgen.«

»Es heißt Durchsuchungsbeschluss«, verbesserte ihn Tilly freundlich.

Schulz warf ihm einen wütenden Blick zu. »Also. Ja, ich habe letztes Jahr Bilsenkraut auf dem Balkon gezogen. Giftpflanzen zu kultivieren ist ein Hobby von mir. Ich habe auch Alraune, Fingerhut und verschiedene Nachtschatten. Aber warum interessiert Sie das denn überhaupt? Das ist vollkommen legal, ich habe die Pflanzen alle im Internet bestellt, bei ganz normalen Gärtnereien. Einige davon waren nicht gerade billig. Und keine davon fällt unters Betäubungsmittelgesetz. Mein Gott, die meisten bekommen Sie in jedem Gartenmarkt.«

»Sie pflegen ein gefährliches Freizeitvergnügen, Herr Schulz.«

Schulz winkte ab. »Meinen Sie? Gehen Sie bei Gelegenheit mal in einen durchschnittlichen deutschen Reihenhaus-Vorgarten und suchen Sie spaßeshalber nach giftigen Pflanzen. Mit dem, was sie da so finden, können Sie locker eine ganze Familie ausrotten: Eibe, Goldregen, Eisenhut, Efeu – um nur mal ein paar zu nennen. Bei mir stehen die Pflanzen sicher auf dem Balkon, und es gibt keine kleinen Kinder, die sich irgendwelche Beeren in den Mund stecken können. Ich selber weiß sehr genau, wie gefährlich die sind.«

Efeu?, dachte Leidinger, Efeu ist giftig? Das nimmt ja gar kein Ende mehr …

»Mag sein. Aber die Pflanze, mit der Professor Lieschmann vergiftet wurde, wächst wohl nicht in jedem Vorgarten. Wussten Sie, dass er mit Samen des Schwarzen Bilsenkrauts vergiftet wurde?«, fragte Tilly.

Entweder hatte er es nicht gewusst, oder er war ein begnadeter Schauspieler. »Ach du Scheiße. Ich sage jetzt gar nichts mehr.«

»Müssen Sie auch nicht. Da Sie wahrscheinlich auch zu den Leuten gehören, die zu viele Krimis schauen, wissen Sie natürlich, dass Sie sich nicht selbst belasten müssen, als Beschuldigter. Und natürlich überhaupt keine Aussage machen müssen.«

»Beschuldigter? Sie glauben doch wohl nicht im Ernst, dass ich etwas mit Lieschmanns Tod zu tun habe?« Schulz' Stimme überschlug sich fast.

»Nun, sagen wir, wir halten es für möglich. Kommen Sie

bitte mit, Herr Schulz. Wir unterhalten uns auf dem Präsidium weiter – dann werden wir alles Weitere klären.«

Zurück auf Anfang, dachte Tilly.

»Herr Schulz, ich erzähle Ihnen jetzt mal, was wir glauben. Den Professor Lieschmann fanden Sie immer schon ein bisschen seltsam. Langweilig. Und Sie haben sich über ihn lustig gemacht. Kann man ja auch irgendwie verstehen. Und weil Sie den Lieschmann so öde fanden, dachten Sie, es wäre ein guter Witz, ihn mal so richtig draufzuschicken.«

»Nein«, setzte Schulz an, »ich –«, aber Tilly brachte ihn mit einer knappen Geste zum Schweigen.

»Sie fanden es total spaßig, ihm etwas unterzujubeln, wovon er auf einen ganz besonderen Trip kommen sollte. Als Botanikstudent mit einer Vorliebe für Giftpflanzen war Ihnen recht schnell klar, dass Bilsenkraut dafür ganz gut geeignet wäre. Und Sie hatten es sogar zufällig da. Wie haben Sie es ihm beigebracht, haben Sie es ihm ins Essen gemischt, als er nicht aufgepasst hat?«

»Hab ich nicht! Auf eine dermaßen bescheuerte Idee würde ich im Leben nicht kommen. Ehrlich, ich würde doch nicht meinen Prof vergiften. Das ist doch vollkommen daneben.« Er schüttelte den Kopf und atmete tief ein.

»Moment – hat die Murnau Ihnen das erzählt?« Er nickte selbstgefällig. »Klar, kann ja nur, wer denn auch sonst? Okay, ich habe mich über Lieschmann lustig gemacht, und Sie können sicher sein, dass ich da gewiss nicht der Einzige war. Das finden Sie wahrscheinlich nicht besonders nett, aber es ist auch nicht verboten. Genauso wenig, wie es verboten ist, Bilsenkraut auf dem Balkon zu ziehen. Deswegen lasse ich mir von Ihnen keinen Mord anhängen.«

»Hanf zu ziehen ist absolut verboten.«

»Ich habe Ihnen doch gesagt, dass das nicht meine Pflanzen sind, Sie müssen mir erst mal das Gegenteil beweisen.«

Das wäre kein großes Problem, dachte Tilly, aber eigentlich war ihm der Hanf so was von egal. So wie die Pflanzen aussahen, hatte Schulz ohnehin keinen großen Erfolg mit dem Anbau.

Womit wieder einmal bewiesen wäre, dass ein Botanikstudent noch lange kein guter Gärtner sein musste.

Nein, ihn interessierte nur das Kraut, das Lieschmann das Leben gekostet hatte. Schulz hatte das Mittel und ein absolut plausibles Motiv, zwar nicht für einen Mord, aber für das Unterjubeln der Samen. Hatte er auch die Gelegenheit dazu gehabt? Sie wussten noch nicht einmal, wann genau Lieschmann die Samen zu sich genommen hatte. Meyer hatte es ungern zugegeben, aber er war mit seinem Latein am Ende. Um das zu erfahren, hatte er eine ausgiebige Darstellung des Mageninhaltes von Lieschmann über sich ergehen lassen müssen.

»Wir glauben doch gar nicht, dass Sie ihn umbringen wollten. Nein, Sie wollten ihm nur einen Streich spielen. Sie konnten schließlich nicht ahnen, dass er so unglücklich stürzt und in diesem Teich ertrinkt. Natürlich werden Sie sich dafür verantworten müssen. Das wäre fahrlässige Tötung, vielleicht auch Körperverletzung mit Todesfolge – das hängt ganz davon ab, was Sie jetzt sagen. Sie müssen reinen Tisch machen. Wenn Sie weiter alles abstreiten, machen Sie es doch nur schlimmer. Und jetzt erzählen Sie, was haben Sie am Tag von Lieschmanns Tod gemacht?«

Schulz biss die Zähne aufeinander und kniff die Augen zusammen. Er sah längst nicht mehr so selbstsicher aus wie noch vor zwei Stunden. Er hatte Angst, da war er sich sicher. Aber da war noch mehr. War das tatsächlich Ärger?

»Die Murnau hat mir das eingebrockt, nicht wahr? Die Frau legt sich doch mit jedem an, der von ihrem verehrten Professor Lieschmann nicht so angetan ist wie sie. Und das bin nicht nur ich, das können Sie mir glauben.«

Tilly seufzte. »Das sagten Sie bereits. Also, Herr Schulz, noch mal. Wo waren Sie am Montag, so von Mittag bis Abend?« Enger wollte Meyer den fraglichen Zeitraum nicht eingrenzen. Wegen der schwierigen Resorption von Bilsenkraut.

»Fragen Sie das mal lieber die Murnau. Vielleicht hat die alte Hexe ihm ja was in den Tee getan, weil er sich nur für seine Flechten interessiert hat statt für sie. Das weiß doch jeder, dass die hinter ihm her war und er nichts von ihr wollte.«

»Na, Herr Schulz, mit solchen Verdächtigungen wollen wir mal ganz vorsichtig sein. Das kann schnell ins Auge gehen.«

Schulz starrte ihn wütend an und schwieg.

»Also, wo waren Sie Montag? So ab zwölf Uhr?«

Schulz musste kaum überlegen. »Von zwölf bis sechzehn Uhr hatte ich ein Laborpraktikum. Kann Ihnen die Dozentin bestätigen, es gibt eine Anwesenheitsliste. Fragen Sie Frau Dr. Conrad. Danach war ich zu Hause und habe gelernt. Ich schreibe nämlich am Dienstag eine Klausur, und dafür muss ich noch einiges machen. Ich wäre Ihnen also wirklich dankbar, wenn Sie mich endlich gehen lassen würden.«

»Zeugen?«

Er schüttelte den Kopf. »Meine Mitbewohner sind erst nach zwanzig Uhr heimgekommen.«

»Also haben Sie für die Zeit von sechzehn bis zwanzig Uhr kein Alibi?«

»Scheint so.« Er fuhr sich mit beiden Händen durch die Haare, aber statt Ordnung in seine Frisur zu bringen, standen die Locken jetzt in alle Richtungen. »Moment. Ich weiß nicht, ob Ihnen das genügt, aber ich war online und habe auf Facebook mit einer Kommilitonin gechattet. Sie können das Chatprotokoll überprüfen.«

»Das werden wir tun. Und wir werden die Kommilitonin natürlich fragen. Wie heißt denn die Dame?«

»Charlotte Jäger«, sagte Schulz. »Ich schreibe Ihnen die Telefonnummer auf.«

Tilly schob ihm einen Zettel und einen Kugelschreiber hinüber. Es war ein mehr als wackeliges Alibi. Praktisch gar keines: Selbst wenn Charlotte Jäger und auch die Chatprotokolle Schulz' Aussagen bestätigten, war das nicht unbedingt hieb- und stichfest: Es gab keinen Beweis dafür, dass Schulz die Person war, die mit der Kommilitonin gechattet hatte, es sei denn, es wäre ein Videochat gewesen. Eine beliebige andere Person, die in den Plan eingeweiht war, hätte sich unter seinem Account einloggen können.

»Herr Schulz, wir werden Ihre Aussage überprüfen. Aber ich sage Ihnen gleich, als Alibi ist das nicht viel wert.«

»Und ich«, entgegnete Schulz wütend, »sage Ihnen jetzt nichts mehr ohne meinen Anwalt.«

***

Zwei Tote, dachte Lorenz Scheffler und hing mit einem leisen Schauder dem Gedanken noch ein wenig nach. Hoffmann, der immer ganz vorn mit dabei war, wenn die Meinungen hochkochten, und der selbst immer ruhig blieb. Der so spitz schreiben konnte, dass es richtig wehtat. Und sich dann lächelnd zurücklehnte, um zu sehen, was passiert. Dann der arme Lieschmann. Hat sich immer aus allem herausgehalten. Er selbst hielt sich auch gern raus, aber Steinbach hatte ihn gebeten, seine Stadtklima-Studie vorzustellen. Hoffentlich hatte das jetzt nichts zu bedeuten …

Scheffler durchquerte den Innenhof zwischen Hörsaalzentrum und Hochtrakt, nachdem er gerade vom Essen kam und unbedingt den penetranten Geruch von Frittierfett loswerden wollte. Er hatte die Mensa schon seit Längerem im Verdacht, nicht das frischeste Fett zu verwenden. Aber ob frisch oder nicht, der Geruch setzte sich in den Kleidern fest. Noch schlimmer war Fisch. Und alle Leute, mit denen man redete, sagten Dinge wie: »Irgendwie bekomme ich plötzlich Hunger …«

Er setzte sich auf die Bank unter den Robinien und betrachtete die gelben Tulpen. Passten farblich nicht so ganz zu dem blauen Gebäude, aber wenigstens dufteten sie schön. Wenn er seine Kleider ein bisschen auslüftete, würde es schon gehen. Hier, so weit über den verstopften Straßen von Trier, war die Luft schließlich noch einigermaßen sauber. Unbegreiflich, dass die Menschen so wenig empfindlich waren, wenn es um reine Luft ging.

»Au!« Er fasste sich an den Hals. Jetzt hatte ihn doch tatsächlich etwas gestochen, und das im April. Für Bienen und Stechmücken war es doch wohl noch ein bisschen früh. Und Hummeln – die gab es zwar um diese Jahreszeit schon, aber die stachen einen normalerweise nicht, schon gar nicht aus heiterem Himmel. Vielleicht, wenn man sie ärgerte.

Andererseits konnte es natürlich auch der Klimawandel sein. Viele Tiere kamen ja immer früher aus der Winterruhe. Auch die Pflanzen. Der Mohn auf den Sandhügeln der Baustelle zum Beispiel blühte schon. Mitte April! Gut, die Botaniker freuten sich natürlich, weil sie dann schon etwas zum Bestimmen hatten. Früher gab es doch nur Krokusse um diese Jahreszeit, höchstens noch die paar Tulpen.

Er wollte aufstehen – doch seine Beine gehorchten ihm nicht. Nicht, dass sie wehtaten, er konnte sie einfach nicht mehr bewegen. Was war das denn? Sie fühlten sich auch nicht an, als wären sie eingeschlafen, sie gehorchten ihm nur nicht mehr. Er versuchte, die Hände zu heben. Auch das gelang ihm nicht. Ich bin doch gar nicht allergisch gegen Bienenstiche, dachte er. Er registrierte, dass er auf der Bank zusammensackte. Und jetzt geriet er richtig in Panik. Es war ihm nicht mehr möglich, auch nicht unter Aufbietung all seiner Willenskraft, sich aufrecht zu halten. Das wirklich Beängstigende aber war, dass er auch nicht mehr atmen konnte.

Er zwang sich, einzuatmen. Er musste einatmen, damit er um Hilfe rufen konnte. Er musste um Hilfe rufen, weil er sonst hier ersticken würde.

Sein Blick fiel auf die Glasfenster. Vielleicht ist da jemand, jemand muss doch – dann wurde es um ihm herum schwarz. Bis auf die Sterne, die waren ganz hell und deutlich zu erkennen. Wie schön, dachte er.

***

»Wie wäre es mit folgendem Szenario?«, fragte Tilly. »Jedin hat Hoffmann umgebracht, und Schulz wollte Lieschmann draufschicken, was leider schiefgegangen ist. Die beiden Fälle haben nichts miteinander zu tun.«

Es klang plausibel. Halbwegs. Leidinger sah allerdings noch ein paar Schönheitsfehler: »Die Studentin hat seine Geschichte bestätigt. Sie sagt, dass er von sechzehn Uhr dreißig bis kurz vor halb acht mit ihr gechattet hat.«

»Oder jemand, der sich unter seinem Namen eingeloggt hat.

Ich halte es nach wie vor für möglich. Oder die Studentin war in den Plan eingeweiht.«

Abendroth forderte ihn nicht einmal auf, Platz zu nehmen, sicher kein gutes Zeichen.

»Herr Leidinger«, begann er mit kummervoller Stimme, »ich will Ihnen die Lage ganz offen kommunizieren. Die Leitungen laufen mittlerweile heiß. Sie machen sich ja überhaupt keine Vorstellung, wer hier alles anruft. Inzwischen ist selbst die überregionale Presse auf uns aufmerksam geworden – wir haben eine Anfrage von einem Magazin aus Hamburg bekommen. Ganz zu schweigen davon, dass die hiesigen Medien auch keine Gelegenheit verstreichen lassen, die Ermittlungen, wie sie es nennen ›kritisch zu hinterfragen‹.« Er schob eine Zeitung über den Schreibtisch.

Leidinger versuchte, die auf dem Kopf stehende Schlagzeile zu entziffern, was ihm dadurch erleichtert wurde, dass die Lettern deutlich größer und fetter waren als üblich. Er las ungläubig: »Uni-Morde: Polizei ratlos«.

»Ich verstehe«, sagte er leise.

»Und die ganzen Eltern, die wissen wollen, ob sie ihre Sprösslinge noch ruhigen Gewissens an die Uni schicken können!«

Leidinger schloss die Augen. Er verstand tatsächlich nur zu gut.

»Haben Sie eigentlich in den letzten beiden Wochen irgendwelche nennenswerten Fortschritte erzielt? Sie haben zwei Tote, und Scheffler liegt auf der Intensivstation. Was für ihn und für Sie ausgesprochenes Glück bedeutet, wenn er es überlebt. Und was genau unternehmen Sie? Sie stehen wieder ganz am Anfang, wenn ich das richtig sehe. Auch Ihren zweiten Verdächtigen mussten Sie ja wohl wieder gehen lassen. Was waren das denn überhaupt für Verdächtige?«

Leidinger hatte die Augen wieder geöffnet und fixierte den japanischen Holzschnitt, der hinter Abendroths Schreibtisch hing. Zum ersten Mal nahm er ihn bewusst war. Es war eine Visualisierung seiner Entspannungsübung, erkannte er verblüfft. Eine Zeder im Schnee. Er fasste wieder Mut.

»Im Fall Hoffmann handelt es sich um Hans Jedin, der dem Opfer über Monate hinweg zahlreiche Drohbriefe geschrieben hat. Er hat kein Alibi für die Tatzeit, und in seinem Medikamentenschrank haben wir dasselbe Mittel gefunden, mit dem Hoffmann vergiftet wurde.«

»Das gleiche, Herr Leidinger, nicht dasselbe. Dieser Unterschied ist hier von größter Relevanz. Aber sprechen Sie weiter, bitte.«

Leidinger verzog keine Miene. Es war typisch für Abendroth, sich mit solchen Wortklaubereien aufzuplustern. »Als Lieschmann gefunden wurde, kam Jedin dafür nicht in Frage.«

»Was Sie nicht sagen!« Abendroths Sarkasmus schien heute besonders ätzend. Als ob alles nicht ohnehin schon schlimm genug wäre.

»Stattdessen bekamen wir von einer Kollegin des Verstorbenen Hinweise auf eine Auseinandersetzung mit einem Studenten. Zu diesem Zeitpunkt verfolgten wir die Arbeitshypothese, dass dieser Student Lieschmann sozusagen versehentlich vergiftet hat. Ein Streich, der tragisch ausgegangen ist.«

»Womit Sie sich ja dann offensichtlich das zweite Mal geirrt haben, wie der Gott sei Dank missglückte Anschlag auf Scheffler beweist. Was haben Sie denn noch alles unternommen?«

Langsam fragte sich Leidinger, wofür er seine Berichte schrieb, wenn er jetzt alles referieren durfte. »Wir haben mittlerweile intensiv die Kollegen der beiden Verstorbenen befragt, um den Hintergrund zu beleuchten.«

»Und, ist Ihnen ein Licht aufgegangen? Möglicherweise war es ein Fehler, Ihren neuen Kollegen gleich mit so einem komplizierten Fall zu betrauen, aber am Anfang konnten wir schließlich noch nicht absehen, dass sich dieser mysteriöse Todesfall zu einer Serie auswachsen würde, wie Trier sie noch nicht erlebt hat. Was haben Sie also als Nächstes vor?«

Leidinger schwieg. Es war schließlich Abendroth, dem es am liebsten gewesen wäre, wenn Clüsserath die Ermittlungen wegen des Todes von Richard Hoffmann eingestellt hätte. Und jetzt, wo es sich nicht mehr leugnen ließ, dass sie mit einer Serie raffinierter Morde konfrontiert waren, machte er ihn dafür verantwortlich, dass sie noch nicht aufgeklärt waren. Er wollte ihm so wenig Munition wie möglich liefern, aber das war auch gar nicht nötig.

Abendroth erklärte in einem Tonfall, der keinen Zweifel an seiner Autorität ließ: »Ich habe für morgen früh eine Pressekonferenz angesetzt. Punkt zehn Uhr. Sie werden dann Ihre Ergebnisse bekannt geben. Ich kann diese Spekulationen in der Presse nicht mehr tolerieren, wir müssen jetzt an die Öffentlichkeit gehen. Proaktiv, Leidinger, ist hier das Schlüsselwort.«

»Herr Abendroth – habe ich Sie richtig verstanden? Ich soll das machen?«

»Gemeinsam mit der Staatsanwaltschaft. Herr Dr. Clüsserath wird natürlich ebenfalls anwesend sein und eine Erklärung abgeben. Es ist schließlich Ihr Fall, oder? Ich gehe zumindest davon aus, dass Sie sich damit am besten auskennen. Das Prozedere sollte Ihnen ja vertraut sein. Das bedeutet übrigens, dass Sie den Herrn Staatsanwalt auf der Stelle auf den neuesten Stand bringen werden.«

Normalerweise machte so etwas der Pressesprecher, der wurde dafür immerhin bezahlt, und er machte es *gern*, genau wie Clüsserath. Wenn es nach ihm ging, konnten die beiden das sehr gern allein übernehmen. Leidinger hasste Pressekonferenzen. Schon die Kameras mochte er nicht, und das beruhte vollkommen auf Gegenseitigkeit. Und dann waren da die ganzen Fragen. Diejenigen, die er nicht beantworten konnte. Und die anderen, die er nicht beantworten durfte. Und die Notwendigkeit, das in Sekundenschnelle zu unterscheiden. Er war definitiv nicht der richtige Mann für so etwas. Verzweifelt suchte er nach einer Ausrede, die Abendroth davon überzeugen würde.

»Ich möchte dem Herrn Staatsanwalt da nicht unbedingt reinpfuschen.« Clüsserath wäre wahrscheinlich froh und glücklich, wenn er die PK allein bestreiten dürfte.

»Herr Leidinger – da gibt es nichts mehr zu diskutieren. Sprechen Sie sich mit Herrn Dr. Clüsserath ab, und zwar so schnell wie möglich.«

Er musste das also wohl durchstehen. »Natürlich. Wenn Sie es wünschen.«

»Dann haben wir uns ja verstanden.« Abendroth wandte sich wieder einer Akte zu, die auf seinem Schreibtisch lag. Das Gespräch war von seiner Seite aus offenbar beendet.

Leidinger nickte matt. »Ich habe dann noch einiges vorzubereiten.«

Abendroth entließ ihn mit einer huldvollen Geste.

Dieses Gespräch war mit Abstand eines der schlimmsten gewesen, das er in der letzten Zeit geführt hatte. Leidinger saß an seinem Schreibtisch und starrte noch leicht benommen ins Leere.

Aber wenigstens einen Lichtblick gab es in diesem ganzen Drama: Er hatte gerade mit dem Krankenhaus telefoniert und sich nach Schefflers Zustand erkundigt, der nach wie vor kritisch, aber nicht mehr lebensbedrohlich war. Er konnte im Brüderkrankenhaus auf der Intensivstation bleiben und musste nicht nach Homburg in die Uni-Klinik verlegt werden. Allerdings war er kaum ansprechbar, geschweige denn in der Lage, irgendwelche Fragen zum Tathergang zu beantworten. Der nach wie vor vollkommen rätselhaft war.

Ein Student hatte geistesgegenwärtig reagiert und Scheffler so lange mit Mund-zu-Mund-Beatmung reanimiert, bis der Krankenwagen eintraf. Damit hatte er Schefflers Leben gerettet. Wenn er Glück hatte, würden keine Schäden zurückbleiben.

Er schloss die Augen. Der Junge, der dem Professor das Leben gerettet hatte, hatte mit seinen Freunden am Kaffeeautomaten im Foyer gestanden, als er Scheffler auf der Bank im Innenhof zusammensacken sah. Er hatte angenommen, dass es sich um einen Herzinfarkt oder Schlaganfall handelte, und gleich gewusst, was zu tun war, weil er seinen Zivildienst im Krankenhaus gemacht hatte. Dem Himmel sei Dank für den Zivildienst, dachte Leidinger.

Bei der künstlichen Beatmung war ihm dann der zierliche Pfeil aufgefallen, der in Schefflers Hals steckte. Ein dünner, fünf Zentimeter langer Pfeil aus Holz. »Krass, ein Blasrohrpfeil«, war sein Kommentar gewesen, als er das Fundstück an die Kollegen übergeben und erklärt hatte, dass er solche Pfeile bis jetzt nur im Museum gesehen hätte.

Meyer hatte sich ähnlich begeistert geäußert: »Unglaublich, was für eine Kreativität. Bei Hoffmann war die Inszenierung wirklich unkonventionell, und eine Skopolaminvergiftung wie bei Lieschmann sieht man auch nicht alle Tage. Aber ein Blasrohrpfeil!«

Leidinger warf Tilly, der konzentriert auf seinen Bildschirm sah, einen Seitenblick zu. »Es gibt gute Nachrichten von Scheffler. Er wird durchkommen, sagt der Arzt. Aber er ist noch nicht ansprechbar.«

Tilly blickte auf. »Da hast du doch schon was Positives für deine Pressekonferenz, ist doch prima.«

Leidinger nahm ein neues weißes Blatt aus seiner Schublade. Die Mappe wurde dünner und dünner – das war der erste Fall, der seinen Vorrat an Schreibpapier ernstlich in Gefahr brachte.

Er schrieb: »Morgen Pressekonferenz«. Er zögerte. Abendroth hatte ihm unmissverständlich klargemacht, dass diesmal er vor die Mikrofone und Kameras treten müsse, da er die Ermittlungen leitete, und – das hatte er nicht gesagt, aber es war deutlich genug geworden – persönlich für den Misserfolg verantwortlich war. Gab es eine realistische Möglichkeit, aus dieser Sache noch herauszukommen? Er könnte krank werden. Er war die letzten Jahre überhaupt nie krank gewesen, und morgen wäre doch wirklich mal ein guter Zeitpunkt. Dann hätte Clüsserath die ungeteilte Aufmerksamkeit der Öffentlichkeit.

Er schloss die Augen und stellte sich vor, wie er morgen früh Abendroths Sekretärin, Frau Schiller, anrufen würde und mit belegter Stimme flüsterte: »Ich muss leider die Pressekonferenz absagen, ich habe Fieber und bin völlig heiser.« Nein, das konnte er unmöglich machen. Und tatsächlich krank werden würde er bis morgen wohl kaum. Er richtete sich auf und griff zum Telefonhörer.

»Herr Meyer! Hier Leidinger. Haben Sie vielleicht schon die Untersuchungsergebnisse von Scheffler? Es ist äußerst wichtig, sonst würde ich Sie auf keinen Fall so drängen.«

»Oh ja, die habe ich, und ich konnte es zuerst gar nicht glauben. Habe es zweimal gegengecheckt, aber es stimmt wirklich. Der Pfeil deutete allerdings auch schon darauf hin. Solche vergifteten Blasrohrpfeile werden von den Indios in Süd- und Mittelamerika für die Jagd verwendet. Batrachotoxin ist ein überaus faszinierendes Gift, weil das Opfer nach einer Intoxikation noch recht lange bei Bewusstsein bleibt, mehrere Minuten. Man kann sich erst nicht mehr bewegen und irgendwann natürlich auch nicht mehr atmen. Am Schluss hört dann das Herz auf zu schlagen, und man stirbt. Im Regenwald benutzen es die Eingeborenen für die Jagd auf Affen, die ganz hoch oben in den Urwaldriesen herumklettern. Wenn die von so einem Pfeil getroffen werden, fallen sie den Jägern keine dreißig Sekunden später wie ein Stein vor die Füße. Euer Prof hat ja so was von Glück gehabt.«

Leidinger überlegte, ob er Meyer darauf hinweisen sollte, dass seine Begeisterung hier absolut unangebracht war und »Glück« wohl auch nicht ganz die passende Vokabel angesichts der Tatsache, dass Scheffler immer noch künstlich beatmet werden musste. »Eingeborene« sagte man eigentlich auch seit circa 1960 nicht mehr. Aber noch ehe er intervenieren konnte, redete Meyer weiter: »Dass ich das jemals in echt zu sehen bekomme! Wie aus dem Lehrbuch, Herr Leidinger.«

»Okay«, sagte er langsam, »erklären Sie mir bitte – und zwar so, dass ich es verstehe –, wovon genau Sie eigentlich reden? Und lassen Sie die Eingeborenen am Amazonas bitte weg.«

Er hörte aufmerksam zu. Dann bedankte er sich und stand auf.

»Bo, wir fahren sofort zu Steinbach, ich weiß jetzt, was mit Scheffler los ist.«

»Überlegen Sie jetzt ganz genau, was Sie sagen. Herr Steinbach, das ist eine sehr ernste Angelegenheit. Professor Scheffler wurde mit einem Pfeil, einem Blasrohrpfeil, vergiftet, der mit Batrachotoxin getränkt war. Ihnen muss ich ja sicher nicht erklären, was das ist.«

Steinbach sah auf. War das Überraschung in seinem Gesicht oder Schuldbewusstsein?

»Um Gottes willen! Als ich hörte, dass Herr Scheffler ins Krankenhaus eingeliefert wurde, dachte ich, er hätte einen

Herzanfall oder etwas in der Art. Er ist schließlich nicht mehr der Jüngste und dann dieser ganze Stress und die schlimmen Ereignisse in den letzten Wochen. Ein vergifteter Blasrohrpfeil? Sind Sie sicher?«

»Was glauben Sie denn? Meinen Sie, das Krankenhaus und der Rechtsmediziner hätten einen so außergewöhnlichen Befund nicht auf das Sorgfältigste abgesichert?«

»Ich weiß nicht, was ich sagen soll.« Steinbach hatte einiges von seiner Autorität eingebüßt und sah jetzt wesentlich weniger imponierend aus als bei ihrem letzten Treffen. »Das sieht jetzt nicht besonders gut für mich aus, oder?«

Tilly schüttelte den Kopf. »Nein, tut es nicht. Deswegen – überlegen Sie sich wirklich gut, was Sie jetzt sagen.«

»Ich habe nichts zu verbergen, meine Herren. Meine Bürotür steht immer offen, auch wenn ich gerade in einer Vorlesung bin. Jeder könnte theoretisch hier hereinkommen. Aber es hätte überhaupt keinen Sinn. Die Frösche sind doch nicht einmal giftig.«

»Wie bitte? Sagten Sie nicht, dass es Pfeilgiftfrösche sind?« Leidinger sah ihn verständnislos an.

»Schreckliche Blattsteiger«, ergänzte Tilly, der sich offenbar auch keinen Reim auf Steinbachs Aussage machen konnte.

»Schon. Aber diese Sache mit dem Gift ist bei Pfeilgiftfröschen anders als etwa bei Giftschlangen. Wenn Sie eine Klapperschlange haben, ist sie von dem Moment an tödlich giftig, in dem sie auf der Welt ist. Als zwanzig Zentimeter langes Baby, sozusagen.«

»Ganz putzig«, kommentierte Tilly. Steinbach überhörte ihn.

»Sie produziert das Gift in Drüsen, die vergleichbar sind mit unseren Speicheldrüsen«, fuhr er fort. »Bei den Fröschen funktioniert das aber ganz anders. Sie müssen das Gift erst im Körper bilden, und dazu müssen sie Stoffe über das Futter aufnehmen. In der Natur besteht das aus winzigen Bodentieren, Milben, Ameisen, Spinnen – Sie merken schon, alles Tiere, die selbst mehr oder weniger giftig sind. Diese Frösche hier sind seit fünf Generationen in meinem Besitz und in diesem Büro. Warten Sie.«

Er stand auf und holte einen Ordner aus dem Schrank. »Hier

haben Sie es schwarz auf weiß. Nicht einmal die Großeltern meiner Frösche haben jemals die Möglichkeit gehabt, aus dem Regenwaldboden Milben zu klauben. Und die müssen es schon sein, um das Gift bilden zu können, nicht unsere einheimischen Waldameisen und Hornmilben.«

Leidinger sah den Ordner durch. Die Blätter darin waren fortlaufend nummerierte Abstammungsnachweise und An- beziehungsweise Abmeldungen bei der Unteren Naturschutzbehörde. Schnell überschlug er die Zahlen. Die Eltern von Steinbachs Fröschen mussten über die Jahre Hunderte Nachkommen gehabt haben. Er fragte sich, was aus all diesen Fröschen geworden sein mochte. War es wirklich vorstellbar, dass in so vielen Wohnzimmern Schreckliche Blattsteigerfrösche trillerten?

»Und was fressen Ihre Frösche so, wenn sie keine Bodenmilben und Ameisen haben?«

Leidinger wusste im selben Moment, dass es ein Fehler von Tilly gewesen war, diese Frage zu stellen. Steinbach öffnete wortlos einen kleinen Schrank, in dem es verdächtig summte. Ihr Blick fiel auf Dutzende durchsichtiger Dosen, in denen Fruchtfliegen und winzige Fliegenmaden wimmelten. Ein penetranter Geruch nach Essig, vergorenem Obst und Hefe entströmte dem Schrank und blieb in der Luft hängen. Leidinger schlug die Tür zu. Der Geruch war wirklich übelkeiterregend.

»Danke. Herr Steinbach, das ist alles sehr interessant, aber wie erklären Sie sich, dass ein Anschlag auf Herrn Professor Scheffler mit genau dem Gift verübt wurde, das Ihre Frösche – theoretisch – produzieren?«

Steinbach hob die Hände. »Ich habe nicht die geringste Ahnung. Ich kann nur hoffen, dass es keiner meiner Studenten war.«

Wenn das seine einzige Sorge ist, dachte Leidinger. »Sehen Sie denn noch eine andere Möglichkeit, an dieses Froschgift zu kommen, wenn die Frösche es in Gefangenschaft nicht mehr produzieren? Könnte man es zum Beispiel aus dem Südamerika-Urlaub mitbringen?«

Steinbach sah sehr abweisend aus und runzelte die Stirn. »Das kann ich mir eigentlich nicht vorstellen. Natürlich kann man nie ausschließen, dass es Wildfänge gibt, aber die Wahrscheinlichkeit ist doch sehr gering, die Kontrollen sind mittlerweile sehr streng, die Kontrolleure sind entsprechend gut geschult. Das wird richtig teuer, ein paar tausend Euro können da schon zusammenkommen – und das ist nur die Strafe in Deutschland, einzelne Herkunftsländer haben noch wesentlich strengere Gesetze. Ob Sie das Risiko eingehen wollen, in einem brasilianischen Knast zu landen – ich weiß nicht. Eher schon könnte jemand die Pfeile geschmuggelt haben, aber auch das halte ich für nicht sehr wahrscheinlich. Nicht bei dieser ganzen Terror-Hysterie. Spitze Gegenstände bekommen Sie wohl augenblicklich nicht so gut durch den Zoll.«

»Gut. Wir müssen Ihre Frösche dann mitnehmen und in die Kriminaltechnik bringen.«

»Das können Sie nicht machen!« Steinbach gewann langsam seine Haltung zurück.

»Wie bitte? Die Frösche sind Beweismaterial.«

»Das geht auf gar keinen Fall. Sie können die Frösche nicht mitnehmen. Sie werden sie töten, oder?«

So viel Mitgefühl hätte er Steinbach jetzt gar nicht zugetraut. »Ja, vermutlich. Wir müssen die chemische Zusammensetzung des Giftes, mit dem der Pfeil getränkt war, mit Ihren Fröschen vergleichen.«

»Auch auf die Gefahr hin, mich zu wiederholen – es geht nicht. Diese Frösche stehen unter Artenschutz und dürfen auf keinen Fall einfach getötet werden.«

Leidinger überlegte. Das stimmte vermutlich. Er wollte nicht unbedingt gegen ein Artenschutzgesetz verstoßen. Gab es dafür eigentlich eine Dienstvorschrift? Er atmete tief durch.

»Dann versiegeln wir jetzt fürs Erste das Terrarium mitsamt den Fröschen drin. Nachher wird ein Mitarbeiter aus der Kriminaltechnik kommen und Proben von den lebenden Fröschen nehmen. Dann wissen wir ganz schnell, ob Sie die Wahrheit sagen oder ob das Gift doch von Ihren Haustieren stammt.«

Er sah noch einmal auf das oberste Blatt in Steinbachs Ordner, dann auf den Aufkleber auf der Terrarienscheibe.

»Sagen Sie mal, Herr Steinbach, was heißt eigentlich: Anzahl der Tiere zwei Komma drei? Was bedeuten die Zahlen vor und hinter dem Komma? Doch nicht zwei ein Drittel, oder?«

Steinbach zog die Brauen hoch. »Natürlich nicht. Das bedeutet, dass es sich um zwei Männchen und drei Weibchen handelt. Also insgesamt fünf Tiere. Die Männchen stehen vor dem Komma, die Weibchen dahinter.«

Leidinger sagte den ganzen Rückweg über kein Wort und sah nur auf die Straße. Tilly warf ihm mehrmals unauffällige Blicke von der Seite zu, die er aber konsequent ignorierte.

»Du, sag mal – bist du immer noch sauer wegen der Fische?«

»Bitte?«

»Die Fische. Das war der Wolle, das mit dem Blue Curaçao. Er meinte, dass die Fische vielleicht gern ein bisschen Karibik-Feeling hätten, und er fand das Blau so schön. Er hat's mir am nächsten Morgen erzählt, und es tut ihm auch echt leid. Er meinte, er wär ein bisschen angeschickert gewesen, und es käm auch nicht wieder vor.«

»Das hoffe ich doch. Und was heißt ›angeschickert‹? Um Fischen Likör ins Wasser zu schütten, muss man doch entweder hackedicht sein oder total durchgeknallt.«

So leicht war er nicht bereit, die Sache zu vergessen. Aber wenn er ehrlich war, es waren nicht nur die Fische. Es waren auch Schulz, Jedin und die ungiftigen Pfeilgiftfrösche – und die Pressekonferenz. Zu diesem ganzen undurchsichtigen Fall noch die Chaos-Truppe aus Weiden – das war einfach zu viel.

»Du bist sauer«, stellte Tilly fest.

Leidinger spürte, wie sich seine Hände fester um das Lenkrad klammerten. Was für eine Frage! Mit betont ruhiger Stimme sagte er: »Ich würde es begrüßen, wenn du deinen Freunden nahelegen würdest, sich so schnell wie möglich eine andere Bleibe zu suchen. Ich dachte sowieso, die wollten nur ein paar Tage bleiben.«

»Wollten sie ja ursprünglich auch. Aber wir hatten doch jetzt so viel zu tun, dass ich mich noch gar nicht richtig um sie kümmern konnte.« Es gelang Tilly tatsächlich, reumütig zu klingen.

»Sag mal, ich will nicht neugierig sein, aber was machen die eigentlich so, die beiden? Ich meine – wovon leben sie?«

»Also, die Vroni ist so eine Art Heilpraktikerin. Kennt sich auch mit Kräutern aus und so. Die kann dir mal einen Tee zusammenstellen, zur Beruhigung. Würde dir bestimmt guttun, die hat das total gut drauf.«

»Danke. Ich werde darauf zurückkommen. Und der andere? Wolle? Wenn er nicht gerade meine Fische vergiftet.«

»Ja – der ist mehr so ein Lebenskünstler. Weiß ich eigentlich auch nicht so genau. Hab ihn irgendwie nie danach gefragt.«

»Ich dachte, das wäre dein ältester Freund?«, fragte Leidinger erstaunt.

»Schon. Aber über das Berufliche sprechen wir eher nicht. Haben wir noch nie.«

Genau so etwas in der Art hatte er befürchtet. Keine geregelte Arbeit, die die beiden zwang, in absehbarer Zeit in die Oberpfalz zurückzukehren.

»Bitte bring den beiden bei, dass sie sich eine andere Unterkunft suchen sollen. So kann das nicht weitergehen, ich weiß ja nicht mehr, ob die Wohnung noch steht, wenn ich abends nach Hause komme. Die können doch auch in einem Hotel wohnen. Oder vielleicht eher in einer Jugendherberge? Es gibt zwei davon in Trier. So teuer ist das nicht«, fügte er hoffnungsvoll hinzu.

»Die Vroni schläft nicht so gern in Hotels. Das hat so was Unpersönliches. Und sie meint, es gäbe da so viele negative Energien. Sie übernachtet deswegen lieber bei Freunden. Und dem Wolle tut das auch echt leid.«

»Trotzdem, sieh zu, dass sie sich woanders … dass sie woanders unterkommen. Ich fahre noch mal ins Büro, ich muss für morgen noch die Pressekonferenz vorbereiten. Ich setze dich zu Hause ab.«

Zu Hause. Was für eine Ironie. Eine WG mit einem Kollegen, einer Esoterikerin und einem abgedrehten Lebenskünstler.

Zwei Stunden später hatte er ein akzeptables Konzept für die PK und in einem langen und schwierigen Telefonat auch der Staatsanwaltschaft alles mitgeteilt, was sie wussten. Viel war das leider nicht, wie er Clüsserath schonend beibringen musste. Besser würde es aber nun nicht mehr werden, egal, wie er es drehte und wendete – dann konnte er ebenso gut für heute Schluss machen.

Schon als er seine Wohnungstür öffnete, schlug ihm beißender Qualm entgegen. Hatte Tilly oder einer der Mitbewohner vielleicht etwas auf der Herdplatte vergessen? So wie es roch, konnte es sich dabei durchaus auch um alte Socken handeln. Oder noch schlimmer, es war ein Kabelbrand. Die Leitungen waren nicht mehr die neuesten. Er hätte sie schon längst erneuern lassen sollen, aber bis jetzt hatte er noch nicht einmal die Zeit dazu gehabt, auch nur Angebote einzuholen. Wahrscheinlich rächte sich das jetzt.

Er versuchte, den Rauch mit der Hand zu vertreiben, um etwas sehen zu können. Vorsichtshalber ließ er die Tür zum Treppenhaus offen stehen. Wenn es ein Schwelbrand war, war das gefährlich, weil eine Sauerstoffzufuhr den Brand erst richtig entfachen konnte – aber notfalls hatte er so einen Fluchtweg offen. Er musste unbedingt Tilly, Wolle und Vroni finden, falls die noch in der Wohnung waren.

Bevor er sich allerdings bis in die Küche durchgekämpft hatte, trat die Frau mit den vielen Zöpfen in sein Gesichtsfeld. Ausnahmsweise war er erleichtert, sie zu sehen, froh, dass sie nicht bewusstlos irgendwo lag. Ihr bunt gemustertes Kleid leuchtete sogar durch den Qualm. Daran konnte er sich orientieren.

»Um Gottes willen, was ist denn passiert? Geht es Ihnen gut?«

»Ja, ich räucher nur deine Wohnung aus«, klärte sie ihn auf.

»Das merke ich. Moment – sagen Sie nicht, dass das Absicht ist.«

Ein weiteres Gesicht tauchte hinter Vroni auf. Der Mann, der seine Fische fast umgebracht hätte. Leidinger sah an ihm vorbei. Er wollte ihn mit Nichtachtung strafen, da konnte er noch so freundlich winken. Beiden schien der beißende Rauch nichts auszumachen, wahrscheinlich waren sie ihn gewöhnt.

»Es ist ein Wunder, dass die Nachbarn noch nicht die Feuerwehr gerufen haben. Was um alles in der Welt soll das denn?«

»Du, das ist Beifuß! Das vertreibt die negativen Schwingungen. Weißt du«, sagte sie vertraulich und legte ihm eine Hand auf den Arm, »hier hat's unheimlich viele negative Schwingungen. Das ist wegen eurem Beruf, ganz klar. Hab ich eh nie verstanden, dass der Bo das macht. Schlechte Energien. Aber Gott sei Dank kann man dagegen ja was machen. Beifuß ist da echt super.« Sie strahlte ihn so herzlich an, dass er fast zurückgelächelt hatte, aber es gelang ihm gerade noch, sich zusammenzureißen.

»Das dauert doch ewig, bis der Qualm sich wieder verzogen hat.« Er riss die Fenster auf und atmete tief durch.

»Ja, da könnt ihr morgen noch was auf die Arbeit mitnehmen. Super, gell?«

Nein. Das war überhaupt nicht super. Das war sogar alles andere als super, denn er musste morgen eine Pressekonferenz halten, und er konnte da nicht in Kleidern auftauchen, die rochen, als hätte man sie über Nacht in der Räucherkammer aufgehängt. Aber es war sinnlos, ihr das zu erklären. Sie würde es nicht verstehen, sie lebte in einer ganz anderen Welt – die aber leider zufällig gerade mit seiner kollidierte. Wenn er die beiden so ansah, war er sich ganz sicher, dass diese Personen kein Verständnis dafür aufbrachten, wenn man Wert auf geordnete Kleidung legte, die nicht nach Lagerfeuer roch.

Er öffnete seinen Kleiderschrank und schnupperte. Tatsächlich. Der stechende Rauch war durch alle Ritzen und Türen gezogen und hatte sich natürlich auch in seinem besten Anzug festgesetzt. Er musste ihn auf den Balkon hängen, gründlich auslüften und hoffen, dass es heute Nacht ausnahmsweise einmal nicht regnete. Er hatte keine Zeit mehr, den Anzug noch in die Reinigung zu bringen.

Er ließ sich aufs Bett fallen und schloss die Augen.

In diesem Moment klopfte es zaghaft.

»Ja?«

Vroni streckte den Kopf durch die halb geöffnete Tür. »Darf ich reinkommen?« Sie balancierte in einer Hand ein Tablett mit einer Tasse darauf.

Leidinger setzte sich wieder auf. »Natürlich.«

Sie setzte sich neben ihn aufs Bett und hielt ihm das Tablett vor die Nase. In der Tasse befand sich eine stark würzig riechende, dunkle dampfende Flüssigkeit. »Magst du vielleicht einen Tee?«

Leidinger roch an dem heißen Gebräu. Es duftete wenig verlockend. »Was ist das?«, fragte er misstrauisch.

»Baldrian. Ist gut für die Nerven.«

Er nahm vorsichtig einen Schluck und spuckte ihn in hohem Bogen wieder aus.

»Ja, schmeckt ein bissl streng, wenn man es nicht gewohnt ist«, sagte sie verständnisvoll. »Du, sag mal, das tut mir echt leid mit dem Räuchern. Ich dachte, du freust dich.«

Sie sah wirklich so enttäuscht aus, dass Leidinger fast ein schlechtes Gewissen bekam. »Sie haben es sicher nett gemeint«, sagte er versöhnlich.

Sie nickte. Leidinger erwartete, dass sie aufstehen und ihn mit dem Tee allein lassen würde, aber sie machte keine Anstalten, sich zu erheben. Das bedeutete, er würde ihn wohl austrinken müssen.

»Kann ich dich mal was fragen?«

»Sicher.« Leidinger wappnete sich innerlich, auch wenn er keine Ahnung hatte, wogegen. Außer gegen den bitteren Tee.

»Sag mal … meinst du, der Bo mag mich?«

Was sollte er dazu sagen? Immerhin war sie seit Gott weiß wie lange mit Tilly befreundet und hätte irgendwelche Schwingungen zwischen ihnen doch selbst bemerken sollen. Aber hier war die Chance, sein Zuhause zurückzugewinnen, auf friedliche Art und Weise.

»Das könnte ich mir schon vorstellen, Vroni. Er spricht immer sehr – positiv von Ihnen.« Das war nicht unbedingt gelogen.

Sie strahlte und drückte seine Hand. »Ja, gell? Das hab ich mir gedacht. Super! Aber der traut sich ja nix zu sagen.«

Jetzt sprang sie auf und ließ ihn mit dem Baldriantee zurück. Er nahm noch einen Schluck. Medizin schmeckte bekanntlich selten gut, und vielleicht half es ja.

FREITAG

Steinbach stand gerade an seinem Terrarium und fütterte die Frösche, als die Bürotür aufgerissen wurde und Frau Lehnhardt mit hochrotem Kopf hereinstürmte.

»Frau Lehnhardt, was soll denn das? Sehen Sie mal, was jetzt passiert ist, können Sie denn nicht anklopfen, Himmel noch mal?«

Er hatte die Dose auf den Boden fallen lassen, die er in der Hand gehalten hatte, und die Fruchtfliegen, die eigentlich im Terrarium hätten landen sollen, ergriffen ihre Chance und krabbelten über den Becherrand in die Freiheit. »Jetzt helfen Sie mir wenigstens, das hier wegzumachen.«

Frau Lehnhardt warf einen angewiderten Blick auf die Insekten. »Herr Professor, es tut mir leid – die beiden Kommissare von der Kripo sind hier und –«

»Danke, Frau Lehnhardt«, fiel Leidinger ihr ins Wort. »Herr Steinbach, Sie stehen unter dem Verdacht, Richard Hoffmann und Friedrich Lieschmann ermordet zu haben und einen Anschlag auf Lorenz Scheffler verübt zu haben. Wir müssen Sie bitten, mitzukommen. Und machen Sie bitte keine Schwierigkeiten.« Er schlug nach einer Fruchtfliege.

Steinbach schob die Glastür des Terrariums zu und drehte sich um. »Das können Sie nicht ernst meinen. Ich habe nichts damit zu tun. Warum sollte ich Hoffmann und Lieschmann töten? Das ist vollkommen absurd!«

»Der Pfeil, mit dem Lorenz Scheffler getroffen wurde, war mit Batrachotoxin vergiftet – und es war das Gift Ihrer Frösche. Unsere Chemiker konnten das eindeutig nachweisen.«

Es war das erste Mal in der Laufbahn des Kriminaltechnikers gewesen, dass er einen Abstrich bei einem Frosch vorgenommen hatte, mit demselben Proben-Set, mit dem er sonst Schleimhautzellen für DNA-Tests beim Menschen entnahm.

Steinbach lächelte schwach. Dann sagte er in völlig sachlichem Ton: »Ich muss ein Geständnis machen.«

»Ich höre. Ich muss Sie allerdings darauf hinweisen, dass Sie sich nicht selbst belasten müssen, einen Verteidiger ihrer Wahl konsultieren dürfen und –«

Steinbach schüttelte den Kopf und winkte ab. »Nein, nicht was Sie denken. Letztes Jahr, bei dem Kälteeinbruch im Januar, habe ich kurzfristig eine Heizung im Terrarium zugeschaltet. Dummerweise hatte sie einen technischen Defekt, und es gab einen Kurzschluss. Lange Rede, kurzer Sinn – die Frösche waren tot. Fünf Generationen habe ich nachgezogen und dann das. Durch meine eigene Nachlässigkeit.«

»Und was haben Sie dann gemacht? Offensichtlich sind ja nun wieder Frösche anwesend«, fragte Leidinger verständnislos.

»Ich habe – sagen wir, ich habe meine Beziehungen spielen lassen und die Frösche ersetzt. Durch Wildfänge aus Costa Rica. Das ist einer der Vorteile, wenn man wie ich ständig zu all diesen Kongressen fährt. Ich wurde nicht ganz so streng kontrolliert, weil ich in der dortigen Regierung einige Freunde habe. Noch aus meiner Beratertätigkeit bei der Umwelt- und Naturschutzgesetzgebung. Eine der fortschrittlichsten der Welt übrigens.«

»Ja, schick, genau der richtige Mann am richtigen Platz«, rief Tilly.

»Aber eigentlich wusste außer mir niemand davon«, sagte Steinbach nachdenklich, mehr zu sich selbst.

»Ihnen ist schon klar, dass das ihre Lage jetzt nicht unbedingt verbessert, oder?«

»Ach, meine Herren, dass das ein Verstoß gegen das Washingtoner Artenschutzabkommen ist, weiß wohl niemand besser als ich. Ich kann Ihnen auch aus dem Kopf sagen, gegen welche Paragrafen der Bundesartenschutzverordnung ich verstoßen habe. Das sind aber bloß Bagatellen. Fünf Frösche, du lieber Himmel! Da gibt es nun wirklich ganz andere Größenordnungen, fragen Sie nur mal bei Ihren Kollegen vom Zoll am Frankfurter Flughafen nach. Aber davon einmal abgesehen – verschonen Sie mich mit diesen abwegigen Vorwürfen, damit verschwenden Sie lediglich Ihre Zeit. Als der Anschlag auf Scheffler verübt wurde, habe ich gerade eine Vorlesung gehalten – was Ihnen ungefähr hundertfünfzig Studenten bestätigen können.«

»Von wann bis wann fand denn diese Vorlesung statt? Und wo?« Das würde sich leicht überprüfen lassen, obwohl Leidinger bereits ahnte, dass sie sich die Mühe würden sparen können.

»Die Vorlesung dauerte von zwölf bis vierzehn Uhr, eine Pause haben wir nicht gemacht. Im Hörsaal drei – und Sie wissen ja, dass man von dort den Innenhof nicht einmal einsehen kann. Deswegen habe ich auch erst viel später überhaupt erfahren, dass Herr Scheffler im Krankenhaus ist.«

Steinbach kratzte sich am Kopf. »Ich kann Ihnen leider keine Liste mit Namen liefern, weil diese spezielle Vorlesung keine Pflichtveranstaltung ist und die Studenten sich nicht in eine Anwesenheitsliste eintragen müssen. Sie sollten aber keine allzu große Mühe haben, Studenten zu finden, die teilgenommen haben, fragen Sie einfach ein bisschen draußen auf dem Flur herum. Natürlich könnte ich Ihnen auch einige nennen. Wir sind ein kleines Fach, und die meisten Studenten kenne ich persönlich. Aber ich nehme an, dass Sie mir dann womöglich Manipulationsversuche unterstellen würden.«

Wenn das stimmte, sah es nach einem ziemlich guten Alibi aus. Einen oder zwei Zeugen konnte man beeinflussen oder unter Druck setzen, aber hundertfünfzig? Auf keinen Fall. Zwar war es unmöglich zu sagen, aus welchem Raum oder aus welchem Stockwerk der Pfeil abgeschossen worden war. Weil der Student den Pfeil aus der Wunde gezogen und Scheffler auf den Boden vor die Bank gelegt hatte, konnte man die Flugbahn nicht einmal mehr ansatzweise rekonstruieren. Ganz sicher aber kam Hörsaal drei nicht in Frage, von den hundertfünfzig Augenzeugen ganz abgesehen: Die Fenster dort gingen zur Straße hinaus.

»Überlegen Sie jetzt ganz genau – haben Sie wirklich niemandem von Ihrem Frosch-Schmuggel erzählt? Mal so ein bisschen mit den Beziehungen angegeben? Wenn Ihnen jetzt etwas Gutes einfällt, könnte Ihnen das sehr nützen.« Wieder wischte Leidinger eine Fruchtfliege von seiner Nase und verzog das Gesicht.

»Ich kann mich nicht erinnern, das getan zu haben.«

Er starrte an den beiden vorbei ins Leere. Plötzlich zuckte er zusammen. »Oh Gott.«

»Ja, was denn?«, fragte Tilly ungeduldig. »Jetzt reden Sie halt endlich, machen Sie's nicht so spannend.«

»Ich …« Steinbach holte tief Luft. »Es wäre möglich, dass ich es ein paar Kollegen erzählt habe, auf der letzten Weihnachtsfeier. Sie wissen ja, wie so etwas ist.« Er versuchte ein entschuldigendes Lächeln.

Leidinger war sich nicht sicher, nickte aber trotzdem aufmunternd. »Weiter?«

»Kann sein, dass ich etwas über den Durst getrunken hatte. Dann redet man schon mal ein bisschen viel«, räumte er ein.

Leidinger schlug sein Notizbuch auf. »Das ist doch schon mal ein Anfang. Dann hätten wir jetzt fürs Erste gern die Namen aller Kollegen auf der Weihnachtsfeier, mit denen Sie geredet haben.«

»Herr Leidinger, es war eine Weihnachtsfeier. Das bedeutet: Es waren so gut wie alle Kollegen da, wir haben alle etwas getrunken, einige auch etwas mehr, und im Verlauf des Abends hat sicherlich jeder mit jedem geredet. Außerdem ist das jetzt über vier Monate her – glauben Sie denn im Ernst, dass ich mich noch daran erinnere, mit wem ich damals gesprochen habe und was ich zu jedem Einzelnen gesagt habe? Ganz ehrlich – das hätte ich Ihnen schon am nächsten Morgen nur noch schwer sagen können.«

Es schien aussichtslos. Vermutlich stimmte, was Steinbach sagte. Party-Gespräche, die vier Monate zurücklagen? Solche Zeugenaussagen zerriss jeder Anwalt in der Luft, und das seiner Erfahrung nach meistens völlig zu Recht. Er verließ sich sowieso nur auf Zeugen, wenn es gar keine andere Möglichkeit gab.

»Gut. Wir werden Ihnen mit Sicherheit noch ein paar Fragen stellen müssen, und, Herr Steinbach, noch etwas: Ich habe keine große Lust, Sie in Costa Rica oder sonst irgendwo ausfindig zu machen, also halten Sie sich bitte zu unserer Verfügung. Im Klartext: Sie bleiben hier in Trier, egal, zu welchen bedeutenden Kongressen Sie in nächster Zeit eingeladen sind. Wenn wir Sie da mit einem internationalen Haftbefehl rausholen lassen, wird das für Ihren Ruf als Experte für Natur- und Artenschutz sicher nicht unbedingt förderlich sein. Was den Mordversuch an Scheffler angeht, sind sie vorerst raus. Aber dass es hochgradig verantwortungslos ist, ein Terrarium mit giftigen Tieren unabgeschlossen zu lassen, müssten Sie doch wissen. Sie haben zumindest fahrlässig gehandelt, Herr Steinbach, gerade wenn, wie Sie sagen, Ihre Tür immer offen steht.«

Leidinger musste erst einmal Luft holen, und Tilly übernahm: »Ich sage ihnen jetzt eines: Wenn Ihnen etwas an Ihren Mitarbeitern liegt, dann schreiben Sie sofort, unverzüglich, eine Dienstanweisung, dass die Leute ihre Augen offen halten sollen. Na ja, Sie können es meinetwegen auch etwas anders ausdrücken.«

»Sie sollen ungewöhnliche Vorkommnisse, Personen und Zwischenfälle sofort melden, und zwar direkt bei mir oder meinem Kollegen«, ergänzte Leidinger und legte dem Dekan seine Karte auf den Schreibtisch. »Hier haben Sie meine Durchwahl. Wir tun wirklich unser Bestes, aber bis dahin müssen Sie alle ein wenig mehr auf sich aufpassen und nicht noch unsere Ermittlungen sabotieren.«

Steinbach saß da, das Gesicht knallrot, wie ein kleiner Junge, der ausgeschimpft wurde. Leidinger war heilfroh, dass er nicht mitbekam, wie Tilly ebenfalls nach einer Visitenkarte suchte und schließlich aus seinem uralten und zerknautschten Portemonnaie eine zwischen zahllosen zerknickten und zerfledderten Quittungen steckende Karte herauszog und sie neben die seine legte. Der Kontrast wirkte auch so schon schlimm genug. »Visitenkarten-Etui« war ein weiterer Punkt auf der Liste der Dinge, die er mit dem Kollegen dringend besprechen musste.

»Jetzt tun Sie mir allerdings unrecht, meine Herren. Das Terrarium war selbstverständlich abgeschlossen, so wie jetzt auch.«

»Lassen Sie mich raten – den Schlüssel dafür haben selbstverständlich nur Sie? Tragen Sie ihn an einer Kette um den Hals?«

»Nicht ganz, Herr Tilly. Aber er hängt an meinem Schlüsselbund, an dem auch mein Transponder hängt, was bedeutet, dass ich ihn wirklich immer bei mir trage. Das macht mich nicht gerade weniger verdächtig, oder? Aber warten Sie bitte einen Moment, bevor Sie voreilige Schlüsse ziehen, ich will Ihnen vorher etwas zeigen.«

Er trat vor das Terrarium und hob die abgeschlossenen

Schiebetüren leicht aus den unteren Führungsschienen. Dann ließ er sie sacht nach vorn kippen und zog sie aus den oberen E-Profilen. Er hielt die beiden Scheiben, nach wie vor durch das Schloss verbunden, in den Händen. Das Terrarium stand offen. Die Frösche hatten aufgehört zu trillern und glotzten ihn an, durch den plötzlichen Schwall kalter Luft irritiert. Sofern Frösche überhaupt dazu fähig waren, irritiert dreinzuschauen.

»Sehen Sie?«

»Ja, seit wann wissen Sie denn, dass das so einfach geht? Dass jeder hergehen und die Frösche anpacken kann? Es darf einfach nicht wahr sein! Was glauben Sie eigentlich, was wir hier machen?«

Wenn Tilly so weiterbrüllte, konnte es nur noch eine Frage der Zeit sein, bis Frau Lehnhardt nachsehen kam, ob mit ihrem Chef alles in Ordnung war.

»Warum machen Sie uns die Arbeit denn noch schwerer, indem Sie mit der Wahrheit immer nur scheibchenweise herausrücken? Liegt Ihnen gar nichts an der Sicherheit Ihrer Mitarbeiter?«

»Ehrlich gesagt, auch wenn Sie mir das jetzt nicht glauben werden, ich weiß es erst seit heute Mittag.« Er setzte die Scheiben vorsichtig wieder ein.

»Ich habe mit Herrn Liebig zu Mittag gegessen, und er erzählte mir nebenbei, dass sein Hiwi den Schlüssel zu seiner Schmetterlingsvoliere verloren hatte und dann nicht den Mut hatte, es ihm zu sagen, weil Liebig sehr viel Wert auf den sorgfältigen Umgang mit Schlüsseln legt.«

»Ja nun, kann man verstehen, oder?«, warf Tilly ein.

Steinbach ignorierte ihn geflissentlich. »Stattdessen hat er wochenlang die Scheiben so herausgehoben wie ich jetzt gerade. Heute kam der junge Mann allerdings nicht mehr darum herum, es zu beichten, weil ihm die Scheiben heruntergefallen sind.«

Steinbach verschränkte die Hände und blickte zu Boden wie ein kleiner Junge, der seine Mutter mit Fröschen oder Regenwürmern in den Hosentaschen zur Weißglut gebracht hatte. Leidinger vermutete stark, dass Steinbach so ein Junge gewesen war.

»Erinnern Sie sich noch daran, was ich Ihnen das letzte Mal über die Synthese von Froschgift erzählt habe?«

»Herr Steinbach, bitte. Wir sind keine Studenten, und wir sind hier nicht in einer Prüfung. Jetzt sagen Sie einfach, was Sie zu sagen haben, und zwar zügig und verständlich. Aber um Ihre Frage zu beantworten: ja. Die Frösche nehmen das Gift über das Futter auf, richtig?«

»So ist es. Und auch wenn die Frösche als Wildfänge zum Zeitpunkt ihres …«, er stockte kurz, »nun ja, ihres Imports giftig waren, müssten sie durch die ausschließliche Fütterung mit *Drosophila* …«

»Womit? Klartext, Herr Steinbach, wenn ich bitten darf«, erinnerte ihn Tilly.

»Mit Fruchtfliegen«, erklärte Steinbach ungeduldig und wies auf die Fliegen, die mittlerweile den Schreibtisch erklommen hatten. »Jedenfalls müssten sie eigentlich ihre Giftigkeit längst verloren haben«, überlegte er laut.

»Sagten Sie nicht, sie fressen Bodentiere?«, fragte Leidinger.

»Das stimmt«, antwortete Steinbach überrascht.

»Dann nehmen wir doch vielleicht eine Bodenprobe, oder was meinen Sie?«, schlug er vor.

»Das wäre wahrscheinlich eine gute Idee«, stimmte er zu. »Können Sie das selber machen, oder müssen Sie dazu wieder einen Techniker rufen?«

Steinbach wirkte ja regelrecht beflissen. Offenbar begann er zu ahnen, dass es für ihn günstig sein könnte, einen guten Eindruck zu machen.

»Sicher können Sie in einem Ihrer Labore eine sterile Dose für uns auftreiben, um etwas Erde damit zu transportieren? Dann können wir das in der Tat selbst machen«, antwortete Tilly liebenswürdig. »Wir warten hier gern solange und fassen auch nichts an.«

Steinbach stand auf. »Ich bin in fünf Minuten zurück«, erklärte er würdevoll.

Kaum hatte er das Büro verlassen, drehte sich Tilly zu Leidinger um und legte los. »Ich fasse das einfach nicht. Wir haben einen Stadtplaner, der von einem Autohasser mit Drohbriefen überschüttet wird – wunderbar, Motiv, Mittel, Gelegenheit –, alles da, passt perfekt. Und dann stirbt ein Flechtenforscher, der niemandem was getan hat. Also entlassen wir den Autohasser. Und haben zwei Tote, keinen Mörder und kein Motiv. Aber damit nicht genug: Dieser Frischluftwissenschaftler stirbt fast durch einem Anschlag mit Froschgift, und der einzige Mensch in ganz Deutschland, der anscheinend tatsächlich giftige Pfeilgiftfrösche hält, ist nicht in der Lage, sein Terrarium vernünftig zu sichern. Was die Sache theoretisch einfach machen würde – aber dann stellt sich heraus, dass er ein todsicheres Alibi für den Tatzeitpunkt und außerdem noch Hinz und Kunz davon erzählt hat. Einmal ganz zu schweigen von so etwas wie einem Motiv, was er überhaupt nicht hat. Was ist denn das für ein verdammtes Durcheinander?«

Das hatte Tilly grundsätzlich sehr treffend zusammengefasst, fand Leidinger. Der Anschlag auf Scheffler warf in der Tat alles über den Haufen. Hoffmann – der hätte auf Jedins Konto gehen können, obwohl er wegen der komplizierten Begehungsweise daran ernstlich zweifelte. Und was Lieschmann betraf, so hielt er die Hypothese mit dem verunglückten Streich nach wie vor für eine realistische Möglichkeit. Aber Scheffler? Scheffler wäre doch mit Sicherheit auf Jedins Seite gewesen, also mussten sie klären, ob Georg Schulz möglicherweise etwas gegen Scheffler gehabt hatte. Obwohl dieses Attentat den Rahmen eines Studentenstreichs bei Weitem sprengte, und das musste dem Täter auch klar gewesen sein.

»Was könnte denn das Motiv sein, das hinter allen Taten steht, wenn es nur ein einziger Täter war?«, überlegte Leidinger laut.

»Allgemeiner Hass auf Akademiker?«, schlug Tilly in einem Ton vor, der vermuten ließ, dass ihm ein solches Motiv durchaus plausibel erschien.

Leidinger lächelte. Ihm erschien es auch nachvollziehbar.

»Wir müssen klären, wer faktisch Zugang zu Steinbachs Fröschen hatte und wer von den Wildfängen wusste. Also kommt wohl jeder in Frage, der erstens auf der Weihnachtsfeier war und zweitens den Trick mit den Scheiben kannte. Aber nach dem, was er sagte, scheint es sich bei dem Scheibentrick nicht eben um Geheimwissen zu handeln. Fingerabdrücke kann man natürlich vergessen, Steinbach hat die Scheiben jeden Tag mit Glasreiniger poliert. Wo das Büro sonst so chaotisch aussieht – aber die Scheiben glänzen«, schloss er verdrossen.

»Wir sollten unbedingt noch einmal mit diesem Schildkrötenmann sprechen, wie hieß er noch schnell?«, fragte Tilly.

»Rausch.«

»Rausch, genau. Wenn er sich mit Schildkröten auskennt, dann hat er vielleicht auch von den Fröschen gewusst. Steinbach hat von ihm ja in den höchsten Tönen geschwärmt, die beiden haben mit Sicherheit engen Kontakt.«

»Motiv?«, fragte Leidinger.

»Wie wäre es mit Konkurrenz?«

Das wäre auch nicht abwegiger als die anderen Ideen. »Dann müssen wir diese Caspary aber auch noch mal besuchen.«

Steinbach kam zurück, eine durchsichtige Dose und einen Plastikspatel in der Hand. Er reichte Leidinger beides und schloss das Terrarium auf.

»Bitte schön, nehmen Sie Ihre Proben«, forderte er ihn mit einer einladenden Handbewegung auf.

Leidinger war nicht besonders angetan von der Vorstellung, in ein Terrarium mit tödlich giftigen und potenziell mordlüsternen Fröschen zu fassen, aber er konnte das vor Steinbach natürlich unter keinen Umständen zugeben. Er versuchte also, ein Stück Boden in möglichst großer Entfernung zu den Fröschen in die Dose zu schaufeln, immer bereit, die Hand sofort zurückzuziehen, sollte einer der Frösche auf ihn zuspringen.

Seine Besorgnis entging Steinbach nicht, aber als der gerade zu einer schlauen Bemerkung ansetzen wollte, fiel Tilly ihm ins Wort: »Sie können sich dann gedanklich schon einmal auf eine Anklage wegen gefährlicher Körperverletzung einstellen. Und in einem Punkt haben Sie recht: Dagegen ist die Ordnungswidrigkeit mit dem Schmuggel tatsächlich fast eine Lappalie.«

Steinbach machte den Mund wieder zu, und Leidinger verstaute seine Probe. »Vielen Dank für Ihre Kooperationsbereitschaft, Herr Dekan. Wir werden das lobend erwähnen. Auf Wiedersehen und einen angenehmen Tag noch.«

Steinbach nickte nur wortlos.

Der Gesichtsausdruck Steinbachs, der am Ende doch recht kleinlaut geworden war, entschädigte Leidinger fast dafür, dass er als Verdächtiger für den Anschlag auf Scheffler ausschied und es bei den anderen Opfern wiederum rein gar nichts gab, was auf ihn als Schuldigen hindeutete. Zu schade, er hätte bei der Pressekonferenz gern einen Täter präsentiert.

Oh, verdammt.

Die Pressekonferenz. Leidinger sah auf die Uhr. Es war genau Viertel nach zehn. Er zog sein Handy aus dem Handschuhfach und wählte Abendroths Nummer, erreichte aber nur die Mailbox und legte wieder auf, ohne eine Nachricht zu hinterlassen. Das war nicht mit einer Mailbox-Nachricht getan, jetzt stand ein persönliches Gespräch an.

Unter Abendroths strengem Blick fühlte Leidinger sich wieder wie damals in der Grundschule. Eine äußerst unangenehme Erinnerung. So ungefähr musste es auch Steinbach eben zumute gewesen sein.

»Herr Leidinger, erinnern Sie sich, dass Sie heute um zehn Uhr einen Termin hatten? Wo waren Sie, verdammt noch mal?« Abendroth schien nicht mehr sonderlich daran interessiert zu sein, sein Wissen aus dem Personalführungskurs anzubringen. Seine Stimme war leise, vibrierte aber vor unterdrückter Wut. Er fixierte Leidinger, nahm seine randlose Brille ab und legte sie auf den Schreibtisch.

»Ich wollte einen Verdächtigen festnehmen«, erklärte er steif.

Abendroth holte tief Luft. »So, wollten Sie. Das ist im Grunde genommen eine sehr gute Idee. Ehrlich gesagt, hätte ich mir das auch schon etwas früher von Ihnen gewünscht, wobei ich gern konkretisieren möchte: Ich würde es begrüßen, wenn Sie einen Verdächtigen festnehmen würden, mit dem die Staatsanwaltschaft den Haftrichter auch zur Ausstellung eines Haftbefehls bewegen könnten. Bis jetzt war das noch bei keinem Ihrer Verdächtigen der Fall. Ich muss sagen, dass ich den Eindruck habe, dass Sie und Ihr Kollege ein wenig planlos agieren, und ich wäre Ihnen sehr dankbar, wenn Sie diesen Eindruck richtigstellen könnten.«

Abendroth erhob sich. »Eben haben Sie nicht nur mich versetzt, was ich unter Umständen noch verschmerzen könnte, sondern noch dazu an die dreißig Journalisten warten lassen. Und nicht nur die Lokalzeitungen – nein, auch die überregionale Presse. Herrgott – da war sogar eine Reporterin aus Hamburg! Was wird die denn jetzt für einen Eindruck von unserer Stadt haben? Wie stehe ich, wie stehen wir alle denn jetzt da? Mein Gott, Leidinger, das sieht Ihnen doch überhaupt nicht ähnlich.«

»Ich weiß nicht, was ich sagen soll.« Das war die reine Wahrheit. »Es gab eindeutige Hinweise, die die vorläufige Festnahme von Professor Steinbach nahelegten.«

Er wollte gerade von den Pfeilgiftfröschen in seinem Büro erzählen, als Abendroth ihm ins Wort fiel: »Steinbach? Den Dekan? Den hätten Sie beinahe festgenommen? Der hat gerade bei mir angerufen, um sich über Sie beide zu beschweren. Ich konnte ihn nur mit Mühe beruhigen und ihn überreden, von einer Dienstaufsichtsbeschwerde abzusehen. Warum um alles in der Welt sollte Gerd, also Professor Steinbach, denn seine Mitarbeiter umbringen? Wenn er Schwierigkeiten mit jemandem hat, kann er ihm doch einfach kündigen oder warten, bis sein Zeitvertrag ausläuft.«

Gerd! Das wurde ja immer besser – die beiden schienen sich zu kennen. »Wenn ich Ihnen die Ergebnisse unserer Ermittlungen kurz im Einzelnen darlegen dürfte …«

Abendroth fuhr sich mit beiden Händen durch sein akkurat geschnittenes grau meliertes Haar und brachte es in Unordnung. Leidinger spürte, dass die Fassade zu bröckeln begann. Er konnte ihn gut verstehen, hätte es aber vorgezogen, zu diesem Zeitpunkt nicht in seiner Nähe zu sein.

»Nein, bitte nicht. Der Herr Dekan brachte ziemlich deutlich zum Ausdruck, dass seiner Ansicht nach ein Verstoß gegen die Artenschutzverordnung so ein Auftreten Ihrerseits nicht rechtfertigt. Und ich kann nur sagen, dass ich ihm da voll zustimme.« Er setzte seine Brille wieder auf.

»Leidinger, das ist eine Ordnungswidrigkeit – so etwas ist doch mit einem Bußgeld erledigt! Damit muss sich nun wirklich nicht die Kriminalpolizei befassen. Sie haben schließlich auch so genug zu tun, oder?«

Leidinger gab auf. Steinbach hatte sich in seinen Augen und wahrscheinlich auch vor dem Gesetz grob fahrlässig verhalten. Das Terrarium, in dem sich die hochgiftigen und außerdem illegalen Frösche befanden, war nicht gegen fremden Zugriff gesichert. Und dann hatte er auch noch überall herumerzählt, dass er Frösche schmuggelte. Als wäre das etwas völlig Normales. Davon, dass er die Ermittlungen aktiv behinderte, indem er solche wichtigen Informationen zurückhielt, einmal ganz zu schweigen.

Nein, er sah ihn durchaus mitverantwortlich für Schefflers Schicksal, aber es schien ihm ein ungünstiger Zeitpunkt, um Abendroth das mitzuteilen. Er würde es später in seinen Bericht schreiben.

»Kann ich dann weitermachen?«

Abendroth seufzte. »Machen Sie. Und ich möchte keine Klagen mehr hören und Sie nicht mehr bei irgendwelchen Terminen entschuldigen, haben wir uns verstanden?«

»Herr Steinbach. Was kann ich für Sie tun?«

Steinbach räusperte sich am anderen Ende der Leitung. »Herr Tilly? Ich muss Ihnen eine Mitteilung machen.«

»Nur zu, Herr Steinbach, nur zu. Ihre Mitteilungen sind für uns immer von höchstem Interesse, aber das wissen Sie ja sicher.« Tilly machte sich nicht einmal die Mühe, seine Stimme freundlich klingen zu lassen. Von wegen, der Bürger als Partner.

»Ich habe gerade beim Füttern meiner Frösche festgestellt, dass ein Männchen zu wenig da ist. Sie hatten also recht mit Ihrem Verdacht, dass jemand einen meiner Frösche gestohlen hat, um damit den Anschlag auf Herrn Scheffler zu verüben.«

»Danke für die Information, aber das wissen wir ja im Grunde genommen schon. Was für uns wirklich interessant wäre, ist die Antwort auf die Frage, wem Sie auf der Weihnachtsfeier damals von Ihrer Aktion erzählt haben. Ist Ihnen dazu denn noch etwas eingefallen?«

»Wie ich Ihnen bereits sagte, ist meine Erinnerung an diesen

Abend etwas … ähem … getrübt. Ich habe meine Unterhaltungen natürlich nicht mitprotokolliert, weil ich nicht wusste, dass ich Monate später danach gefragt werde. Das habe ich auch Ihrem Vorgesetzten, Herrn Abendroth, bereits so mitgeteilt. Sicher hat er Sie darüber in Kenntnis gesetzt?«

Sieh mal an – war das etwa eine ganz subtile Andeutung? Trier war klein, schon klar. Offenbar bekam Steinbach schon wieder Oberwasser, dabei war der Vorwurf der Körperverletzung keineswegs ausgeräumt. Überhaupt nicht. Und er würde sein Möglichstes dazu beitragen, dass dieser Vorwurf weiterverfolgt würde.

»Ach, noch etwas, Herr Tilly«, unterbrach Steinbach seine Gedanken.

»Ja?« Jetzt war er wirklich gespannt.

»Ich habe gerade mit der Unteren Naturschutzbehörde telefoniert, und dort war man ebenfalls der Meinung, dass diese leidige Sache mit einem Bußgeld aus der Welt zu schaffen ist. Angesichts meiner Verdienste in dem Bereich …«

»Ja, das freut mich für Sie, Herr Professor. Wirklich. Ich kann Sie nur beglückwünschen. Ein Bußgeld ist für Sie ja keine große Sache, nehme ich mal an. Dann haben Sie schon mal ein Problem weniger. Ach – und ich habe übrigens eben Anzeige gegen Sie erstattet, wegen des Verdachts auf gefährliche Körperverletzung. Das wird dann nicht mit einem Bußgeld aus der Welt zu schaffen sein.« Und zwar nicht einmal dann, wenn man den Polizeipräsidenten persönlich kennt, fügte er im Geiste hinzu. »Da ist der Herr Staatsanwalt ein bisschen eigen. Auf Wiederhören, Herr Steinbach. Danke noch mal für Ihre Hilfsbereitschaft. Und wenn ich Ihnen noch einen persönlichen Rat geben darf: Gehen Sie auf der Stelle in die nächste Kirche der Konfession Ihrer Wahl, davon hat's hier ja nun wirklich genug, und zünden Sie eine Kerze an, und dann sprechen Sie ein ganz inniges Gebet, dass Scheffler wieder heil aus der Klinik kommt.«

Er legte auf, ohne eine Antwort abzuwarten, und lehnte sich zurück. Das ging nicht an, dass einer wie Steinbach das letzte Wort behielt. Nicht, wenn er mit ihm sprach.

Ihm fiel etwas ein, das er fast vergessen hätte. Er kramte in seiner Tasche und zog ein unförmiges, in graues Papier verpacktes Etwas heraus und stellte es auf Leidingers Schreibtisch.

Als Leidinger zurück ins Büro kam, warf Tilly ihm einen mitleidigen Blick zu. »Schlimm?«

Leidinger setzte sich und verzog das Gesicht. »Sehr. Die kennen sich.«

»Ja, das hat Steinbach eben auch angedeutet, sehr subtil.«

»Der hat angerufen?«, fragte Leidinger. »Warum?«

»Ich glaube, im Wesentlichen, um mir das mitzuteilen. Vordergründig hat er mir berichtet, dass einer seiner Frösche fehlt. Was jetzt nicht so einen großen Erkenntnisgewinn für uns darstellt, da stimmst du mir sicher zu.«

»Sehe ich genauso.« Dann bemerkte Leidinger das Ding auf seinem Schreibtisch. »Was ist das?«, fragte er argwöhnisch.

»Hab ich dir mitgebracht. Ein Geschenk.«

Leidinger begann vorsichtig, das Päckchen aus dem Papier zu schälen. Zum Vorschein kam ein Topf mit einer Pflanze mit kleinen pinkfarbenen Blüten und dunkelgrünen dickfleischigen Blättern.

»Eine Kalanchoë. Die Verkäuferin hat mir versichert, dass die fast nicht kaputt zu bekommen sind.«

Leidinger betrachtete das Geschenk von allen Seiten. »Ich weiß nicht, was ich sagen soll. Danke.«

»Gern geschehen. Weil doch die Aralie hin ist, hab ich gedacht, du freust dich.«

Er freute sich wirklich und stellte die Pflanze auf die Fensterbank, auf den Platz, auf dem die alte Büropflanze immer gestanden hatte. Der Übertopf hätte nicht unbedingt rosa sein müssen, aber der gute Wille zählte.

»Und hier ist noch was für dich: Ich habe Steinbach bei der Gelegenheit mitgeteilt, dass ich Anzeige gegen ihn erstattet habe wegen des Verdachts auf Körperverletzung.«

»Im Ernst? Ich weiß nicht, ob das so eine gute Idee war.«

»Ja, aber das war's doch praktisch, was er gemacht hat. Und wenn dir die Hände gebunden sind – mich hat der Chef schließlich nicht ins Gebet genommen. Ich habe nur meine

Pflicht als Polizeibeamter getan und wusste ansonsten von nichts.«

Leidinger musste wider Willen lachen. »Danke.«

»War mir ein Vergnügen. Und jetzt lass uns das weitere Vorgehen planen.«

»Gut. Ich möchte zuerst von Schulz wissen, ob er Scheffler kannte. Das schaffen wir heute noch. Und ich gebe die Bodenprobe in der Kriminaltechnik ab. Rausch und Caspary nehmen wir dann am Montag dran.«

Schulz war nicht begeistert, die beiden Ermittler wiederzusehen, und gab sich keine Mühe, das zu verbergen. »Sie schon wieder«, stellte er fest. Diese Begrüßung hörte Tilly zu oft, um sich daran noch ernsthaft zu stören. Es war noch eine der harmloseren.

»In der Tat. Wie geht's Ihren Hanfpflanzen?«

»Ich habe Ihnen doch schon das letzte Mal gesagt, dass es nicht meine sind.«

»Und ich hab Ihnen gesagt, dass die es gern warm und trocken haben wollen. Wenn Sie die weiter auf dem Balkon stehen lassen, machen die es nicht mehr lange bei dem schönen Trierer Wetter. Sie wollen doch Botaniker sein, oder nicht?«

Schulz sah Tilly irritiert an. »Sie sind doch nicht hier, um mir zu erklären, wie man Hanf anbaut, oder?«

»Nein. Wir möchten von Ihnen wissen, ob Sie Herrn Scheffler kennen.«

»Meinen Sie das ernst? Jeder kennt Scheffler, der Mann ist legendär. Haben Sie sein Büro gesehen?«, entgegnete Schulz ungläubig.

»Wir haben uns gefragt, ob Sie ihm auch einen Streich gespielt haben.«

»Nein, habe ich nicht … und was soll das überhaupt heißen: ›auch‹? Ich habe niemandem einen Streich gespielt. Lieschmann nicht, Scheffler nicht – ich habe nichts getan, und ich würde nie etwas tun, was jemand anderem schadet.«

»Wo waren Sie denn gestern, gegen dreizehn Uhr?«

»Also nachdem Sie mich wieder entlassen haben – da war ich

mit etwa hundertfünfzig anderen Studenten in der Vorlesung von Professor Steinbach.«

»Nennen Sie uns bitte Namen von Leuten, die das bestätigen können.«

»Na, zum einen natürlich Steinbach selbst, dem werden Sie ja wohl glauben. Er kennt mich, weil ich mal Hiwi bei ihm war. Und dann auch noch zwei Kumpel von mir, Karol Christ und Finn Kleinmann. Wollen Sie die Adressen?«

»Bitte. Und die Telefonnummern.«

Schulz kritzelte etwas auf einen Zettel.

»Besten Dank, Herr Schulz. Wir melden uns bei Gelegenheit wieder, wenn wir noch Fragen haben. Und Sie wissen schon – halten Sie sich bitte zu unserer Verfügung und bleiben Sie in der Stadt.«

Tilly verabschiedete sich und warf einen letzten Blick auf den Balkon mit den verdorrten Pflanzen.

SAMSTAG

Wie jeden Mittwoch und Samstag fand Tilly den Zeitungsteil mit den Wohnungsanzeigen auf dem Frühstückstisch. Er war sich nicht sicher, ob das wirklich nur Hilfsbereitschaft war oder ob sein Kollege damit vielleicht etwas andeuten wollte.

Er fürchtete, dass er Wolle und ihm das Drama um seine Fische noch nicht völlig verziehen hatte. Dabei hatten die es doch überlebt – am ersten Tag waren sie noch ein wenig Schlangenlinien geschwommen, aber mittlerweile zogen sie wieder unbeirrt wie eh und je ihre Kreisbahnen um den Wasserfarn. Wahrscheinlich waren sie dankbar für den Tag voller Aufregung und Abenteuer gewesen. Ganz bestimmt sogar, sofern Fische ein Gefühl für Langeweile hatten.

Tilly schlug die Zeitung auf. Die Schlagzeilen – neue Baustellen in der Innenstadt, Streit um den Vertriebenen-Brunnen, Mordserie immer noch nicht aufgeklärt – überflog er nur oberflächlich, bis er zum Anzeigenteil kam. Schon bei der ersten flüchtigen Durchsicht erkannte er, dass auch diesmal nichts Brauchbares dabei war. Bei diesen Quadratmeterpreisen hätte er auch gleich nach München ziehen können.

Wo war Bernd überhaupt? Doch nicht schon wieder bei der Arbeit? Am Wochenende?

Vroni setzte sich zu ihm an den Küchentisch. Wolle hatte er aus der Schusslinie genommen und in der Jugendherberge untergebracht. Eine Konfrontation mit Bernd galt es unbedingt zu vermeiden, sicher war sicher. Mit Vroni schien der Kollege besser zurechtzukommen, zumindest behandelte er sie freundlich, und sie hatte eine Extra-Teemischung für ihn zusammengestellt, was auf eine Sympathiebekundung hinauslief. Mit ganz viel Baldrian für die Nerven.

»Und, wie sieht es aus? Was dabei?«

Tilly schüttelte den Kopf.

»Du, ich hab den Eindruck, dass es deinem Kollegen langsam ein bissel eng wird. Lass mich mal schauen.« Sie nahm ihm den

Anzeigenteil aus der Hand. »Da. Wie wäre es denn damit: drei Zimmer, Küche, Bad, Trier-Filsch. Auch nicht so teuer.«

Das stimmte. »Okay, ich rufe da an. Wir können es uns ja mal ansehen.«

Er wusste zwar nicht, wo genau dieser Stadtteil lag, aber die Miete war im erträglichen Bereich, und er wollte sich nicht auch noch Vronis Unmut aussetzen.

»Ich ziehe nicht aufs Dorf. Auf keinen Fall. Nie wieder werde ich in einem Ort mit weniger als fünftausend Einwohnern leben.«

»Filsch ist ein Stadtteil von Trier«, erklärte Leidinger zum vierten Mal geduldig. »Wurde 1969 eingemeindet. Genau wie Kernscheid oder Eitelsbach. Trier ist eben eine gewachsene Stadt.«

»Schmarrn, das ist ein Dorf. Ich erkenne ein Dorf, wenn ich eines sehe. Da gibt's Kühe, das ist ja wohl ein eindeutiges Indiz. Die Stadt ist über zehn Kilometer weit weg, das ist noch hinter der Uni. Ich werde nicht aufs Land ziehen, Punkt.«

»Also mir würde das schon gefallen«, meldete sich Vroni. »Das war so ruhig da. Hier ist es manchmal doch recht laut, und die vielen Autos …«

»Nein. Dorf kommt nicht in Frage.« Kindheit und vor allem Jugend auf dem Dorf in der Oberpfalz hatten diese Spätfolgen, das war nicht verhandelbar. Lieber würde er noch ein paar Tage hierbleiben. Bis jetzt hatte es ja auch ganz gut funktioniert, wenn man von ein paar Startschwierigkeiten einmal absah.

Er fand das Arrangement eigentlich insgesamt gar nicht so schlecht. Vor allem im Vergleich zu den Wohnungen, die er sich bisher angesehen hatte. Es schien nur die Auswahl zwischen verschiedenen Übeln zu geben: Entweder war die Wohnung in einem akzeptablen Zustand und lag in der Nähe der Innenstadt oder einem besseren Viertel, aber dann war sie für ihn schlicht unbezahlbar. Oder aber sie näherte sich einem Stadium des Verfalls, der auch mit ein paar Eimern Farbe nicht mehr zu verbergen war. Dritte Möglichkeit war Dorf. Dorf kam nicht in Frage. Blieben also die ersten beiden.

Vroni schlug die Zeitung wieder auf und fuhr mit dem Zeigefinger die Seite entlang. »Wenn du partout so hohe Ansprüche stellen willst …«

»Ich stelle überhaupt keine Ansprüche. Ich will nur ein Dach über dem Kopf, das ich mit meinem Gehalt auch bezahlen kann. Hier hat man ja den Eindruck, es gäbe nur Neureiche und Studenten.«

»Na ja«, versuchte Leidinger zu relativieren. »Studenten gibt es schon ziemlich viele. Und die hohen Mieten haben auch damit zu tun, dass in Trier viele Luxemburg-Pendler leben.«

»Steuerflüchtlinge!«

»Nein.« Leidinger musste lachen. »Die arbeiten da. Weil die Löhne in Luxemburg höher sind als in Deutschland – und deswegen können die auch höhere Mieten bezahlen. Dafür kaufen die Luxemburger in Trier ein, weil die meisten Sachen – bis auf Kaffee, Alkohol und Zigaretten – hier günstiger sind. Und natürlich Benzin.«

Jetzt wurde Tilly einiges klar. »Heißt das, die ganzen Holländer hier sind Luxemburger?«

»Was?«, fragte Leidinger verwirrt.

»Mir sind diese Leute aufgefallen, die so eine komische Sprache sprechen. Ich hab mich gewundert, denn das Niederländische klingt doch irgendwie anders.«

»Ja, das wird dann Letzeburgisch gewesen sein. Obwohl auch tatsächlich viele Holländer herkommen, wegen der Berge.«

»Berge?« Nennenswerte Berge waren ihm jetzt noch keine aufgefallen.

»Eifel und Hunsrück eben.«

Ja, schon klar. Wenn man aus einem Land kam, das unterhalb des Meeresspiegels lag, waren das vermutlich Berge. Er nahm sich den Anzeigenteil noch einmal vor. Um guten Willen zu zeigen, strich er mehr oder weniger wahllos die eine oder andere Anzeige an und beobachtete Leidinger aus den Augenwinkeln, der jetzt ein kleines bisschen besänftigt aussah.

MONTAG

»Was macht die Wohnungssuche? War noch etwas Interessantes dabei?«, eröffnete Leidinger wie jeden Morgen das Gespräch, als sie den Kreisel in der Kohlenstraße passierten und die Gabione mit dem vielversprechenden Schild »Der neue Petrisberg« hinter sich ließen.

»Nein. Und die Vroni meint ja schon, ich hätt' zu hohe Ansprüche. Nur weil ich ganz gern das Klo in der Wohnung hätte.«

»Habt ihr schon mal daran gedacht, einen Makler zu beauftragen?«

Tilly warf ihm einen vernichtenden Blick zu. »Vergiss es. Den Haien werfe ich mein Geld nicht in den Rachen.«

»Ich dachte nur, weil du ja gerade nicht so viel Zeit zum Suchen hast.«

»Die Vroni schaut schon mit«, erklärte er. »Gehen wir dir vielleicht auf die Nerven?«

Leidinger ließ die Frage unbeantwortet. »Übrigens haben die Stadtwerke angerufen und mich gefragt, ob ich vielleicht den Tarif wechseln möchte. Kannst du dir da einen Reim drauf machen?«

Tilly starrte angestrengt aus dem Fenster. »Nein, wieso?«, fragte er und versuchte, möglichst unschuldig zu klingen.

»Die Dame meinte, dass mein Stromverbrauch in letzter Zeit deutlich angestiegen sei, ob ich vielleicht ein Gewerbe betreiben würde. Dann könnte sie mir einen günstigeren Tarif anbieten. Ich habe ihr gesagt, dass ich gerade Besuch hätte, ansonsten Beamter sei und kein Gewerbe hätte, und sie für alle Fälle gebeten, den Zähler überprüfen zu lassen.«

»Stimmt, die Dinger sind ja auch manchmal kaputt.« Tilly starrte immer noch aus dem Fenster auf die neu gebauten Studentenwohnheime. Jetzt durfte er keinen Fehler machen.

»Sie hat mir versprochen, mir eine Broschüre mit Energiespartipps zu schicken. Geräte im Stand-by-Modus laufen zu lassen frisst zum Beispiel unheimlich viel Strom. Hast du eigentlich schon eine ausschaltbare Steckerleiste für deinen Computer und die Stereoanlage?«

Gute Idee, eigentlich. Dankbar nahm er sie auf. »Ja, gut, dass du das erwähnst. Ich werd mir gleich nachher eine besorgen.«

Er würde bei nächster Gelegenheit seine antiken Quecksilber-Dampflampen gegen etwas Moderneres austauschen müssen. Halogen-Dampflampen waren wesentlich stromsparender. Allerdings glaubte er nicht, dass Leidinger mit ihm die Vorzüge verschiedener Pflanzenlampen diskutieren wollte. Er musste bei dem Gedanken grinsen.

»Was ist denn los?«

»Hmm? Nichts. Ich hab nur gerade an die Stromrechnung von diesen Botanikern mit ihrem Gewächshaus gedacht.«

»Na, die muss ich ja Gott sei Dank nicht bezahlen.«

»So, wen nehmen wir jetzt zuerst – Rausch oder Caspary?« Tilly war froh, vom Thema Stromrechnung ablenken zu können.

»Welcher Weg ist kürzer?«

Das Büro von Frau Caspary war näher, also fiel ihre Wahl auf sie.

Leidinger klopfte an die Tür der Professorin, an der außer einer Liste, auf der man sich für ihre Sprechstunde eintragen konnte, keine weiteren identitätsstiftenden Aussprüche oder sonstigen Blickfänge hingen.

»Herein! – Ach, Sie sind es.« Wie unterschiedlich man diese Begrüßung aussprechen konnte: Bei ihr klang es, als hätte sie sie zu einem wichtigen geschäftlichen Termin erwartet. »Sie haben noch Fragen?«

»Sicher ist Ihnen die Zuspitzung der Lage hier in den letzten Tagen nicht verborgen geblieben«, begann Leidinger.

Sie nickte mit ernstem Gesicht. »Da haben Sie recht. Und ich muss gestehen, dass ich mir langsam ebenfalls Sorgen mache. Immerhin gehöre ich zum selben Personenkreis wie zwei der Opfer. Man hat mir gesagt, dass Herr Scheffler Gott sei Dank über den Berg ist, ist das richtig?«

»Er ist nach wie vor in einem kritischen Zustand, aber die

Ärzte sagen, dass er es überleben wird. Frau Caspary, wussten Sie eigentlich, dass Herr Steinbach giftige Pfeilgiftfrösche hält?«

Sie sah Leidinger überrascht an. »Hat er Ihnen nicht erklärt, dass Pfeilgiftfrösche in Gefangenschaft ungiftig werden?«, fragte sie.

»Doch, aber in seinem speziellen Fall handelt es sich um Wildfänge aus Südamerika«, klärte er sie auf und beobachtete aufmerksam ihre Reaktion, konnte aber außer milder Verblüffung nichts erkennen.

»Wildfänge? Herr Steinbach? Das hätte ich nicht gedacht.«

»Also wussten Sie nichts davon? Herr Steinbach hat ausgesagt, auf der letzten Weihnachtsfeier allen möglichen Leuten davon erzählt zu haben.«

»Ah, die letzte Weihnachtsfeier«, sagte sie in distanziertem Tonfall. »Ich erinnere mich. Herr Steinbach war – nun ja, ich möchte nicht schlecht über ihn reden, aber er war doch sehr angeheitert. Ich habe mich nicht besonders lange mit ihm unterhalten, und dass wir dabei über Frösche gesprochen haben, kann ich sicher ausschließen. Überhaupt bin ich nicht sehr lange geblieben. Ich kann mit dieser Art Feierlichkeiten nicht unbedingt viel anfangen.«

Frau Caspary betrunken bei einer Weihnachtsfeier – das überstieg Leidingers Phantasie in der Tat. Er warf Tilly einen warnenden Blick zu, der gerade zu einer Bemerkung ansetzen wollte, die weder er noch – dessen war er sich absolut sicher – Frau Caspary hören wollten.

»Verstehe«, sagte er schnell, bevor der Kollege das Wort ergreifen konnte. »Versuchen Sie bitte trotzdem, sich zu erinnern. Haben Sie vielleicht mitbekommen, ob er in der kurzen Zeit Ihrer Anwesenheit mit jemand anderem länger gesprochen hat?«

Sie nickte. »Ja, natürlich. Mit Christian Rausch hat er ziemlich lange zusammengestanden. Das muss aber nichts bedeuten, die beiden arbeiten schließlich sehr eng zusammen. Steinbach hat ihn von Anfang an sehr gefördert und ihm auch dieses Schildkrötenprojekt verschafft.«

»Frau Caspary, ich muss Sie das jetzt fragen: Wo waren Sie am letzten Donnerstag gegen dreizehn Uhr?«, schaltete Tilly sich ein.

»Gegen dreizehn Uhr mache ich in der Regel meine Mittagspause und gehe eine Kleinigkeit essen. Aber ich fürchte, ich kann Ihnen nicht mehr genau sagen, ob das am Donnerstag Viertel vor eins oder vielleicht eine halbe Stunde später war. Meine Vorlesungen habe ich in diesem Semester immer nachmittags und abends. Vormittags bin ich in meinem Büro und kann mir die Zeit einteilen. Da schaue ich nicht immer so genau auf die Uhr«, erklärte sie.

»Waren Sie allein beim Essen?«

Sie lächelte bedauernd. »Leider ja. Wenn es Ihnen hilft, können Sie selbstverständlich meine Login-Daten beim Rechenzentrum erfragen. Daraus wird ersichtlich, wann ich mich an meinem Rechner an- und abgemeldet habe.«

»Danke. Wir werden bei Bedarf darauf zurückkommen.«

Tilly und Leidinger standen fast gleichzeitig auf, als Frau Caspary sich erhob und jedem die Hand reichte. »Auf Wiedersehen und dass Sie bald Erfolg haben mögen.«

»Die Daten vom Rechenzentrum sagen ja nur, wann sie eingeloggt war. Nicht, ob sie tatsächlich am Rechner gesessen hat. Das können wir gleich lassen.«

Tilly musste Leidinger recht geben. »Aber kannst du dir ernsthaft vorstellen, dass sie was damit zu tun hat?«

Leidinger sah ihn lange an. »Ich kann mir mittlerweile alles vorstellen. Aber im Moment haben wir ja rein gar nichts gegen sie in der Hand. Lass uns erst einmal Rausch auf den Zahn fühlen.«

Rausch wirkte deutlich weniger erfreut über ihren Besuch und versuchte erst gar nicht, das zu verbergen: »Herr Tilly, Herr Leidinger? Was wollen Sie?«

»Was haben wir eigentlich an uns, dass wir nie mit einem freundlichen Guten Morgen begrüßt werden? Immer heißt es ›Ach, Sie schon wieder‹ oder ›Was wollen Sie?‹ oder ›Scheiße, die Bullen!‹. Guten Morgen, Herr Rausch«, sagte Tilly freundlich.

»Guten Morgen, Herr Tilly«, erwiderte Rausch dezidiert. »Also? Was gibt es denn?«, fragte er.

»Schon besser. Wir werden Ihnen jetzt noch ein paar Routinefragen stellen, und dann sind wir auch schon wieder weg. Erstens: Wussten Sie von Steinbachs giftigen Importfröschen?«

»Ja«, erklärte Rausch entnervt. »Das wusste hier jeder. Ausnahmslos. Der Herr Dekan hat sich in vielen Jahren große Verdienste um den Natur- und Artenschutz erworben. Eine solche Petitesse war da höchstens eine Anekdote auf einer Weihnachtsfeier. Und spätestens seit dieser war es übrigens wirklich allgemein bekannt – ich wette, dass wissen mittlerweile auch die meisten Studenten.«

»Danke. Und dann zweitens: Wo waren Sie am letzten Donnerstag gegen dreizehn Uhr?«

»Warum wollen Sie das wissen?«, fragte Rausch misstrauisch.

»Hey, jetzt kommen Sie mal wieder runter. Wir fragen das jeden. Reine Routine.« Er lächelte gewinnend.

Rausch glaubte ihm kein Wort. »Ja, klar. Lassen Sie mich nachdenken … Ich kann es Ihnen nicht genau sagen, aber mit an Sicherheit grenzender Wahrscheinlichkeit war ich hier. Eine Lehrveranstaltung habe ich um diese Zeit nicht, und den Rest des Tages verbringe ich momentan meistens in meinem Büro und bereite mein Projekt vor.«

»Zeugen gibt es dafür wohl keine?«

Rausch schüttelte den Kopf. »Nein, wen wohl? Ich habe, wie Sie sehen, leider keine eigene Sekretärin, und meine einzige Mitarbeiterin ist seit Tagen im Schwarzwälder Hochwald unterwegs und kartiert Schildkröten.« Seine Stimme zitterte leicht. Offenbar hielt er sich sehr zurück, nicht loszuschreien.

»Fleißig, fleißig. Dann wünschen wir Ihnen mal viel Erfolg.«

»Danke.« Rausch stand auf. »Sie finden allein heraus?«

»Na, mehr als Auf-den-Busch-Klopfen war das aber auch nicht. Wir hätten vielleicht noch ein bisschen weiterbohren sollen«, konstatierte Leidinger. »Übrigens würde mich interessieren, was jetzt stimmt: Rausch sagte, dass jeder von Steinbachs Fröschen wusste, Frau Caspary war das anscheinend völlig neu.«

»Wenn sie nicht lange genug auf der Weihnachtsfeier war?«

»Dann könnte sie es doch später erfahren haben, wenn der ganze Fachbereich darüber geredet hat.«

Tilly zuckte mit den Achseln. »Stimmt. Aber ich glaube nicht, dass sie sich am Flurfunk beteiligt – oder beteiligt wird. Wir haben nichts in der Hand, nicht gegen Rausch, nicht gegen die Caspary. Hoffmann – möglicherweise Jedin, Lieschmann – Schulz, Scheffler – ein noch unbekannter Täter ist eine durchaus brauchbare Arbeitshypothese.«

»Schon recht«, meinte Tilly trocken. »Möchtest du sie Abendroth und Clüsserath unterbreiten, oder soll ich das diesmal lieber übernehmen?«

»Lass mal.« Leidinger lächelte gequält.

»Ach, das hab ich übrigens ganz vergessen – ist es nicht schön, wie sich manchmal Dinge von selber im Nachhinein zu einem Bild zusammenfügen?«

»Hättest du die Güte, das etwas näher auszuführen? Bis jetzt sehe ich noch kein allzu deutliches Bild vor mir, muss ich sagen.«

»Hey. Mach dich mal locker. Was bist du denn so grantig?«, maulte Tilly. »Also, habe ich total verschwitzt: Gestern hat noch eine Frau angerufen. Ich dachte erst: Kategorie besorgte Bürgerin, du kennst die Sorte, oder?«

Leidingers Blick sprach Bände. Offenbar war er bestens mit ihr vertraut.

»Aber dann stellte sich raus, dass sie Hoffmanns Nachbarin war. Sie meinte, dass sie ein paar ganz wichtige Beobachtungen gemacht habe, die sie uns gern mitteilen möchte.«

»Und warum fällt ihr das erst jetzt ein?«

»Sie wollte nicht neugierig erscheinen.«

»Hat sie gesagt, was sie beobachtet hat?«

»Sie hat es angedeutet. Und das ist wirklich interessant …« Tilly machte eine Kunstpause. »Er hatte anscheinend doch eine Freundin.« Erwartungsvoll sah er Leidinger an, der nicht mit der gewünschten Begeisterung reagierte.

»Und wissen wir, wer sie ist?«

»Nein, noch nicht, aber ich denke, wenn wir die Nachbarin

noch einmal ganz gezielt befragen, bekommen wir sicher ein paar Antworten.«

»Machst du das?«, fragte Leidinger.

»Ich habe mich für morgen früh mit ihr verabredet, heute hat sie keine Zeit mehr. Muss ihre Tochter zum Ballett bringen.«

DIENSTAG

Tilly hatte kaum Augen für die Weinberge, die am Petrisberg rechts und links der Sickingenstraße lagen. Er fuhr die Serpentine am Amphitheater vorbei hoch und konzentrierte sich nur auf den kurvigen Weg vor ihm.

Wenn er sich hier in Trier wohlfühlen wollte, musste er seinen Eindruck von der Stadt dringend etwas positiver gestalten. Außer seinem Büro und den verschiedenen Tatorten hatte er bis jetzt noch nicht allzu viel Sehenswertes in der Römerstadt entdecken können. Also hielt er an der Aussichtsplattform, wo bereits drei Reisebusse standen.

Holländer, die von den Steillagen der Olewiger Weinberge völlig hin und weg waren und sich vermutlich schon auf die abendliche Weinprobe freuten, außerdem eine Gruppe aus dem Schwäbischen, wie ihr breiter Dialekt verriet, und eine Horde aus der Bundeshauptstadt. »Na, det is ja jetz auch nix so dollet, wa? Bissjen popelig für 'ne Jroßstadt«, meinte ein übergewichtiger Berliner, der trotz des kühlen Wetters Shorts und Hawaiihemd trug, missmutig und biss in eine Käsestulle.

Das ging Tilly jetzt doch zu weit. Von oben betrachtet sah es gar nicht so schlecht aus: eine grüne Großstadt, die römischen Ruinen und mittelalterlichen Bauwerke eingebettet in das moderne Stadtbild. Seinem Vater würde das sicher gefallen, schließlich hatte es Kirchen hier, jede Menge, ein Weltkulturerbe neben dem nächsten. Das Stadtbild war eindeutig von den Sakralbauten dominiert und von Bäumen. Von hier aus sah er auch das denkwürdige ehemalige Polizeipräsidium und die Reste der Kaiserthermen.

Er fühlte sich aufgefordert, seine neue Heimat zu verteidigen, räusperte sich und sprach den Berliner mit der Käsestulle entschieden an: »Junger Mann, ich muss doch um etwas Respekt bitten. Sie blicken gerade auf die älteste Stadt Deutschlands herab. Da war Ihre Großstadt noch Sumpf, als Konstantin der Große hier in seiner Palast-Aula Hof gehalten hat.«

Oh Gott, er hörte sich an wie sein Vater. Aber es half – derart zurechtgewiesen, verstummte die Berliner Schnauze perplex.

Die Sonne kam durch die Wolkendecke. Der Informationstafel an der Brüstung entnahm Tilly, dass Trier »seine Blütezeit im 2. Jahrhundert nach Christus« erreicht hatte. Nun ja, das war vielleicht nicht unbedingt das, was er zweitausend Jahre später auf eine solche Tafel für Touristen geschrieben hätte.

Er setzte sich wieder ins Auto. Er fühlte sich jetzt ein wenig besser, auch wenn die Arbeit in Form von Hoffmanns Nachbarin wartete.

Die reizenden neuen Niedrigenergiehäuser auf dem Petrisberg waren wahlweise in einem skandinavischen Ochsenblut-Rot mit weißen Fensterrahmen gehalten oder in maritimem Blau. In dem Fall mit gelben Rahmen. In einigen der handtuchgroßen Vorgärten blühten Frühlingsblumen. Tulpen, Krokusse, möglicherweise Schafgarben oder Margeriten – Frau Murnau wüsste das jetzt bestimmt. Das war nicht die Art von Pflanzen, mit denen Tilly sich auskannte.

Die kleinen Miniaturbaukasten-Häuschen waren immer noch hübscher als die Anwesen, bei denen sich kreative Architekten ausgetobt hatten, mit ganz viel Sichtbeton, aufgelockert durch Kies oder Rollsplit in den Vorgartenstreifen. Und so einem verkrüppelten Zwergbaum mit roten Blättern darin. Es gab nichts Schlimmeres als Architekten, die ihre Kreativität auf zu engem Raum entfalten mussten, das war in Trier nicht anders als in den Neubaugebieten der Oberpfalz. Solche Klötze fand man mittlerweile überall, aber ihm schien die Architekten-Dichte am Petrisberg besonders hoch zu sein.

Hoffmanns Haus war eine der kleinen Ökoschachteln am zweihundert Meter langen Wasserband, das komplett in Beton eingefasst war. Eine Fontäne plätscherte und versuchte vergeblich, das rechtwinklige Arrangement lebendig wirken zu lassen. Er klingelte bei der Nachbarin. Sie öffnete und trocknete sich die Hände an ihrer Schürze ab, machte aber keine Anstalten, ihn hereinzubitten.

»Grüß Gott, Frau Andersen, Tilly, Kripo Trier. Wir haben

miteinander telefoniert. Sehr nett von Ihnen, dass Sie sich noch einmal für uns Zeit nehmen.«

Sie musterte ihn von oben bis unten. »Darf ich Ihren Ausweis sehen?«, forderte sie schließlich.

Er atmete tief durch. Der Bürger als Partner. »Aber selbstverständlich.« Er suchte in der Innentasche seiner Jacke. Da war er doch heute Morgen noch gewesen? Er lächelte sie extra freundlich an. »Augenblick.« Diese Lederjacke hatte aber auch ziemlich viele Taschen. »Hier, bitte.«

Sie nahm ihm den Ausweis mit zwei Fingern aus der Hand und prüfte ihn ausgiebig. Dann gab sie ihn zurück und machte den Weg in die Wohnung frei. »Kommen Sie nur rein, Herr Tilly. Ich hoffe, Sie finden es nicht unhöflich, aber man kann ja nicht vorsichtig genug sein.«

»Selbstverständlich, Frau Andersen. Das ist genau in unserem Sinne.« Außerdem wurde er oft genug verdachtsunabhängig kontrolliert, da kam es auf einmal mehr oder weniger auch nicht an. »Sie haben also etwas zur Sache beizutragen?«, fragte er.

»Man tut schließlich, was man kann.« Sie ging voraus in die Küche. »Setzen Sie sich. Ich bin gerade am Backen, aber der Teig muss jetzt gehen.« Sie wischte mit einem feuchten Tuch den Mehlstaub vom Tisch, dann setzte sie sich auf den Stuhl gegenüber.

»Ganz schrecklich, was mit dem armen Herrn Professor passiert ist. Man traut sich ja gar nicht mehr, die Kinder auf die Straße zu lassen. Wer weiß, was das für ein Wahnsinniger ist! Und er läuft immer noch frei herum. Ich hoffe doch sehr, dass Sie ihn bald kriegen. Bis jetzt hatten Sie ja leider noch kein Glück, stand in der Zeitung.«

In ihrem letzten Halbsatz lag unverkennbar eine gewisse Schärfe. Hmm … schon wieder so eine Person, die ihm seinen Job erklären wollte? Hat wahrscheinlich zu viele Schwedenkrimis gelesen, deswegen wohnt sie auch in so einem Lego-Häuschen.

Tilly riss sich zusammen. Jetzt musste er professionell bleiben, die Dame hatte immerhin – hoffentlich – wichtige Informationen für ihn, ermahnte er sich. Und er hatte das Gefühl, in dieser verworrenen Angelegenheit alles an Informationen zu benötigen, was zu bekommen war. Jedes bisschen, sogar wenn es von einer neugierigen und unausgelasteten Schwedenkrimi-Leserin kam.

»Ja, wir tun unser Bestes«, sagte er so bürgerorientiert wie möglich. Er wartete. Sie würde von selbst zu reden anfangen, da war er sicher. Und seine Erwartung wurde nicht enttäuscht.

»Herr Hoffmann war so ein ordentlicher Mann. Er war schon Professor, obwohl er noch recht jung war. Und gut sah er aus! Immer schick angezogen, feiner Haarschnitt und so weiter. Die Frauen müssen eigentlich hinter ihm her gewesen sein … Allerdings war er nicht verheiratet. Geschieden, soweit ich weiß. Wir haben ihn nicht viel zu Gesicht zu bekommen, wir hatten immer den Eindruck, dass er sehr beschäftigt war.«

Tilly nickte. Er fragte sich, ob Frau Andersen auch heimlich ein Auge auf den schicken Herrn Hoffmann geworfen hatte.

»Svea mochte ihn auch.«

Wer war das jetzt schon wieder? »Svea?«

»Meine Tochter. Er hat ihr immer etwas mitgebracht, wenn er im Ausland war. Ich habe dann nach der Post gesehen.«

Ah ja. Eindeutig zu viele Schwedenkrimis.

»Aber dann hat diese merkwürdige Frau angefangen, ihn zu besuchen.«

Wieder wartete Tilly, ob eine nähere Spezifikation der Merkwürdigkeit folgte.

»Zuerst war ja alles in Ordnung, wir haben uns auch für den Herrn Professor gefreut, dass er endlich wieder jemanden gefunden hatte. Das ist schließlich nichts für einen berufstätigen Mann, so allein zu wohnen. In dem Alter sollte man kein Junggesellen-Leben mehr führen, und in seiner Position braucht man ja eine Frau, die einem den Rücken freihält. Die erste ist ihm weggelaufen, und die zweite war anscheinend auch nicht viel besser. Die zwei haben sich am Ende nur noch gestritten. Also, dafür bin ich nun wirklich nicht hierhergezogen, um mir die Beziehungskrisen meiner Nachbarn anzuhören.«

»Gibt es so etwas hier sonst nicht so häufig? Streit? Beziehungsprobleme?« Er konnte sich die Antwort eigentlich bereits denken. Hier wurde hundertprozentig nicht viel gestritten. Höchstens ausdiskutiert.

Sie schüttelte entschieden den Kopf. »Nein, hier wohnen sonst nur normale Familien.«

Aha. Nun denn. »Haben Sie denn vielleicht mitbekommen, worum es bei dem Streit ging?«

Jetzt sah sie ihn ehrlich empört an. »Glauben Sie denn, ich lausche an der Wand, wenn meine Nachbarn sich streiten?«

»Nein, das wollte ich damit auf keinen Fall sagen«, beeilte sich Tilly zu versichern. »Ich könnt mir halt vorstellen, dass die Wände hier ein bisschen hellhörig sind. Hat man ja öfter bei Neubauten.«

Die ließ sich aber auch bitten …

Sie zögerte. Dann gab sie sich einen Ruck.

»Die Frau hatte eine ziemlich durchdringende Stimme. Laut und schrill, also man verstand sie schon ziemlich gut. Einmal, kurz bevor ihre Besuche ganz aufhörten, vor ein paar Wochen, schrie sie ihn an, dass sie sich von ihm nicht abservieren lasse.«

So, dachte Tilly, doch eine Beziehungskiste. »Können Sie sich noch an den genauen Wortlaut erinnern? Ich weiß, es ist schon etwas länger her.«

Frau Andersen wischte mit der Hand imaginären Staub von der Tischplatte. »Das waren genau ihre Worte: ›Von dir lasse ich mich nicht abservieren‹.«

»Und wie hat Hoffmann darauf reagiert?«

»Das weiß ich nicht«, sagte sie nachdenklich. »Er wurde ja nicht laut, ich habe nicht ein einziges Mal gehört, dass er sie angeschrien hätte.«

»Haben Sie die fragliche Person auch mal gesehen, ich meine, können Sie die Frau beschreiben?«

»Sie klang gebildet. Ihre Stimme. Kein Dialekt, verstehen Sie? Aber gesehen habe ich sie leider nie, weil sie immer erst kam, wenn es schon dunkel war. Wir haben uns auch schon gefragt, ob sie vielleicht verheiratet war. Es tut mir sehr leid, dass ich Ihnen nicht mehr sagen kann, aber ich spioniere meinen Nachbarn ja nicht hinterher.«

Nein, dachte Tilly, um noch mehr Informationen zu sammeln, hätte sie wahrscheinlich Hoffmanns Mülltonnen durchwühlen müssen. Aber es war typisch, dass sie zu eben der Frage, die wirklich interessant gewesen wäre, nämlich wie die geheimnisvolle

Besucherin-Schrägstrich-Freundin denn nun ausgesehen hatte, offenbar nichts sagen konnte. Oder wollte.

»Dann kommen wir noch mal zu der Stimme zurück – sie hat also gutes Hochdeutsch gesprochen. Ich weiß, dass das jetzt schwierig ist, aber wie alt würden Sie sie denn etwa schätzen, anhand der Stimme?«

»Das kann ich wirklich nicht sagen. Sie klang wie gesagt nicht unbedingt angenehm, aber laut. Weder alt noch jung. Hat sie ihn umgebracht?«, fragte sie begierig.

Tilly fragte sich, ob es ihrem Gedächtnis auf die Sprünge helfen würde, wenn sie eine Verdächtige wäre. Die waren für die meisten Leute viel spannender als Zeugen. Trotzdem: »Vorerst halten wir sie für eine wichtige Zeugin.«

Frau Andersen nickte, als wollte sie sagen: Jaja, das müssen Sie sagen – aber ich weiß Bescheid.

»Gut, Frau Andersen. Vielen Dank erst mal. Wenn Ihnen noch etwas einfällt …« Er reichte ihr seine Karte. Leidinger hatte ihn genötigt, sich ein Etui für die Visitenkarten zu kaufen, weil er der Meinung war, dass das seriöser aussah. Dabei hatte er seine Visitenkarten immer im Portemonnaie verwahrt, wo war das Problem? Dadrin hatte er alles, was wichtig war, griffbereit. Ihm fiel ein, dass er noch dringend ein paar Quittungen aus 2010 abrechnen sollte, und er machte sich eine gedankliche Notiz.

»Dann rufe ich Sie an. Auf Wiedersehen.«

Tilly stand auf. In diesem Häuschen fühlte er sich wie in einem Setzkasten, und er hatte Angst, eines der überall herumstehenden maritimen Muschel-und-Möwen-Dinge umzuwerfen oder kaputt zu machen. Die kleine Svea machte sicher nichts kaputt. Nie. Hier kam sie gerade aus dem Wohnzimmer, eine zarte Zehnjährige mit dünnen blonden Zöpfen.

Sie lachte ihre Mutter an: »Mutti, darf ich mit Lea-Sophie zum Lateinlernen?«

Tilly ergriff die Flucht. Dieses Haus verursachte ihm starke Beklemmungsgefühle. Er musste nachdenken.

***

Diesmal schaffte Christian Rausch es nicht einmal, auf der Open-House-Party im Ex-Haus Spaß zu haben. Und dazu musste er sich normalerweise nicht besonders anstrengen. Die Musik war ihm zu schnell, zu laut und insgesamt nicht nach seinem Geschmack. Die Frauen auch nicht. Das fing schon damit an, dass sie sich anscheinend überhaupt nicht für ihn interessierten. Er hatte den Eindruck, dass er irgendwie nicht mehr hierhingehörte, unter diese ganzen unbeschwerten Zwanzigjährigen. Waren die überhaupt schon alt genug, um ohne Erlaubnis ihrer Eltern bis nach Mitternacht zu bleiben?

»Oh, hallo Herr Rausch, Sie auch hier!«, hörte er eine bekannte Stimme. Er nickte und lächelte gequält zurück.

Mit einem Mal fühlte er sich sehr alt. Außerdem war er tödlich müde. War das zu glauben? Es war kurz nach zwölf, und er war müde. Alles, was er wollte, war doch nur ein wenig Ablenkung von den Schildkröten. Und die erste Person, die ihm über den Weg lief, war Karin Herwegh. Womit hatte er das verdient?

MITTWOCH

Tilly riss die Tür auf. »Morgen!«

»Kannst du vielleicht die Türen auch normal auf- und zumachen, oder ist das zu viel verlangt?«

»Sorry, Chef. Wir haben Arbeit.« Die Tür fiel scheppernd zu.

»Ja, das ist mir auch klar. Aus diesem Grunde befinde ich mich schließlich bereits seit einer guten Stunde an unserem Arbeitsplatz. Erzähl schon, was ist passiert?«

»Karin Herwegh, die Mitarbeiterin von Christian Rausch, hat mich eben völlig aufgeregt angerufen. Sie hätte einen Termin mit ihm gehabt, aber er ist nicht erschienen. Nachdem sie eine halbe Stunde gewartet hatte, erinnerte sie sich an Steinbachs Anweisung, dass man jede Auffälligkeit melden solle, und hat mich angerufen.«

»Eine halbe Stunde? Die ruft die Polizei, weil ihr Dozent eine halbe Stunde zu spät kommt? Sie weiß aber schon, dass der Mann volljährig ist, oder? Woher hat die überhaupt deine Nummer?«

»Von Steinbach. Jedenfalls klang sie sehr besorgt, kann man auch irgendwie verstehen. Ich habe ihr gesagt, dass du mal vorbeischaust und mit ihr redest.« Tilly sah auf die Uhr. »Sie ist an der Uni, hat bis zehn eine Vorlesung in Hörsaal drei.«

»Warum kommen die Leute eigentlich nicht mehr her, wenn sie was von uns wollen? Früher konnten wir sie doch auch vorladen, warum müssen wir ihnen heute immer hinterherfahren oder Termine vereinbaren, wenn sie ihre Kinder abholen müssen oder sonst was Besseres vorhaben, als bei einer Mordermittlung mitzuwirken? Und was machst du überhaupt in der Zwischenzeit, wenn du nicht gerade Termine für mich machst?«

»Ich versuche mal, Rausch zu erreichen. Falls das nichts bringt, würde ich gern etwas über den gestrigen Abend in Erfahrung bringen. Es schaut nämlich bis jetzt so aus, dass diese Frau Herwegh die letzte Person war, von der wir wissen, dass sie den Rausch gestern Nacht gesehen hat.«

»Wie das? Haben die beiden was miteinander?« Abwegig war der Gedanke nicht, Rausch war nur ein paar Jahre älter als die Studenten, die er unterrichtete.

»Keine Ahnung, das kannst du sie ja gleich fragen. Ihrer Aussage nach haben die beiden sich gestern Abend allerdings rein zufällig auf einer Party getroffen. Im Exzellenz-Haus in der Zurmaiener Straße. Und ich werde jetzt versuchen, zu rekonstruieren, wann genau Rausch dort war und wann er wieder gegangen ist. Und günstigstenfalls, mit wem er gesprochen hat. Also abgesehen einmal von der Herwegh.«

Es kostete Tilly lediglich ein paar Anrufe, um herauszufinden, wer an dem Abend im Ex-Haus gearbeitet hatte. Er war äußerst hartnäckig im Durchtelefonieren. Rausch allerdings hatte er weder an der Universität noch zu Hause erreicht, und bei seinem Handy meldete sich auch nur die Mailbox. Also würde er jetzt herausfinden müssen, wie Rauschs Abend verlaufen war.

»Wie komme ich am schnellsten zur Luxemburger Straße?«

»Was willst du denn da?«

»Da wohnt eine gewisse Anna Streubel, die gestern Abend im Ex-Haus als Thekenkraft gearbeitet hat und von der ich wissen will, ob sie Rausch dort gesehen hat. Und wenn ja, in welcher Verfassung er war.«

»Die Luxemburger Straße ist auf der anderen Moselseite. Über die Römerbrücke ist der kürzeste Weg.«

»Willst du mitkommen?«, schlug Tilly vor.

»Lass mal. Ich habe auch so noch genug zu tun. Ich habe ja offensichtlich eine Verabredung mit Frau Herwegh, die du dankenswerterweise für mich getroffen hast.«

Kollege Leidinger war heute aber wirklich deutlich grantiger als gewöhnlich. Nachdem Wolle nicht mehr der Grund dafür sein konnte – die Fische hatten sich schließlich wieder erholt –, konnte es eigentlich nur immer noch an der versiebten Pressekonferenz liegen. Tilly beschloss, ihm ein großzügiges Angebot zu machen: »Deinen nächsten Pressetermin übernehm ich, okay?«

Leidinger war schon aufgestanden, setzte sich aber wieder.

»Tut mir leid. Ich habe den Eindruck, noch nie so im Nebel gestochert zu haben wie in diesem Fall. Abendroth versucht, uns – freundlich ausgedrückt – zu lenken. Clüsserath hat die mangelnde Präzision meiner Berichte bemängelt und durchblicken lassen, dass wir uns bei unserem nächsten Verdächtigen sehr sicher sein sollten – der hat gut reden. In diesem Fall ist doch nichts sicher und präzise. Da kann ich doch nicht vor die Presse treten und so tun, als sei alles in bester Ordnung.«

Tilly wusste, dass er jetzt etwas Aufbauendes sagen müsste. Aber da Leidinger die Sache völlig korrekt zusammengefasst hatte, fiel ihm absolut nichts Glaubwürdiges ein. Er wollte ihn nicht auch noch darauf hinweisen, dass er die Tatsache ausgelassen hatte, seine eigene PK versäumt zu haben. Das wäre wohl nicht unbedingt aufbauend gewesen.

»Ich bin sicher, wenn wir diesen Rausch gefunden haben, sind wir schlauer«, sagte er stattdessen und schlug die Bürotür hinter sich zu.

Da der Weg auf der Karte nicht allzu weit aussah, wollte er zu Fuß gehen – etwas Bewegung würde ihm schließlich guttun. Er konnte beim Gehen besser denken als am Schreibtisch und kam momentan nicht so viel an die frische Luft, wie er es gewohnt war. Wie aufs Stichwort fiel ihm Scheffler mit seinem Frischlufttick ein. Wo der Mann recht hat, hat er recht, dachte er.

Dass man sich in Trier nicht unbedingt auf Passanten verlassen konnte, wenn man den Weg wissen wollte, hatte Tilly bereits festgestellt, denn das waren fast alles Touristen – und die Einheimischen kannten sich meistens auch nicht besser aus. Deswegen brauchte er, nicht zuletzt wegen seines miserablen Orientierungsinns, immer noch den Stadtplan, den er an seinem ersten Tag in der Tourist-Information bekommen hatte. Zu mehr, als ein paarmal darin herumzublättern, war er allerdings noch nicht gekommen. Immerhin war er bereits am Amphitheater vorbeigefahren, und jetzt kannte er also auch die Römerbrücke. Im Stadtführer stand, dass die Brücke zweitausend Jahre alt sei, was er ziemlich beachtlich fand, wenn man bedachte, dass sie heute noch genutzt wurde, und als einzige Trierer Brücke den letzten Krieg überstanden habe.

Die ein Stück weiter westlich gelegene Kaiser-Wilhelm-Brücke hatte Leidinger hartnäckig als »die neue Brücke« bezeichnet. Neu im Vergleich zur Römerbrücke war sie schon. Aber immerhin auch schon an die hundert Jahre alt. Anscheinend blieben Neuerungen hier sehr lange neu. Er hätte zu gern gewusst, wie die Trierer die allerneueste Brücke, die Konrad-Adenauer-Brücke, wohl nannten. Ob sie die überhaupt schon zur Kenntnis genommen hatten, oder ob sie ausschließlich Touristen und Luxemburgern vorbehalten war?

Es war nicht leicht, das richtige Haus zu finden. Anna Streubel wohnte in einem Hinterhaus unterm Dach. Tilly vermutete stark, dass hier zwischen Gebrauchtwagenhändlern und Eroscenter die Mieten noch einigermaßen bezahlbar waren. Schon von außen machte das Haus einen leicht heruntergekommenen Eindruck, und als er die Eingangstür aufdrückte, wurden seine Befürchtungen bestätigt. Das Treppenhaus war eng und dunkel und roch nach undefinierbarem Essen, und die Stufen knirschten und quietschten bei jedem Schritt geheimnisvoll. Wahrscheinlich war es nicht allzu schlimm, dass die Haustür nicht mehr schloss: Einen möglichen Einbrecher würde man bemerken, lange bevor er an der Wohnungstür war.

Frau Streubel hörte ihn offenbar nicht, was in diesem Falle nicht so tragisch war, weil er ja kein Einbrecher war. Also klingelte er an ihrer Wohnung und rechnete schon halb damit, einen Stromschlag zu bekommen. Aber nichts geschah. Gar nichts. Als er gerade ein zweites Mal klingeln wollte, hörte er schlurfende Schritte, und die Tür wurde einen Spaltbreit geöffnet.

»Grüß Gott, Frau Streubel. Wir haben eben telefoniert. Tilly, Kripo Trier.«

Die junge Frau nickte nur, wickelte sich ihren Morgenmantel fester um den Körper und zog die Tür auf. »Kommen Sie rein. Und entschuldigen Sie die Aufmachung, ich habe geschlafen, bis Sie angerufen haben.« Sie klang nicht unfreundlich, nur müde. »Da vorn ist die Küche, ich brauche jetzt 'nen Kaffee. Ich bin erst um halb sieben ins Bett gekommen. Wollen Sie auch einen?«

Patente Frau, dachte er. »Sehr gern. Wirklich nett von Ihnen. Es wird auch nicht lange dauern.«

Anna Streubel gähnte. »Kein Thema.« Sie fuhr sich durch ihr kurzes, strubbeliges schwarzes Haar und versuchte, eine Art Ordnung hineinzubringen. Auf dem Herd blubberte eine Espressomaschine. Ein wunderbarer Duft.

Tilly räusperte sich. Dann zog er Rauschs Foto aus der Tasche. »Sie haben gestern bei der Open-House-Party als Thekenkraft gearbeitet, richtig? Wir sind auf der Suche nach diesem Mann hier. Haben Sie ihn vielleicht dort gesehen?«

Sie zog das Foto zu sich hin und betrachtete es eingehend. Dann schüttelte sie grinsend den Kopf.

»Was ist denn so witzig?«, wollte er wissen.

»Ja, das Bild. So sieht der also in seriös aus.«

Sie hatten das Bild von der Homepage seines Fachbereichs genommen, auf dem Rausch ein graues Hemd und eine rote Krawatte trug. Die Haare waren ordentlich gekämmt, und er lächelte offen und so ausgeschlafen in die Kamera, wie er ihn während der ganzen Ermittlungen noch nicht gesehen hatte.

»Dann erkennen Sie ihn wieder?«

Anna Streubel nickte. »Auf jeden Fall.« Sie nahm die Espressomaschine vom Herd und schenkte ihnen Kaffee ein.

Aus Erfahrung wusste Tilly, dass man manche Leute keinesfalls ansprechen durfte, bevor sie den ersten Kaffee gehabt hatten. Er selbst gehörte dazu, und deswegen drängte er sie auch nicht. In der Zwischenzeit betrachtete er ganz unauffällig die Küche.

Er hätte nicht gedacht, dass es solche Wohnungen in Westdeutschland noch gab. Also siebzig Jahre nach Kriegsende. Wahrscheinlich waren sie auch im Osten mittlerweile selten geworden. Vielleicht stand sie unter Denkmalschutz? In Trier konnte man das nie wissen. Neben dem Küchenherd stand ein Werkstattofen, die fleckige Tapete hatte sich an mehreren Stellen abgelöst, und ein halbherziger Versuch, neu zu streichen, war in der Mitte der Wand wegen offenkundiger Vergeblichkeit abgebrochen worden. Stattdessen hatte jemand ein Filmplakat aufgehängt, das für den Klassiker »Demolition Man« warb. Er mochte sich kaum vorstellen, was Vroni hier an schlechten Energien auspendeln würde.

»Ja, der war gestern da.« Wieder grinste sie und betrachtete Rauschs Foto. »Sah aber etwas, na ja, aufgestylter aus.«

»Wie kommt es denn, dass der Herr Ihnen so gut im Gedächtnis geblieben ist, war nicht viel los? Sie sagten doch, dass sie erst recht spät zu Haus waren. Oder früh, wie man's nimmt.«

Anna Streubel gähnte ausgiebig und dachte gerade noch rechtzeitig daran, sich eine Hand vor den Mund zu halten. »Sorry. Nein, da war die Hölle los, die Hütte war voll wie immer. Kommen Sie doch einfach das nächste Mal vorbei.« Sie musterte ihn neugierig. »Würde Ihnen bestimmt gefallen«, entschied sie dann.

»Ja, mal schauen. Also, erklären Sie mir das – nachdem so viel Betrieb war, wie kommt es dann, dass Sie sich trotzdem an den Mann erinnern?«

Sie warf einen genervten Blick zu der rissigen Küchendecke. »Mein Chef war schon richtig sauer deswegen. Der Typ hat mich eine geschlagene halbe Stunde zugetextet und gejammert, er hätte Mist gebaut und wüsste nicht, wie er das je wieder ausbügeln sollte. Keine Ahnung, wovon er eigentlich geredet hat. Ich hatte alle Hände voll zu tun und ihm immer nur mit einem halben Ohr zugehört. Ob er seine Frau betrogen hat oder seinem Chef silberne Löffel geklaut hat – was auch immer, ich kann es Ihnen nicht sagen. Aber er war echt runter mit den Nerven, total durch den Wind. Ist dann auch ziemlich früh gegangen, ich glaube, nach zwölf.«

»Ist er allein gegangen, oder war er in Begleitung?«

Sie zuckte die Schultern. »Weiß ich nicht. Oder doch: Da war eine junge Frau, mit der er kurz geredet hat, die habe ich aber nur aus der Ferne gesehen. Sah so aus, als ob sich die beiden kennen.«

»Können Sie die Frau beschreiben?«, fragte Tilly.

Sie nahm noch einen Schluck von ihrem Espresso. »Normal. Jung, schlank, schulterlange blonde Haare. Sorry, aber als der Typ endlich weg war, musste ich mich ja auch wieder um die anderen Gäste kümmern.«

»Schon klar.« Das Wort »normal« sollte verboten werden, dachte er. Vor allem bei Personenbeschreibungen. Er trank seinen Kaffee aus. Er war stark und bitter – so musste das sein.

Anna Streubel starrte vor sich hin, als ihr plötzlich etwas einfiel. »Warum fragen Sie das eigentlich? Er wirkte zwar ziemlich fertig, aber ich hatte nicht das Gefühl, dass er sich etwas antun würde oder so.« Sie sah ihn bestürzt an. »Was hätte ich denn machen sollen? Ich wusste nicht, dass er … na ja …«

Das Letzte, was Tilly jetzt wollte, war, dass sie sich Vorwürfe machte. »Frau Streubel, machen Sie sich keine Sorgen. Wir suchen ihn als Zeugen wegen einer anderen Sache«, versuchte er sie zu beruhigen. »Sie haben nichts falsch gemacht, im Gegenteil. Sie haben uns schon sehr geholfen. Nachher müssten Sie noch aufs Präsidium kommen und Ihre Aussage aufnehmen lassen. Aber schlafen Sie sich ruhig erst einmal aus, das hat auch noch Zeit bis heute Nachmittag. Und falls Ihnen doch noch etwas einfallen sollte, rufen Sie mich jederzeit wieder an.«

»Ja, mach ich«, versprach sie. »Vielleicht bis bald mal, Herr Kommissar.«

»Vielleicht«, erwiderte Tilly und nickte ihr zu. »Wiedersehen und gute Nacht.«

Tilly verließ die Wohnung. Da er keinen dringenden Termin hatte, beschloss er, am Moselufer entlang zur »neuen Brücke« zu spazieren und von dort aus zurück in die Innenstadt zu laufen.

Es waren nur wenig Leute unterwegs, was ihm nur recht war. Mitten auf der Brücke blieb er stehen und starrte ins Wasser. Oh, Mosella. Die Mosel führte ziemlich viel Wasser, kein Wunder nach dem ganzen Regen der letzten Wochen. Es sah trüb und schmutzig aus, und in den Fluten schwamm alles Mögliche an Treibgut: Äste, Holzlatten, Plastiktüten. Er fragte sich, wie der Einkaufswagen wohl in den Fluss geraten war.

Seine Gedanken wurden von einem heiseren Krächzen unterbrochen. Er blickte nach unten. Auf der Insel unter der Brücke waren Dutzende riesiger, halbkugelförmiger Nester, die aussahen, als seien sie direkt aus dem Treibgut zusammengefriemelt worden. Hunderte Krähen hatten beschlossen, dort eine Kolonie zu gründen. Jetzt hatte ein Bussard den Fehler gemacht, die Kräheninsel zu überfliegen, und zwei Krähen stürzten sich mit ohrenbetäubendem Geschrei auf den Eindringling und vertrieben ihn.

Tilly seufzte und ging weiter. Nirgendwo ließ man ihn in Ruhe seinen Gedanken nachhängen.

***

Steinbachs Vorlesung war noch nicht zu Ende, und Leidinger wollte kein unnötiges Aufsehen erregen, indem er die Vorlesung unterbrach. Daher lehnte er in der offenen Hörsaaltür und lauschte dem Vortrag nicht ohne eine gewisse Faszination. Steinbach sprach gerade über Erdzeitalter und warf dazu bunte Folien an die Leinwand. Das Aussterben der Dinosaurier. Und der Trilobiten, der Ammoniten sowie unzähliger anderer Lebensformen. Man konnte den Eindruck gewinnen, dass überhaupt ziemlich viel gestorben wurde in der Geografie.

»Und nächste Woche sprechen wir über das Massenaussterben am Ende der letzten Eiszeit«, versprach Steinbach gerade den Studenten. »Auf Wiedersehen.« Sein Blick fiel auf Leidinger, der ihm zunickte.

Steinbach schob sich seinen Hut in den Nacken, klemmte seinen Laptop unter den Arm und eilte in großen Schritten die Treppe zur Hörsaaltür hinauf. »Wollten Sie zu mir?«, fragte er reserviert.

»Diesmal nicht. Aber wenn ich schon mal hier bin: Wissen Sie, dass Herr Rausch verschwunden ist?«

»Was heißt verschwunden?«, wollte Steinbach wissen, als ahnte er bereits neues Unheil.

»Seine Studentin, Frau Herwegh, hat ihn als vermisst gemeldet, weil er einen Termin mit ihr versäumt hat. Können Sie sich das vielleicht erklären?«

»Nein, das kann ich nicht. Herr Rausch ist ein erwachsener Mann, und er steckt gerade in einer wichtigen Projektvorbereitung. Vielleicht muss er noch ein paar Feldstudien machen?«

»Das halte ich für eher unwahrscheinlich. Wenn Sie nichts Substanzielles beitragen können … Frau Herwegh? Warten Sie bitte mal einen Moment?«

Karin Herwegh war, ins Gespräch mit einem jungen Mann vertieft, beinahe an ihm vorbeigegangen. Sie drehte sich um:

»Bis nachher, wir sehen uns in der Cafeteria«, verabschiedete sie sich von ihrem Kommilitonen.

»Sie haben angerufen, weil Herr Rausch einen Termin mit Ihnen versäumt hat, richtig?«

»Ja. Und er ist immer noch nicht da.«

Leidinger nickte Steinbach noch einmal freundlich zu, der ein wenig bedröppelt zurückblieb.

Als sie an Grüppchen von Studenten vorbeigingen, grüßte Karin den einen oder anderen, dann drehte sie sich zu Leidinger um. »Meine Pause ist nicht so lange, und ich würde ganz gern zwischendurch eine Kleinigkeit essen. Macht es Ihnen etwas aus, in Richtung Cafeteria zu gehen?«

»Natürlich nicht. Sie haben Herrn Rausch gestern Abend getroffen, ist das richtig?«

Sie lächelte ein wenig gequält. »Gestern Nacht, um genau zu sein. Bei der Open-House-Party. Es ist nicht besonders cool, seinen Prof auf Partys zu treffen.«

»Nein, vermutlich nicht.« Das konnte Leidinger sich vorstellen. Er wollte Abendroth oder Clüsserath auch nicht nach Feierabend sehen. Eine Ausnahme machte er nur bei Jakob Schneider von der Kriminaltechnik, aber der war auch kein Vorgesetzter.

Die Theorie, dass die Herwegh ein Verhältnis mit Rausch hatte, konnte er wohl vorerst streichen. »Aber ein so großer Altersunterschied besteht zwischen Ihnen ja nun nicht, da liegt es doch irgendwie nahe, dass man sich bei Veranstaltungen auch außerhalb der Universität über den Weg läuft.«

»Herr Rausch ist fünf Jahre älter als ich«, erklärte sie milde entrüstet, was zur Folge hatte, dass Leidinger sich augenblicklich so alt vorkam, wie er in Karin Herweghs Augen sicher war. »Aber die Ex-Haus-Partys sind echt berühmt.«

»Um wie viel Uhr haben Sie ihn das letzte Mal gesehen? Ungefähr wenigstens?«

»So gegen zwölf vielleicht. War auf jeden Fall noch früh.«

»Haben Sie miteinander gesprochen?«

»Nur kurz Hallo gesagt. Wäre ja auch peinlich, wenn man so tut, als würde man sich nicht kennen, oder?«, fragte sie mit einem Stirnrunzeln.

»Sicher. Sagen Sie, Frau Herwegh – normalerweise ruft man doch nicht die Polizei, wenn sich jemand eine halbe Stunde verspätet.«

»Aber er wusste, dass wir einen Termin haben«, entgegnete sie verunsichert. »Und nach allem, was hier in letzter Zeit passiert ist …«

»Könnte es nicht sein, dass es einfach bei ihm ein bisschen später geworden ist und er verschlafen hat? Kam das noch nie vor?«

»Doch, das ist schon mal passiert«, gab sie zu.

»Na sehen Sie. Ich bin sicher, Herr Rausch wird gesund und munter wieder auftauchen. Machen Sie sich mal keine Sorgen.«

Sorgen machte Leidinger sich selbst schon genug, und er begann im Kopf bereits mögliche Erklärungen für Rauschs Abwesenheit zu sammeln, keine davon sonderlich beruhigend. Wenn er nicht wirklich einfach verschlafen hatte, was sie schleunigst in Erfahrung bringen mussten, hatten sie ein Problem.

Sie waren während des Gesprächs in der Cafeteria angekommen und begutachteten die Auslage. Karin Herwegh nahm sich ein in Plastikfolie eingewickeltes Käsebrötchen, das in etwa so verlockend aussah wie die in der Kantine des Präsidiums.

»Melden Sie sich bitte, sobald Sie etwas Neues wissen, Frau Herwegh. Aber wahrscheinlich klärt sich bald alles von selber auf.« Er klang wesentlich sicherer, als er war.

»Danke, werde ich machen. Wiedersehen.« Sie ließ ihn stehen und setzte sich zu einer Gruppe Studenten in schlammverkrusteten Wanderklamotten, die ihm neugierige Blicke zuwarfen.

Leidinger fragte sich, welche Erklärung sie ihnen wohl geben würde. Er ließ seinen Blick noch einmal über das deprimierende Brötchenangebot schweifen, entschied sich aber dagegen, als ihn jemand ihn von hinten ansprach. Eine feste, klare Frauenstimme.

»Herr Kommissar, das ist ja erfreulich, dass Sie so schnell kommen konnten.«

Er drehte sich um. »Frau Caspary. Was genau meinen Sie damit?«

»Weil ich eben erst angerufen habe.«

»Tut mir leid, aber ich verstehe nicht ganz: Weswegen haben

Sie angerufen?« Er zog sein Handy aus der Tasche und schaltete es ein. Er hatte es während Steinbachs Vorlesung ausgeschaltet, um sie nicht zu stören. »Ein Anruf in Abwesenheit«, zeigte das Display an.

»Ich habe in der Dienststelle angerufen, weil Ihr Kollege gesagt hatte, ich sollte mich melden, wenn mir irgendetwas auffällt. Dort hat man mir Ihre Handynummer gegeben, aber Sie hatten es wohl ausgeschaltet.«

»Ich war in einem Gespräch. Ist denn etwas passiert?«

Frau Caspary nickte. »Das kann man wohl sagen. Aber ich würde es Ihnen gern in meinem Büro erzählen, nicht hier in der Cafeteria.«

Das Büro sah aus wie bei ihrem ersten Besuch, nur der Stapel mit Ausdrucken war noch höher gewachsen, und es gab noch mehr Bücher.

»Kann ich Ihnen vielleicht etwas zu trinken anbieten, ein Glas Wasser vielleicht oder einen Kaffee?«

»Wasser, bitte.« Er konnte wirklich keinen Kaffee mehr sehen. Unbegreiflich, wie Tilly das Zeug literweise in sich hineinschüttete, und noch dazu von der fragwürdigsten Qualität, ohne auch nur den geringsten Unterschied zu machen zwischen Steinbachs frisch gemahlenem Costa-Rica-Bio-Espresso und der Plörre in der Cafeteria.

Sie stellte das Glas vor ihn hin und setzte sich hinter ihren Schreibtisch.

»Was haben Sie denn beobachtet, Frau Caspary?«

Sie straffte ihre Schultern und sah ihn direkt an.

»Am besten erzähle ich ganz von vorn.«

Er machte eine einladende Geste. »Bitte.«

»Ich habe gestern Abend noch ziemlich lange an den Vorbereitungen für die Tagung gearbeitet, Sie wissen ja, wie so etwas ist. Ich war die Letzte, die ging. Das kommt öfter vor, und normalerweise macht es mir auch nichts aus. Das ganze Gebäude lag schon im Dunkeln – es war nach dreiundzwanzig Uhr. Bis zu meinem Auto war es nicht so weit, vielleicht hundert Meter.« Frau Caspary machte eine Pause, um einen Schluck Wasser zu trinken.

»Ich schließe also gerade den Haupteingang ab und will zu meinem Auto, als ich merke, dass mir jemand folgt. Um diese Uhrzeit und in völliger Dunkelheit. Sie können mir glauben: Ich bin kein besonders ängstlicher Mensch, aber dass ich mich ziemlich beeilt habe, zu meinem Auto zu kommen, können Sie sich sicher denken. Als ich einsteige, sehe ich im Rückspiegel gerade noch einen Schatten und eine rasche Bewegung.«

»Und was haben Sie dann gemacht?«, fragte Leidinger. Eine solche Situation konnte bei den kühlsten Menschen zu Panik führen und damit zu irrationalen Handlungen.

Sie stellte ihr Glas ab. »Die Türen verriegelt und das Auto zurückgesetzt natürlich.«

Leidinger konnte seine Überraschung nicht verbergen. »Aber das war ziemlich gefährlich.«

»Nicht für mich.« Sie sah ihn mit festem Blick an. »Was sollte ich denn machen, den Wachdienst verständigen oder die Polizei rufen? Ich möchte Ihnen nicht zu nahe treten, aber bis Ihre Kollegen hier gewesen wären, hätte sonst was passieren können.«

»Sie hätten die Polizei benachrichtigen und auf die Kollegen warten müssen. Vielleicht wäre es noch möglich gewesen, Spuren zu sichern.«

Sie griff nach ihrer Halskette und drehte sie zwischen den Fingern. »Ja, ich weiß. Sie haben recht, aber ich war einfach durcheinander. Ich war durch die ganze Sache aufgewühlt, und ehrlich gesagt hatte ich auch befürchtet, dass man den Vorfall nicht ernst nehmen würde. Deshalb habe ich bis heute Morgen gewartet und dann direkt in Ihrem Dezernat angerufen. Ich nahm an, dass das zielführender wäre, weil Sie die Sache richtig einschätzen könnten.«

Ja und nein. Im Grunde genommen hatte sie nicht ganz unrecht. Aber es hatte die ganze Nacht geregnet. Was auch immer für Spuren vorhanden gewesen sein mochten – jetzt war mit Sicherheit nichts mehr davon übrig.

Es klopfte zaghaft an der Bürotür. Frau Caspary reagierte nicht. Er fragte sich, ob sie es vielleicht nicht gehört hatte.

»Sprechstunde habe ich montags von neun bis elf. Jetzt ist es Mittwoch, und« – sie sah auf ihre Armbanduhr – »deutlich nach elf. Außerdem unterhalte ich mich gerade mit Ihnen«, erklärte sie.

Das Klopfen wurde energischer. Wer auch immer da draußen stand, war verdammt hartnäckig. Leidinger wartete ab, was passieren würde.

»Entschuldigen Sie.« Sie stand auf, strich ihren Rock glatt und riss die Tür auf. »Bitte?«

»Frau Caspary …« Vor der Tür stand ein Hänfling im Parka und mit Dreitagebart.

»Herr Schmidt, ich bin gerade in einem Gespräch. Gibt es denn etwas Dringendes?« Ihr Tonfall war nicht mehr unfreundlich, sondern sachlich.

Schmidt schaute sie völlig verdattert an. »Ich wollte kurz mit Ihnen reden, wegen der Arbeit.« Er warf einen hilfesuchenden Blick auf Leidinger, als ob er sich Beistand von ihm erhoffte. »Ich kann aber auch später wiederkommen.«

»Ja, das wäre günstig. Gibt es Probleme?«

Der Student nickte hektisch. »Ja, irgendwie schon.«

»Gut. Herr Schmidt, wir reden nachher, in Ordnung? Bringen Sie mit, was Sie haben. Ich bin sicher, wir finden eine Lösung.« Sie sah auf die Uhr. »In einer halben Stunde, ja?«

»Alles klar, vielen Dank.« Röte flammte unter seinen Bartfusseln auf. »Dann bis später.«

Sie lächelte. »Kein Problem, wir bekommen das schon hin. Haben wir ja bis jetzt immer. Nicht, dass Sie noch Schwierigkeiten mit dem Prüfungsamt deswegen bekommen.«

Schmidt machte kehrt. Leidinger sah ihm nach, wie er den Gang entlangschlurfte.

»Meine Diplomanden-Altlast«, erklärte sie, als sie sich wieder setzte, als sei damit alles gesagt. »Martin Schmidt. Bekommt von mir schon die zweite Verlängerung, hat aber wohl immer noch Schwierigkeiten mit der Datenerhebung.«

Leidinger nickte alarmiert. »Käme er für den Vorfall gestern in Betracht?« Verbrechen, wie sie hier an der Uni geschehen waren, riefen gelegentlich Nachahmer und Trittbrettfahrer auf den Plan, die ihre eigenen privaten Konflikte bereinigen wollten.

Sie überlegte. »Es wäre natürlich möglich«, sagte sie langsam,

»aber ich glaube es eher nicht. Er ist im Grunde wohl kein schlechter Mensch, nur noch ein wenig unreif. Und er hat eigentlich keinen Grund, mir etwas zu tun. Immerhin habe ich mich für ihn beim Prüfungsamt eingesetzt.«

»Was ist das Thema seiner Arbeit?«, erkundigte sich Leidinger.

»Düngung, Humusgehalt und Nährstoffauswaschung in unterschiedlichen Bodentiefen und an verschiedenen Standorten. Ein spannendes Thema, aber man kann nie genug Daten erheben. Bis jetzt hatte er leider noch keine ausreichende Grundlage, und die Ergebnisse waren daher überhaupt nicht aussagefähig. Ich bin sehr gespannt, was er mir nachher vorlegt.«

»Können Sie die Person von gestern Abend beschreiben? Ich weiß, es war dunkel – aber vielleicht sind Ihnen irgendwelche Besonderheiten aufgefallen? Oder ganz allgemein Statur, Größe, Alter?«

Sie schüttelte bedauernd den Kopf. »Es war vollkommen finster. Ich kann nur sagen, dass es sich vermutlich um einen Mann handelte, durchschnittliche Größe und Figur – vielleicht ein wenig größer als Sie.«

Leidinger nahm sich vor, Schmidt zu befragen – die Beschreibung könnte passen, und sie mussten alles in Betracht ziehen.

»Danke. Könnten Sie nachher im Präsidium vorbeikommen? Wir müssen Ihre Aussage noch aufnehmen.«

»Das ist heute ganz schlecht, Herr Leidinger, tut mir wirklich sehr leid. Ich komme den ganzen Tag hier nicht mehr weg.«

Die Frau hat Nerven, dachte er mit einer Mischung aus Ärger und Bewunderung. Fährt ohne mit der Wimper zu zucken einen Angreifer über den Haufen, wartet mit der Meldung, bis das zuständige Kommissariat wieder besetzt ist, und macht am nächsten Tag ihre Arbeit, als wäre nichts geschehen.

»Dann schicke ich Ihnen jemanden vorbei.«

»Das ist wirklich sehr zuvorkommend. Ich bin den ganzen Tag hier in meinem Büro anzutreffen.«

»Ich möchte mir noch den Ort des Geschehens ansehen. Ich fürchte, dass nach dem Regen keine Spuren mehr zu sichern sind, aber man kann nie wissen. Ich würde mir gern selber einen Eindruck verschaffen. So viel Zeit haben Sie doch sicher?«

Sie führte ihn aus dem Haupteingang auf den Parkplatz vor dem Flachtrakt. »Genau hier stand mein Auto gestern auch. Ich parke eigentlich immer auf demselben Platz. Wenn man mich beobachtet, findet man das wohl auch ziemlich schnell heraus.«

»Haben Sie den Angreifer denn touchiert?«

»Ich kann es nicht beschwören, aber wahrscheinlich ist er rechtzeitig weggesprungen. Einen Aufprall habe ich jedenfalls nicht bemerkt, sonst hätte ich natürlich nachgesehen. Ich wollte ja niemanden verletzen.«

Am Auto war nichts festzustellen. Es wäre ja auch zu schön gewesen, wenn ein Fetzen einer Jacke oder Hose an der Stoßstange hängen geblieben wäre.

Leidinger sah sich auf dem Boden um. Wie befürchtet, hatte der Regen auf dem Asphalt an Gründlichkeit nichts zu wünschen übrig gelassen. Zwischen Parkplatz und Gebäude war ein schmales Beet mit Rosenstöcken. Er sah genauer hin. Da war etwas. Es war ein flacher, runder Gegenstand aus schwarzem Kunststoff von knapp drei Zentimetern Durchmesser. Er kannte diese Teile, weil sie im Präsidium die gleichen hatten: ein Transponder zum Öffnen und Schließen von Türen.

»Frau Caspary, kommen Sie mal eben her?« Auf Fingerabdrücke musste er keine Rücksicht mehr nehmen – das Ding lag schließlich seit Stunden im Regen –, und so hob er den Transponder einfach auf und hielt ihn ihr hin. Sie sah sich das Fundstück aufmerksam an.

»Ist das vielleicht Ihrer?«

Sie zog die Brauen hoch. »Sicher nicht. Wie wäre ich denn sonst heute Morgen in mein Büro gekommen?«, fragte sie. »Wenn Sie bei der Haustechnik nachfragen, werden die Ihnen aber sagen können, wem dieses Exemplar gehört, die sind ja personalisiert. Möglicherweise hat jemand seinen verloren.«

»Danke. Wo finde ich denn die Haustechnik?«

Sie erklärte es ihm. Natürlich am Campus eins. Er notierte sich Wegbeschreibung und Zimmernummer und bedankte sich.

»Hallo? Ist da jemand?« Die Tür stand weit offen, und Leidinger wartete nicht, bis jemand ihn hereinbat.

Der Haustechniker, den ein gestickter Namenszug als Tomas Severin auswies, war ein stattlicher Mann mit der vertrauenerweckenden »Ich kümmere mich um alles«-Hausmeister-Ausstrahlung, einem grauen Arbeitskittel und dem obligatorischen Zollstock in der Tasche. Er streckte Leidinger die Hand hin. »Severin. Was ist denn das Problem?«, fragte er freundlich.

»Ich habe einen Transponder gefunden und müsste wissen, wem er gehört.«

Severin nahm Leidinger das Gerät aus der Hand und betrachtete es aus knapp zwei Zentimetern Abstand mit zusammengekniffenen Augen. Dann schüttelte er den Kopf. »Wird auch immer schlimmer«, konstatierte er. Leidinger hätte ihm da fast ohne Einschränkungen zugestimmt.

»Momentchen, das haben wir gleich.« Er holte eine Lupe aus der Schublade seiner Werkbank und untersuchte den Transponder genauer. »Haben Sie einen Zettel? Die haben alle eine eigene Nummer, da kann man leicht feststellen, wem das spezielle Teil gehört.«

Leidinger riss eine Seite aus seinem Notizbuch. Severin kritzelte eine Nummer hin und gab ihm Zettel und Transponder zurück. »So, mit der Nummer müssen Sie jetzt zur Frau Welter von der Hausverwaltung. Ich repariere nur die Schlösser.« Er lachte. »Die Dame sitzt ein Stockwerk über mir.«

»Danke für Ihre Hilfe.«

»Keine Ursache.« Er tippte sich an die nicht vorhandene Mütze. »Immer gern.«

Frau Welters Büro zu betreten war wie eine Zeitreise in die siebziger Jahre. Das würde Tilly gefallen, dachte Leidinger. Vor allem die Gummibäume und die Makramee-Eule im Fenster. Aber trotz der altmodischen Atmosphäre beherrschte die Dame die technischen Anforderungen einer modernen Hausverwaltung spielend. Ein paar Klicks, und sie beschied Leidinger: »So, hier haben wir den Eigentümer.«

»Wer ist es?«

»Der Name ist Rausch, Christian. Fachbereich VI. Richten Sie ihm bitte aus, dass er auf seine Sachen das nächste Mal besser aufpassen soll.«

»Das werde ich tun«, versprach Leidinger, wohl wissend, dass der Verlust des Transponders momentan Rauschs geringstes Problem sein dürfte. »Danke, Frau Welter.«

Als er über den Parkplatz ging, versuchte er das, was Karin Herwegh und Saskia Caspary ihm erzählt hatten, mit der neuen Information von Frau Welter in Einklang zu bringen. Den Langzeitstudenten Schmidt konnte er also erst einmal als Verdächtigen streichen.

Leidinger war sich sicher, dass Rausch ihnen einige Antworten liefern könnte, wenn sie ihn endlich in die Finger bekämen. Aber er fürchtete, dass die vage Beschreibung von Frau Caspary nicht ausreichen würde, um einen Haftbefehl für ihn zu bekommen, Transponder hin oder her. Dann blieb nur, Rausch als Zeugen zu suchen. Mit Hochdruck. Und für eine Handy-Ortung müsste es reichen, davon könnte er Clüsserath überzeugen.

In dem Moment klingelte sein Handy. Schneider, der Kriminaltechniker, war dran und klang äußerst aufgeregt. »Ich habe gerade eure Bodenproben unterm Mikroskop.«

»Ja, und?«, fragte Leidinger ungeduldig.

»Das krabbelt und wuselt nur so vor Viechern«, erklärte er.

»Ich weiß, das ist jetzt viel verlangt, aber kannst du mir sagen, was für Viecher?«

Schneider stieß die Luft aus. »Keine Ahnung, ich bin kein Zoologe. Ich sitze hier gerade mit den Bestimmungsbüchern, aber das dauert noch. Weißt du, wie klein diese Bodenmilben sind?«

Leidinger spürte ein leichtes Kribbeln auf der Kopfhaut. »Doch, ja.«

»Ich melde mich, wenn ich mehr weiß, okay?«, versprach Schneider und beendete die Verbindung. Er hielt sich nicht mit unnötigen Floskeln auf.

Transponder … ihm fiel etwas ein. Sie hatten im Präsidium ebenfalls ein elektronisches Schließsystem. Als es eingeführt wurde, war man sehr stolz darauf gewesen, dass nun jedes Öffnen und Schließen einer Tür registriert und in einer Datei gespeichert wurde. Wenn das an der Universität genauso war, dann konnten sie leicht herausfinden, wann mit Rauschs Transponder welche Türen geöffnet wurden.

Wenn Steinbach sich an ihren Rat gehalten und die Mitarbeiter angewiesen hatte, ihre Türen immer verschlossen zu halten, dann waren eine Menge digitaler Spuren hinterlassen worden. Diese Transponder waren fast so gut wie eine elektronische Fußfessel. Diesmal sparte er sich eine mühselige Recherche auf der Homepage der Universität und rief bei der Telefonzentrale an.

»Guten Tag, verbinden Sie mich bitte mit der Hausverwaltung? Danke!«

Für Elise, in der Kinder-Keyboard-Version. Schräg. Und lang. Sehr lang. Als er gerade wieder auflegen wollte, meldete sich Frau Welter.

»Leidinger noch mal. Frau Welter, Sie haben doch sicher die Transponder-Logfiles der letzten drei Tage. Für Campus zwei.«

»Geht es vielleicht etwas genauer?«, fragte sie müde. »Wissen Sie, wie viele Türen das sind?«

Leidinger hatte eine recht gute Vorstellung davon, wenn er sich die verschlungenen Gänge in Erinnerung rief. »Ja, es geht ziemlich genau. Wir brauchen die Daten von Christian Rausch.«

Frau Welter lachte auf, und es war kein nettes Lachen. »Also, so geht das nun nicht. Ich kann die Daten nicht nach Personen aufschlüsseln. Das verstößt gegen den Datenschutz. Da hätten Sie ja ein komplettes Bewegungsprofil.«

Ja, eben das war der Plan dahinter … »Aber Sie haben die doch ohnehin digital vorliegen, oder nicht?«

»Haben Sie dafür überhaupt eine Handhabe?«, wollte sie wissen.

»Frau Welter, ich habe dazu jede Handhabe, die ich brauche. Wir hatten in den letzten beiden Wochen hier zwei Tote, und ein weiterer Mitarbeiter liegt immer noch auf der Intensivstation im Brüderkrankenhaus, was Ihnen ja nicht entgangen sein dürfte. Herr Rausch, der Geograf, dem der Transponder gehört, wird seit gestern vermisst. Ich brauche so schnell wie möglich die Logfiles, um noch schlimmeres Unglück zu verhindern. Sonst mache ich Sie persönlich dafür verantwortlich.«

Stille am anderen Ende der Leitung. »Sie müssen mir nicht drohen, Herr Leidinger. Diesen Ton verbitte ich mir. Ich suche

Ihnen die Daten selbstverständlich heraus und brenne Ihnen dann eine CD.«

Na also, ging doch. Musste man denn immer erst laut werden? »Sehr schön. Mein Kollege kommt nachher vorbei und holt sie ab.«

»So schnell geht das leider nicht. Ich versuche, es bis morgen fertig zu machen, aber das ist ein Riesenwust an Daten. Wenn ich Ihnen die nicht einigermaßen verständlich aufbereite, helfen sie Ihnen überhaupt nicht weiter. Lassen Sie mir doch bitte bis morgen Zeit.«

Der überhebliche Unterton war jetzt aus ihrer Stimme verschwunden, sie klang eher besorgt. Wahrscheinlich hatte sie recht, und es würde ihnen mehr nützen, als jetzt auf der Stelle eine unübersichtliche Menge an Rohdaten zu bekommen, die sie dann mühsam aufdröseln mussten. Daher begnügte er sich damit, sie noch einmal zu erinnern: »Frau Welter, bitte beeilen Sie sich damit.«

»Sie bekommen die Daten, so schnell es geht, versprochen. Ich melde mich bei Ihnen, sobald ich damit durch bin. Spätestens morgen früh.«

Leidinger bedankte sich und legte auf. Frau Murnaus Worte fielen ihm wieder ein. Die Nerven schienen mittlerweile bei allen blank zu liegen. Was mit seinen Nerven war, interessierte natürlich niemanden. Aber er nahm ja auch an keiner Exzellenz-Initiative teil, sondern versuchte nur, eine Mordserie aufzuklären. Er wählte Tillys Nummer.

»Bo, fahr du doch mal zu Rausch und sieh dir seine Wohnung an. Er wohnt in Olewig, Auf der Hill. Vielleicht ist er ja mittlerweile zurückgekommen und schläft sich aus.«

***

Rausch wohnte in einem der Mehrfamilienhäuser aus den siebziger Jahren. Tilly suchte seinen Namen auf dem Klingelschild. Er klingelte ausdauernd, damit Rausch ihn auch dann hörte, wenn es gestern später geworden war. Wie er allerdings schon halb erwartet hatte, öffnete niemand. Auch beim zweiten Versuch keine Reaktion. Entweder schlief er sehr fest oder war nicht zu Hause. An die dritte Möglichkeit mochte er vorerst nicht denken.

»Zu wem wollen Sie denn?« Ein älterer Mann im Trainingsanzug, der gerade dabei gewesen war, Unkraut in den Pflasterritzen vor dem Haus mit einem Flammenwerfer zu vernichten, stand plötzlich neben ihm und musterte ihn misstrauisch.

»Ich möchte zu Herrn Rausch.«

»Der ist nicht da. Was wollen Sie denn von ihm?«, fragte der Unkrautvernichter, ohne den Flammenwerfer auszuschalten.

»Das würde ich gern mit ihm persönlich besprechen, Herr ...«

»Trierweiler. Ich bin der Hausmeister.«

»Angenehm. In dem Fall: Tilly, Kripo Trier. Sie haben doch sicher einen Schlüssel zu Herrn Rauschs Wohnung?«

Er nahm Tillys Ausweis entgegen und studierte ihn aufmerksam. Dann gab er ihn zurück. »Kriminalpolizei?«, fragte er zweifelnd. »Hat er was angestellt?«

»Er wird vermisst. Wann haben Sie ihn denn das letzte Mal gesehen?«

»Ach«, meinte Trierweiler wegwerfend. »Wann war das ... gestern Abend ist er wieder losgezogen. Der brezelt sich ja immer auf, das ist nicht zu glauben. Für einen Mann ... aber was heutzutage Männlein und Weiblein ist, kann man ja schon gar nicht mehr sagen.« Er warf Tilly einen vielsagenden Blick zu. »Der ist bestimmt irgendwo versumpft. Oder nicht in seinem eigenen Bett aufgewacht, wenn Sie verstehen.«

Durchaus. War schließlich nicht unbedingt subtil, die Andeutung. »Wie auch immer, ich würde mir seine Wohnung gern ansehen. Wenn Sie die Güte hätten, mir aufzuschließen? Und machen Sie endlich diesen Flammenwerfer aus, bevor Sie jemandem die Füße versengen.«

Trierweiler schaltete das Gerät aus, und die Flamme erstarb mit einem Fauchen. »Na dann kommen Sie mal mit hoch. Zweiter Stock.«

Er schloss Tilly die Tür auf und machte Anstalten, ihm in die Wohnung zu folgen.

»Ich sage Ihnen dann Bescheid, wenn ich fertig bin, damit Sie wieder abschließen können.«

Trierweiler blieb in der Tür stehen.

»Sie können dann weitermachen, vielen Dank«, sagte Tilly nachdrücklich.

Jetzt hatte er verstanden und zog beleidigt ab. Blockwarte, wie man sie kannte und liebte. Tilly konzentrierte sich auf seine Arbeit.

So richtig interessant war das hier alles nicht. Typische Junggesellenwohnung, inklusive des benutzten Geschirrs in der Spüle. Hoffentlich blieb Rausch nicht allzu lange verschwunden, denn sicher war es nicht gerade angenehm, wenn ein Berg verschimmelter Teller in der Küche auf einen wartete. Und hoffentlich war das sein größtes Problem.

Das Bett war ungemacht, man konnte beim besten Willen nicht sagen, wann das letzte Mal jemand darin geschlafen hatte. Er musste grinsen. Leidinger würden sich beim Anblick dieser Wohnung sicherlich die Zehennägel aufrollen. Aber wenigstens wussten sie jetzt, dass Rausch nicht tot im Badezimmer lag, das war immerhin ein schwacher Trost. Man musste ja für alles dankbar sein.

Als er aus der Wohnungstür trat, stieß er mit Trierweiler zusammen. »Herrgott, passen Sie doch auf!«

Trierweiler hatte ein Paket unter dem Arm, das er Tilly in die Hand drückte. »Hier. Das ist das letzte Mal, dass ich für den Herrn Doktor ein Paket angenommen habe, das können Sie ihm ausrichten.«

»Was soll ich denn jetzt damit?« Er wollte das Päckchen zurückgeben, aber Trierweiler hatte die Arme vor der Brust verschränkt und verweigerte die Annahme.

»Ja, soll ich es vielleicht mit aufs Präsidium nehmen oder was?«

»Mir egal, Hauptsache, Sie holen es mit.«

Irgendwas würden sie schon mit dem Päckchen anfangen.

»Was ist das für ein Paket?«, fragte Leidinger misstrauisch. »Du weißt, dass du nicht einfach Rauschs Post beschlagnahmen darfst.«

»Ich hab sie überhaupt nicht beschlagnahmt«, verteidigte sich Tilly. »Der Blockwart von dem Haus, in dem Rausch wohnt, wollte es partout loswerden. Jetzt ist es praktisch ein Beweisstück.«

Leidinger war nicht überzeugt: »Und was machen wir hier damit? Wir dürfen es nicht öffnen. Im Grunde genommen dürfen wir es noch nicht einmal *haben*. Eigentlich müssten wir es auf der Stelle zur Staatsanwaltschaft bringen.« Er stutzte. »Hast du das auch gehört?«

»Was?«

»Das kam aus dem Paket. Es kratzt.« Sie lauschten beide aufmerksam. Es scharrte erneut.

»Wenn wir das jetzt aufmachen, ist das Gefahr im Verzug, oder?«, fragte Tilly unschuldig. »Wer weiß, was passiert, wenn wir es *nicht* aufmachen.«

Es war alles Mögliche, darunter ein Verstoß gegen mindestens fünf Dienstvorschriften. Warum dann nicht auch Gefahr im Verzug? »In Ordnung«, entschied Leidinger widerstrebend und drückte Tilly seinen Brieföffner in die Hand. »Mach es auf. Und du erklärst das Clüsserath.«

»Ich?«

»Ja. Ich habe schon die Proben bei den Giftfröschen genommen. Jetzt bist du dran. Denk dran, Gefahr im Verzug – also los!«

Tilly nahm den Brieföffner und schlitzte das Klebeband auf. Vorsichtig klappte er die Laschen auseinander. Im Karton war eine Styroporverpackung, in der etwas Schwarzes auf dem Rücken lag, mit vier schuppigen Beinchen paddelte und sie mit dieser Mischung aus Verzweiflung und Verachtung ansah, wie es nur Reptilien können. Tilly starrte zurück. Sprachlos.

»Schau dir das an.«

Leidinger beugte sich über den Karton. »Das ist eine Schildkröte«, rief er unnötigerweise aus. »Was machen wir denn mit der?«

»Wolltest du sie nicht eben noch zur Staatsanwaltschaft bringen?«

»Unbedingt, Clüsserath wird begeistert sein. Ich rufe im Tierheim an und frage nach, ob sie Schildkröten aufnehmen.«

»Das kannst du doch nicht machen, so wie sie dich anschaut. Aber in der Styroporbox kann sie auch nicht bleiben.« Tilly nahm sie vorsichtig heraus und ließ sie fast auf der Stelle wieder fallen. »Au! Mistviech, dreckertes! Die hat mich in den Finger gebissen.«

»Vielleicht will sie doch lieber im Karton bleiben?«

Tilly setzte sie ein wenig unsanft wieder in ihre Verpackung zurück. Sie zog erst einmal Kopf und Beine in ihren flachen, glänzenden Panzer ein. Gut. Dann konnte sie wenigstens nicht beißen.

»Ich organisier jetzt eine Wanne oder so was. Das müsste fürs Erste reichen. Und dann finden wir heraus, was es mit dem Viech auf sich hat.« Er stand auf und schlug die Tür hinter sich zu.

Als er mit einer orangen Plastikwanne in der Hand zurückkam, hatte Leidinger einen Fetzen Papier in der Hand.

»Ich wusste gar nicht, dass man Schildkröten mit der Post verschicken kann, noch dazu durch halb Europa. Die kommt aus Ungarn.«

Was machte eine ungarische Schildkröte in ihrem Büro? Oder, einen Schritt zurück: Was machte sie in Rauschs Wohnung?

Da Herr Rausch ihnen das gerade leider nicht persönlich erklären konnte, beschloss Tilly, Frau Herwegh zu fragen, und griff zum Telefon.

»Frau Herwegh! Tilly hier. Ich wollte mal nachfragen, ob Sie inzwischen etwas von Herrn Rausch gehört haben.«

»Immer noch nicht.« Besorgnis schwang in ihrer Stimme mit. »Ich hätte mich sonst schon gemeldet.«

»Das ist ehrlich gesagt nicht der einzige Grund, warum ich anrufe. Wir waren in Herrn Rauschs Wohnung. Leider war er nicht da, aber der Hausmeister hat uns ein Paket für ihn mitgegeben. Ich will es kurz machen: Auf meinem Schreibtisch steht gerade eine Plastikwanne mit einer Schildkröte. Können Sie mir vielleicht irgendwas dazu sagen?«

Schweigen am anderen Ende.

»Frau Herwegh?«

»Ja, ich höre. Ich kann Ihnen gar nichts dazu sagen, fürchte ich. Was ist es denn für eine Schildkröte?«

»Nass und bissig.« Tilly betrachtete seinen Finger, von dem einzelne Blutstropfen fielen. »Können Schildkröten eigentlich Tollwut haben?«

»Nur Salmonellen«, erwiderte Frau Herwegh trocken. »Sind da irgendwelche Papiere dabei?«, fragte sie.

»Moment.« Er hielt die Sprechmuschel zu. »Bernd, waren da irgendwelche Papiere in dem Karton?«

»Hier sind ein paar aufgeweichte Zettel. Auf Ungarisch.« Leidinger hielt ein nasses Blatt Papier hoch.

Tilly sprach wieder in den Hörer: »Was für Papiere meinen Sie denn? Das ist alles auf Ungarisch.«

»Ungarn, warten Sie mal, das ist EU. Dann braucht sie keine Ein- und Ausfuhrgenehmigung.«

Klasse, wenigstens war sie im Gegensatz zu Steinbachs Fröschen nicht illegal eingereist, das war doch schon mal etwas. Würde die Bundespolizei sicher freuen.

»Aber sie braucht natürlich ein Personaldokument«, erklärte Karin Herwegh.

»Einen Perso? Für eine Schildkröte?« Das war ja äußerst faszinierend. Er stellte sich den Termin beim Fotografen vor: Bitte nicht lächeln. Schauen Sie möglichst neutral!

»So was in der Art. Einen Nachweis ihrer Identität – mit biometrischen Fotos, aber selbstverständlich nicht vom Gesicht, sondern vom Panzer. Jeder Schildkrötenpanzer ist einzigartig und hat ein unverwechselbares Muster. Nur mit einem solchen Dokument ist der Import und die Haltung vollkommen legal.«

Ein biometrischer Schildkröten-Personalausweis. Das war schlichtweg das Absurdeste, was er bis jetzt gehört hatte. »Aber warum?«

»Damit man sicher sein kann, dass es sich um ein Tier handelt, das schon in Gefangenschaft geschlüpft ist und nicht der Natur entnommen wurde. Das ist nämlich streng verboten, in Ungarn genauso wie hier. Mit diesem Dokument geht man dann zur zuständigen Naturschutzbehörde und meldet sie an.«

»Nein, ich meinte eher, warum man sich so ein Viech aus Ungarn schicken lässt.«

»Ich habe keine Ahnung«, gab sich Karin Herwegh plötzlich sehr zugeknöpft.

Er ließ das vorerst einmal so stehen. »Eine Frage noch: Was fressen diese Schildkröten denn so?«

»Regenwürmer, Schnecken ... im Grunde alles, was ins Maul passt.«

Tilly bedankte sich und trennte die Verbindung.

»Wo wir gerade dabei sind: Ich rufe jetzt Schneider an und frage ihn nach den Bodenproben«, erklärte Leidinger.

Schneider nahm sofort ab: »Du rufst wegen der Bodenproben an?«

Jakob Schneider, wie er leibte und lebte. Warum sich mit einem »Hallo« melden, wenn man die Nummer des Anrufers auf dem Display erkannte. »Bist du vielleicht wenigstens ein bisschen weitergekommen?«, fragte Leidinger.

»Schon«, erwiderte Schneider vieldeutig.

»Jakob, was hast du in Erfahrung gebracht?«

»Weißt du, wie winzig die Biester sind?«, meinte Schneider. »Und die sind in keinem Bestimmungsbuch drin, das ich hier zur Verfügung habe.« Er machte eine Pause. »Deswegen habe ich Bilder an den Kurator des Exotariums im Frankfurter Zoo geschickt. Wenn sich jemand mit Insekten auskennt, dann der.«

»Und?«

»Alles südamerikanische Arten.«

»Ist das sicher? Irrtum ausgeschlossen?«, fragte Leidinger hastig.

»Sicher ist das sicher, der Kurator ist *der* Insektenexperte in Deutschland. Der hat das jahrelang studiert. Enger konnte er es wegen des großen Verbreitungsgebietes allerdings auch nicht eingrenzen.«

Wieder spürte Leidinger dieses Kribbeln. Ein jahrelanges Studium von Bodenmilben. Er schüttelte sich innerlich. Gut, dass es Leute gab, die so etwas freiwillig machten.

»Danke«, sagte er, aber Schneider hatte schon aufgelegt.

»Wir haben etwas Neues«, teilte er Tilly mit, der gerade versuchte, sich mit der Schildkröte anzufreunden, und ihr kollegial auf den Panzer klopfte. »Schneider meint, die Bodenproben müssen aus Südamerika sein. Die Bodeninsekten sind diejenigen, die die Frösche giftig machen.«

»Also hat jemand dafür gesorgt, dass die Importfrösche auch

giftig bleiben, raffiniert«, sagte Tilly anerkennend. »Und gut für uns. Dann müssen wir jetzt nur noch herausfinden, wer von den Geografen in letzter Zeit in Südamerika gewesen ist.«

Wenn es weiter nichts ist, dachte Leidinger. »Vier Monate. Flugdaten für die letzten vier Monate. Für einen ganzen Kontinent. Und für einen Personenkreis, den wir nicht einmal ansatzweise eingrenzen können.«

Tilly blickte auf. »Wir können ihn eingrenzen. Wie viele Mitarbeiter hat der Fachbereich? Nicht mehr als zwanzig, dreißig Leute. Den hat's ja schon ganz schön dezimiert.«

»Und die Studenten? Und die Freunde von Mitarbeitern und Studenten? Vergiss es. Wir fragen Georg Schulz, Rausch, Caspary und Steinbach ab. Vielleicht haben wir Glück.« Er fürchtete, dass sie Glück ganz dringend brauchen konnten.

»Was ist mit der Ortung von Rauschs Handy?«, fragte Tilly.

»Läuft, dauert aber noch. Ich habe auch eine rückwirkende Feststellung beantragt, von Dienstag an. Damit wir ein möglichst lückenloses Profil haben. Clüsserath hat erstaunlicherweise sofort zugestimmt. Übrigens habe ich die Transponderdaten von Frau Caspary ebenfalls herausgesucht. Nur so zur Kontrolle. Wir haben nichts gefunden, was ihre Aussage widerlegt hätte. Sie ist wirklich bis dreiundzwanzig Uhr achtundfünfzig im Gebäude geblieben. Hast du mir zugehört?«, fragte Leidinger.

Tilly starrte auf den Computerbildschirm und summte eine Melodie. Anscheinend dachte er nach.

DONNERSTAG

Tilly saß an seinem Computer, hatte Kopfhörer aufgesetzt und vertrommelte mit dem Kugelschreiber einen komplizierten, versetzten Rhythmus auf die Aktenstapel. Bei jedem siebten oder achten Schlag tippte er den geschliffenen grünen Kristall an, der dadurch gefährlich ins Schwanken geriet. Er hatte die Augen halb geschlossen. Entweder war er hoch konzentriert, oder aber er war in einen Trancezustand gefallen. Leidinger konnte sich noch nicht entscheiden, ob er es wagen sollte, ihn anzusprechen.

Tilly kam ihm zuvor: »Wir haben endlich Rauschs Handy gefunden. Das glaubst du nie.«

»Wo denn?«, fragte Leidinger.

»In Luxemburg, am Flughafen. Anscheinend hat er sich doch abgesetzt.« Tilly runzelte die Stirn. »Da war er aber schnell.«

»Schneller als wir jedenfalls. Das ist schlecht. Ganz schlecht.« Es bedeutete das ganz große Programm: Großfahndung, internationalen Haftbefehl beantragen, Rechtshilfeersuchen … Halt.

»Wie konnten sie das Handy denn eigentlich in Luxemburg orten?« Soweit er wusste, war noch kein Rechtshilfeersuchen gestellt worden.

»Was?«

»Du hast mich schon verstanden. Wie konnten die Kollegen das Handy von Rausch in Luxemburg orten, ohne Rechtshilfeersuchen?«

»Tja. Also. Ich habe moderne Ermittlungsmethoden eingesetzt.«

»Du hast was getan?«, fragte Leidinger verständnislos.

»Das Internet«, erklärte er. »Nachdem die Kollegen ihn nicht gefunden haben, dachte ich, ich kümmere mich vielleicht besser selber drum.«

»Was genau hast du gemacht?«, wollte Leidinger wissen.

»Es gibt so Seiten im Internet, da kannst du ein Handy orten lassen, wenn du die Telefonnummer eingibst.«

Leidinger schloss die Augen. »Das ist illegal.«

»Nicht wirklich«, verteidigte sich Tilly. »Das ist Gefahr im Verzug.«

»Nein. Auf keinen Fall.« Er atmete tief durch. »Du kannst so was doch nicht eigenmächtig machen. Abgesehen von dem Ärger mit den Luxemburgern, wie willst du das denn der Staatsanwaltschaft erklären?«

Tilly zuckte die Achseln. »Eigentlich gar nicht, ich wollte das erst mal inoffiziell checken. Das spart uns total viel Zeit – ich sag doch: Gefahr im Verzug. Und jetzt kannst du auf der Stelle zu Clüsserath, und der kann sein Rechtshilfeersuchen stellen.«

»Ja, und was soll ich dem sagen, ohne dass wir beide ein Disziplinarverfahren bekommen? Du kannst nicht immer, wenn du keine Lust hast, einen Antrag zu stellen, einfach behaupten, dass Gefahr im Verzug besteht.« Es lag sonst nicht in seiner Natur, laut zu werden, aber jetzt war ein guter Anlass.

»Hör mal, ich wusste nicht, dass du das so schlimm findest.«

»Es geht nicht darum, was ich schlimm finde«, erklärte Leidinger. Wollte Tilly ihn nicht verstehen? »Das ist illegal. Gefahr im Verzug ist das allemal nicht. Auf keinen Fall gehe ich damit zur Staatsanwaltschaft. Und du auch nicht. Lass mich erst nachdenken.«

Sie konnten behaupten, einen anonymen Hinweis bekommen zu haben. Das könnte gehen. Oder eine spontane Eingebung. Aber Clüsserath glaubte nicht an spontane Eingebungen, und kriminalistischer Intuition misstraute er zutiefst.

»Sag einfach, jemand hat uns einen Hinweis zukommen lassen«, schlug Tilly vor.

»Darauf bin ich auch schon gekommen. … Das mit der Schildkröte war schon schlimm genug.«

Der Staatsanwalt war seit der Schildkrötensache nicht mehr sonderlich gut auf sie beide zu sprechen. Obwohl Leidinger das Tier schließlich nicht beschlagnahmt hatte. Er hatte noch nie gegen irgendwelche Vorschriften bei Hausdurchsuchungen oder Beschlagnahmen verstoßen, und dann ausgerechnet das. Und dass Tilly Clüsserath freundlich angeboten hatte, die Schildkröte in seinem Dienstzimmer vorbeizubringen, hatte auch nicht gerade geholfen.

Er beobachtete sie, wie sie in der orangefarbenen Plastikwanne herumpaddelte. Über der Wanne hatte Tilly eine sehr helle Lampe befestigt, unter der sie sich von Zeit zu Zeit auf einer Schieferplatte sonnte, ihren Panzer trocknen ließ und die Beinchen in die Luft streckte. Man konnte nur schwer sagen, ob sie sich wohlfühlte. Ihr biometrischer Gesichtsausdruck verriet nichts. Jedenfalls fraß sie anstandslos die Regenwürmer aus dem Angelladen, mit denen Tilly sie fütterte, was vermutlich ein gutes Zeichen war.

Was wollte Rausch mit der Schildkröte? Hoffentlich hatte er bald Gelegenheit, ihn das zu fragen, und er war nicht schon auf direktem Weg nach Costa Rica. Leidinger hegte starke Zweifel an der Zuverlässigkeit der dortigen Exekutive, nach dem zu urteilen, was er von Steinbach erfahren hatte.

»Ich rufe Clüsserath an und berichte ihm von unserem anonymen Hinweis«, bot sein Kollege an.

Leidinger nickte wortlos. Er rief währenddessen die Flugpläne des Luxemburger Flughafens auf und machte eine Liste der Flüge, die theoretisch in Frage kamen. Das Telefongespräch verfolgte er nur am Rande. Es verlief eher einseitig: Sein Kollege war erstaunlich still und gab nur gelegentlich bestätigende Kommentare ab.

Tilly legte den Hörer unsanft auf. »Ja, mein Gott. Was ist mit dem Mann eigentlich los? Der hat vielleicht getobt, meine Güte. Meinte, wir hätten ihn von Anfang an nicht genügend in die Ermittlungen mit einbezogen. Und hat mich gefragt, ob ich mich über ihn lustig machen wollte, wegen der Schildkröte. Ich wollte sie ihm nur vorbeibringen, weil sie ja ein Beweisstück ist und wir sie zu Unrecht beschlagnahmt haben. Wollte er aber auch nicht.«

Leidinger lächelte schwach. Clüsserath besaß absolut keinen Sinn für Humor, deswegen verdächtigte er ständig alle und jeden, ihn auf den Arm zu nehmen. Wobei er das in diesem speziellen Fall nicht einmal sicher ausschließen mochte.

»Dann können wir jetzt nichts tun außer warten, bis die Luxemburger sich offiziell melden?« Diese Aussicht gefiel Leidinger überhaupt nicht.

»Wir könnten einen Ausflug nach Luxemburg machen. Ich bräuchte noch Kaffee«, schlug Tilly unternehmungslustig vor.

»Denk nicht mal dran.« Leidinger warf ihm einen warnenden Blick zu.

»Wie sieht es mit den Passagierlisten aus?«, fragte Tilly schnell.

Sie hatten kein Glück: Weder Rausch noch Schulz noch Caspary waren in den letzten Monaten nach Südamerika geflogen. Lediglich Steinbach, aber das wussten sie ja bereits von ihm selbst.

Etwas weniger unübersichtlich waren die Daten, die sie von Frau Welter erhalten hatten. Sie hatte Wort gehalten und die Transponder-Logfiles am Morgen geschickt – so aufbereitet, dass sie sie direkt mailen konnte, statt sie auf CD zu brennen. Und sie hatte recht gehabt: Die Logfiles waren als Rohdaten völlig unverständlich. Aber so, wie Frau Welter sie aufbereitet hatte, boten sie ein einigermaßen nachvollziehbares Bild von Rauschs letzten dokumentierten Bewegungen.

»Er hat sein Büro morgens um acht Uhr dreiundzwanzig betreten. Er schließt die Tür um dreizehn Uhr vier ab und um dreizehn Uhr sechsundvierzig wieder auf. Mittagspause vermutlich. Schlüssig, so weit. Um sechzehn Uhr zwölf verlässt er das Gebäude. Feierabend.« Leidinger sah hoch.

»Irgendwie bringt uns das aber nicht weiter. Daran ist nichts verdächtig. Außer, dass er spät kommt und früh geht, und das, wo er sich auf eine so wichtige Tagung vorbereiten muss. Frau Caspary bleibt fast bis Mitternacht, und Rausch geht um vier und hat noch Zeit für Partys. Das Einzige, was an harten Fakten bleibt, ist, dass der Transponder am Tatort lag.«

Tilly überprüfte gerade zum dritten Mal heute seinen E-Mail-Posteingang.

»Hat das nicht Zeit bis später? Ich versuche, dir wichtige Ermittlungsergebnisse mitzuteilen.«

»Ja, sorry. Ich habe gerade eine Mail bekommen, von den Nerds. Die haben das Passwort für Hoffmanns Dateien endlich geknackt. Das war anscheinend etwas komplizierter. Schau selbst.«

Leidinger warf einen Blick auf Tillys Bildschirm und sah,

ohne auch nur das Geringste zu verstehen, ein Tabellenblatt mit unglaublich vielen Zahlen, die in Zeilen und Spalten untereinanderstanden. Zu Hunderten. Sie waren teilweise farbig unterlegt, einige waren mit Ausrufezeichen versehen, andere waren in grelles Rot gehalten. Was sie bedeuteten oder wie sie ihnen möglicherweise weiterhelfen würden, war noch absolut unklar, aber es war immerhin neuer Input. Damit konnte man arbeiten. Damit mussten sie arbeiten, denn viel mehr hatten sie schließlich nicht.

»Was sind das alles für Zahlen?«

Tilly zuckte mit den Schultern. »Was fragst du mich das?«

»Es war eine rhetorische Frage. Was mag an diesen Tabellen bloß so wichtig sein, dass Hoffmann sie dermaßen gesichert hat?«

»Öffne mal die andere Datei.«

Leidinger klickte sie an. Es war ein PDF-Dokument. Darin stand seitenweise Text, der sich sehr wissenschaftlich ausnahm. Er las etwas von Extrapolieren, Glätten und Standardabweichungen. Auch dieses Dokument war mit Balkendiagrammen illustriert, die ihm das Verständnis allerdings nicht unbedingt erleichterten. »Ich verstehe das alles überhaupt nicht«, gab er schließlich zu.

»Dann müssen wir wohl jemanden fragen, der sich mit so was auskennt.«

»Denkst du an jemand Bestimmten?«

Tilly hatte sich schon das Telefon geangelt.

»Hallo, verbinden Sie mich bitte mit Brigitte Murnau. … Welcher Fachbereich? Geologie, glaube ich. Nein. Halt. Warten Sie. Botanik … Ja, danke, ich warte. … Frau Murnau, hier ist Tilly, von der Kripo. Freut mich sehr, Sie zu sprechen. Sagen Sie – ich weiß, Sie haben sicher sehr viel zu tun im Moment, aber dürften wir Sie wohl trotzdem um einen Gefallen bitten? Es wäre wirklich ausgesprochen wichtig. Sie könnten sich eine Datei anschauen und mir sagen, was drin steht beziehungsweise was das bedeutet. Kann ich sie Ihnen zuschicken? … Ja, ich schreibe mit. … Danke schön, besten Dank, Frau Murnau!« Er legte auf. »Nettes Mädel.«

Leidinger grinste. Für Tilly war praktisch jede Frau unter fünfzig ein »nettes Mädel«. Eigentlich auch die Frauen über fünfzig, mit Ausnahme von Frau Lörke. »Lass das mal nicht Vroni hören.«

Er war sich nicht sicher, ob es mit den Dienstvorschriften in Einklang zu bringen war, der Murnau die rätselhaften Dateien zu schicken. Aber ihm fiel beim besten Willen sonst niemand ein, der ihnen mit diesen Tabellen weiterhelfen konnte. Nicht auf die Schnelle. Die Jungs vom LKA hatten schließlich schon zum Entschlüsseln der Datei fast zwei Wochen gebraucht. Wenn die Interpretation der Daten genauso lange dauerte … nun ja.

Und dann bestand auch noch die Möglichkeit, dass sie völlig unwichtig waren, und in diesem Fall hätte er die teure Arbeitszeit der Experten ganz umsonst in Anspruch genommen. Leidinger hatte das sichere Gefühl, sich derartige Fehlentscheidungen bei diesen Ermittlungen nicht mehr leisten zu können. Er entschied, dass Frau Murnau vertrauenswürdig genug war – sie hatte, da waren sie sich sicher, kein Motiv. Nicht das geringste.

FREITAG

Das Warten zerrte an ihren Nerven. Rausch war jetzt seit Dienstag verschwunden, wie vom Erdboden verschluckt. Seine Spur verlor sich am Luxemburger Flughafen, wo sein Handy schließlich ganz offiziell geortet werden konnte. Aber ein Flugzeug hatte er dort offenbar nicht bestiegen, zumindest war sein Name auf keiner Passagierliste verzeichnet.

Allmählich mussten sie eine Öffentlichkeitsfahndung in Betracht ziehen. So etwas war eine heikle Sache, man lief leicht Gefahr, über Presse und Öffentlichkeit nach jemandem zu fahnden, der einfach ein paar Tage ausspannen wollte. Das war für alle Beteiligten höchst unangenehm: für den, der gesucht und gefunden wurde, ebenso wie für die Polizei, die sich dann den Vorwurf gefallen lassen musste, völlig überzogen zu agieren. Unternahm man jedoch zu lange nichts, musste man sich vorhalten lassen, trotz einer erkennbaren Gefahrenlage untätig geblieben zu sein.

Rausch war offiziell kein Verdächtiger, theoretisch durfte er das Land verlassen, wenn er es wollte. Aber es blieben so viele Ungereimtheiten und Verdachtsmomente, die Leidinger gern mit ihm erörtern wollte: Sein Transponder an der Stelle des versuchten Überfalls auf Frau Professor Caspary. Die Tatsache, dass er anscheinend nicht einfach in Urlaub geflogen war, sondern nur sein Handy gefunden wurde, von ihm selbst aber keine Spur. Und sein Schildkrötenprojekt, das er genau wie seine Mitarbeiterin einfach im Stich gelassen haben sollte. Schwer vorstellbar – es sei denn, man hatte gewichtige Gründe.

Leidinger sah auf die Uhr. Es war kurz nach acht. Er wollte Rausch noch bis heute Abend Zeit geben, sich zu melden. Dann würde er die Öffentlichkeitsfahndung beantragen.

***

Christian Rausch erwachte und hatte entsetzliche Kopfschmerzen. Seine Arme und Beine fühlten sich steif an, und als er die Augen aufschlug, sah er nichts. Auch sein Kopf war leer, irgendwie fehlte etwas. Hatte er gestern Abend zu lange gefeiert? Er machte die Augen wieder zu. Alles drehte sich. Und es wurde noch schlimmer. Als er sich trotz des Schwindels aufsetzen wollte, musste er zu seinem Entsetzen feststellen, dass er sich nicht bewegen konnte, weil er an Händen und Füßen gefesselt war. Etwas Dünnes, wie Draht oder Seil, schnitt in seine Gelenke, sobald er sich nur einen Millimeter rührte.

Ich träume, dachte er, ich wache gleich auf. Das ist einer von diesen Träumen, bei denen man weiß, dass man träumt, aber einfach nicht aufwacht. Ich liege auf gar keinen Fall gefesselt auf diesem feuchten, kalten Boden.

Aber die Nässe, die vom Boden in seine klammen Kleider heraufzog, und die Härte des Betons ließen ihm keine andere Wahl, als die Tatsachen zu akzeptieren.

Was um Gottes willen war geschehen? Wo war er? Und wie war er hierhergekommen? War er entführt worden? Was sollte er nur machen?

Stopp. Halt. Eins nach dem anderen. Er versuchte, um Hilfe zu schreien, aber seine Kehle war völlig ausgetrocknet, sodass er nur ein heiseres Krächzen hervorbrachte. Sinnlos. So würde ihn niemand hören. Wenn hier überhaupt jemand war, der ihn hören konnte. Und wenn jemand da war – wollte er dann wirklich gehört werden?

Sein Herz begann, schneller zu schlagen, aber er zwang sich, nachzudenken. Er konnte hierbleiben und warten, oder er konnte versuchen, sich zu befreien. Okay, warten, das war der Weg des geringsten Widerstandes. Aber während er still dalag und bei jedem Geräusch erschrak, wuchs seine Angst nur noch. Er merkte, dass ihm der Schweiß auf die Stirn trat und sein Atem schneller wurde. Sein Magen verkrampfte sich. Ihm war übel. Es hatte zwei Tote am Institut gegeben. Er wollte auf keinen Fall der dritte sein.

Er versuchte, ruhig zu atmen und sich das Letzte, woran er sich noch erinnern konnte, in sein Gedächtnis zu rufen. Geh den Abend noch mal durch, Schritt für Schritt. Er war auf der Open-House-Party gewesen. Das wusste er noch. Aber dann?

Er konnte sich nicht mehr erinnern, mit wem er geredet hatte oder wer noch alles da gewesen war. Jemand, den er kannte, aber er kam nicht drauf, wer. Wann hatte er sich das letzte Mal so betrunken, dass er einen Filmriss hatte? Dass musste Jahre her sein. Gestern jedenfalls mit Sicherheit nicht. Oder doch? Aber die Erinnerung wollte sich nicht einstellen.

Welcher Tag war überhaupt heute? Wie lange war er schon hier? Da war nur eine große schwarze Leere. Rausch schloss die Augen wieder. Es war ohnehin egal, ob er die Augen offen hatte oder nicht, weil nirgends auch nur der kleinste Lichtstrahl in sein Verlies fiel. Mit geschlossenen Augen hatte er wenigstens nicht das Gefühl, sich aufzulösen. Seit seiner Kindheit hatte er Angst vor dunklen und engen Räumen. Es war mit den Jahren besser geworden, aber er war sie trotz aller Anstrengung nie ganz losgeworden. Und das hier war wohl die Summe seiner Alpträume. Er wünschte sich, dass jemand käme und mit ihm redete, sein Entführer sollte ihm gefälligst erklären, warum er sich in dieser Lage befand. Das war das Mindeste. Er wollte nur sicher sein, dass man ihn nicht gefesselt hier zurückließ und sich nicht mehr darum kümmerte, was mit ihm passierte.

Rausch schluckte trocken und fasste dann einen Entschluss. Es hatte keinen Sinn mehr, länger zu warten, er musste etwas unternehmen. Egal was, aber er musste hier raus. Das Wichtigste war zunächst, die Hände freizubekommen. Er versuchte es, indem er die Fesseln dehnte, hörte aber augenblicklich auf, als es schmerzhaft wurde. Das Band schnitt nur tiefer in die Handgelenke, gab aber keinen Zentimeter nach. Er war kurz vor einer Panikattacke, das machte die Sache nicht besser, überhaupt nicht. Er musste Distanz gewinnen. Ruhig atmen, er musste einfach ruhig atmen. Dann würde alles gut werden.

Er saß mit angezogenen Beinen und geschlossenen Augen im Dunkeln an die kalte, feuchte Wand gelehnt. Das war etwas, woran er sich festhalten konnte. Es war Realität. So blieb er sitzen und kämpfte mit seiner Angst.

Er wusste nicht, wie lange es dauerte, bis er wieder die Kontrolle über sich gewonnen hatte, er hatte jedes Zeitgefühl verloren. Aber als er es geschafft hatte, war er sich sicher, dass er hier herauskommen würde.

Wenn er sehr fest an den Fesseln zog, gaben sie nach. Aber nur sehr wenig. Die Seile waren anscheinend aus dünnem Plastik und sehr reißfest. Vor Schmerz biss er die Zähne zusammen – so würde es nicht gehen.

Gut. Dann eben anders. Nachdenken, das war das Einzige, was gegen die Angst half. Die Situation analysieren und eine Strategie entwickeln. Er hatte nicht die geringste Idee, wo er war. Und selbst wenn er sich der Fesseln entledigen konnte, stand noch lange nicht fest, ob er auch eine Chance zur Flucht haben würde. Nein, sagte er sich. Hör auf. Du wirst erst einmal diese elenden Fesseln los, und dann siehst du weiter. Ein Schritt nach dem anderen.

Ein Feuerzeug. Das war es, was er brauchte. Gefangene im Film befreiten sich, indem sie ihre Fesseln durchbrannten. Natürlich hatte er kein Feuerzeug bei sich, und mit auf den Rücken gefesselten Händen könnte wohl nicht einmal MacGyver ein Feuerzeug benutzen. Wahrscheinlich würde er sich nur üble Brandwunden zuziehen. Also blieb nur eine andere Möglichkeit: Er musste etwas Scharfes finden.

Es war zu dunkel, um überhaupt zu erkennen, in welchem Teil dieses Raumes es vielleicht eine scharfe Ecke oder Kante geben könnte. Er war völlig auf seinen Tastsinn angewiesen und wusste nicht, auf was er stoßen würde. Vielleicht gab es hier Stromkabel oder schleimige Pilze. Lieschmann hätte bestimmt gewusst, ob in völliger Finsternis Pilze wachsen konnten. Aber er hatte keine andere Wahl.

Mit dem Rücken schrammte er vorsichtig an der Mauer entlang, vor der er gesessen hatte. Sie war feucht, aber glatt und fest. Das war wohl Beton. Er richtete sich auf und tastete sich weiter an der Mauer entlang. Plötzlich stolperte er über ein Hindernis am Boden und schlug ohne die Möglichkeit, sich mit den Händen abzufangen, der Länge nach auf den Boden. Er konnte gerade noch den Kopf zur Seite drehen, um nicht mit dem Gesicht aufzuschlagen. Der Schmerz war so überwältigend, dass er ihm den Atem raubte und er erst einmal liegen blieb.

Hoffentlich waren keine Rippen gebrochen, vorsichtig ein- und ausatmen. Das ging, die Schmerzen waren erträglich.

Als er sich langsam aufsetzte, bewegte sich das Hindernis und geriet ins Rutschen. Jetzt wurde ihm klar, worüber er gestürzt war: ein Schutthaufen. Er versuchte, die Gesteinsbrocken genauer zu erfühlen – und sein Herz setzte ein oder zwei Schläge aus, als er ein Stück rostiges Metall ertastete, das aus dem Beton ragte. Wenn er ein paar Zentimeter weiter rechts gelandet wäre, hätte sich die Eisenstange glatt durch seine Brust gebohrt, und er wäre hier verblutet. Rausch spürte, wie die Panik wieder aufflackerte.

Nein. Nicht nachgeben. Er hatte sich nicht mit der Eisenstange aufgespießt, er lebte noch. Vielleicht würde die Stange ihm jetzt helfen. Er rappelte sich auf und versuchte, das Eisen unter seine Handfesseln zu bringen. Die Fesseln saßen ziemlich eng, und als er sie noch weiter zu dehnen versuchte, schnitten sie tief in seine Handgelenke ein. Probleme konstruktiv angehen und immer positiv denken: Wenigstens waren es keine Metallhandschellen. Allerdings waren diese elenden Kabelbinder fast genauso unzerreißbar.

Er hatte keine Ahnung, wie lange es gedauert hatte, bis sie endlich nachgaben. Das Zeitgefühl hatte er ohnehin verloren. Seine Handgelenke waren aufgeschürft und bluteten, und er konnte sie kaum bewegen, so steif waren sie von der Kälte und den fest angezogenen Fesseln, aber allein, dass er die Hände wieder frei hatte, verlieh ihm schon neue Zuversicht.

Die Füße waren mit demselben Material zusammengebunden. Mit zitternden Fingern tastete er nach der kleinen Taschenlampe an seinem Schlüsselbund. Sie ließ sich tatsächlich anschalten. Auf dem Schutthaufen lagen mehrere scharfkantige Metallstücke, Reste von Armierungen vielleicht, mit denen er die Plastikfesseln um die Fußgelenke auftrennen könnte. Wenn man sehen konnte, was man tat, war das einigermaßen gut möglich.

Die Anstrengungen, die er zu seiner Befreiung unternommen hatte, hatten ihn für kurze Zeit von der Frage abgelenkt, warum er eigentlich hier war. Und wo genau dieses »hier« war. Wegen der Feuchtigkeit und des absoluten Lichtabschlusses vermutete er stark, dass es sich um einen Keller handelte, und auch der Bauschutt sprach dafür. Er horchte in die Finsternis: Hatte er jemanden mit dem Lärm, den er gemacht hatte, aufgeschreckt? Aber es blieb still.

Die Fesseln loszuwerden war nur der erste Schritt gewesen. Nun musste er ganz schnell einen Ausgang finden, und zwar bevor sein Entführer zurückkam und bemerkte, dass er sich befreit hatte. Er war schon im Normalzustand nicht besonders sportlich und bezweifelte stark, dass er, angeschlagen wie er war, einen Kampf mit einem zu allem entschlossenen Psychopathen überleben würde. Geschweige denn gewinnen. Nein – hier war eindeutig Flucht angezeigt. Nur: wohin?

Der flackernde Lichtschein seiner Taschenlampe ließ tatsächlich eine Tür erkennen. Warum flackerte die Lampe so? Was sollte er machen, wenn sie ausging?

Es war eine schwere eiserne Kellertür. Er drückte die Klinke und versuchte, sie aufzuziehen. Die Tür bewegte sich keinen Millimeter. Verdammt. Er biss die Zähne zusammen und versuchte es noch einmal. Wenn der Entführer ihn eingeschlossen hatte, war alles umsonst gewesen.

Beim dritten Versuch, in den er all seine Kraft legte, bis er Sterne vor den Augen sah, gab die Tür nach und bewegte sich ein winziges Stück. Er zog fester. Jetzt. Er wollte sie vorsichtig und möglichst geräuschlos öffnen, aber das war unmöglich. Ein markerschütterndes Quietschen begleitete jeden Zentimeter, den die Tür weiter aufging.

Er hielt den Atem an und lauschte wieder. Wenn sein Entführer in der Nähe wäre, hätte er längst beim ersten verdächtigen Geräusch nachgesehen. Da aber niemand auftauchte, trat er aus seinem stockdunklen Gefängnis heraus in einen ebenso finsteren Flur.

Man sah absolut nichts, konnte nur gelegentlich Wassertropfen hören, die aus uralten und verrosteten Leitungen mit einem hohlen »Plong« auf den Boden tropften. Die verdammte Taschenlampe ging an und aus, wie es ihr gefiel. Offenbar hatte sie durch die Feuchtigkeit Schaden genommen. Wenn sie jetzt nur nicht komplett ihren Geist aufgab.

Christian Rausch war irgendjemandem ausgeliefert, von dem er nichts wusste, und er war ganz allein. Seine Augen begannen zu brennen. Er biss sich auf die Unterlippe. War vielleicht doch gut, dass ihn niemand hier unten sah. Wenn er einfach losging, würde er schon irgendwie weiterkommen, nach oben heraus aus dem Gebäude. Hauptsache, er bewegte sich von hier fort, so schnell er konnte.

Der Gang war lang, und er hatte keine Ahnung, in welche Richtung er sich bewegte. Sich vorsichtig mit den Händen an den Wänden abstützend, ging er weiter. Hier! Hier war eine Tür, die zu einem Treppenaufgang zu führen schien. Er leuchtete mit der Taschenlampe durch das trübe Glasfenster in der Tür. Die Taschenlampe flackerte erneut. Schwache Leistung, diese angebliche Outdoor-Lampe machte schon im Keller schlapp. Er las das Schild – und las es völlig verdutzt erneut: *Hôpital André Genet, 4ième sous-sol.*

Das konnte nur eines bedeuten: Er befand sich im Keller des alten Militärhospitals, vier Stockwerke unterhalb der Erde.

Vier Stockwerke? In dem Fall hätte er wirklich lange warten können, bis man ihn gefunden hätte. Tiefer als ins dritte Untergeschoss kam niemand von der Uni – wozu auch? Das Einzige, was es hier gab, waren Kisten, in denen irgendwelches längst vergessene Probenmaterial landete.

Auf einem brüchigen, vergilbten Zettel an einem Stahlschrank stand eine verblasste Aufschrift in Sütterlin: Proben Reichsbodenschätzung Bitburger Gutland 1934. Hier hätte man ihn niemals gesucht. Das vierte Untergeschoss war gesperrt, angeblich einsturzgefährdet oder gar geflutet. Von wegen gesperrt … wenn er hier herauskam, würde er der Universitätsverwaltung mal was erzählen. Er würde sie verklagen, dass ihnen Hören und Sehen verging.

Ganz langsam, Stufe für Stufe, nahm er die Treppen in Angriff. Von dem Sturz schmerzte sein ganzer Körper. Er ging mit jedem Schritt an seine Grenzen.

Auf dem letzten Absatz hielt Rausch inne. Alles drehte sich. Er wartete, bis der Schwindel aufhörte. Hatte er denn so viel getrunken? Er hatte noch nie einen solchen Filmriss gehabt, ihm musste jemand etwas untergejubelt haben, wie dem armen Lieschmann. Der Gedanke an seinen toten Kollegen verlieh ihm neue Kraft. Er musste unbedingt so schnell wie möglich einen klaren Kopf bekommen.

Was, wenn er es tatsächlich schaffte, hier herauszukommen? Er wäre noch lange nicht in Sicherheit. Wer auch immer es auf ihn abgesehen hatte, würde sicher nicht lockerlassen, sondern erneut versuchen, ihn umzubringen, sobald herauskam, dass er noch am Leben war. Was spätestens dann der Fall sein würde, wenn der Entführer das leere Kellerverlies aufsuchte.

Er bezweifelte stark, dass er Polizeischutz bekäme. Denen war es ja noch immer nicht gelungen, den Mörder von Hoffmann und Lieschmann zu finden. Wahrscheinlich wären sie auch nicht wesentlich erfolgreicher darin, ihn zu beschützen. Im Gegenteil – diese beiden Kommissare schienen ihn ja sogar zu verdächtigen. Er stöhnte. Ein Serienmörder hatte es auf ihn abgesehen, und die Polizei verdächtigte ihn. Typisch.

Die Welt um ihn herum drehte sich langsam, aber unaufhörlich. Vielleicht wurde er langsam zu alt für Studentenpartys. Ja. Wenn er diese Sache hier gut überstehen würde, würde er sein Leben ändern. Seriös werden. Gleich morgen.

Er nahm den letzten Absatz in Angriff. Unbegreiflich, was Leute am Bergsteigen fanden. Als er die Tür zum Erdgeschoss aufstieß und auf den Flur taumelte, war er sich ganz sicher, dass kein Gipfelstürmer je ein solches Glücksgefühl gespürt hatte.

Der Flur war menschenleer und dunkel, daraus schloss er, dass es Nacht war. Er hatte wahrscheinlich noch etwas Zeit, bis die ersten Studenten eintrudelten. Die Sekretärinnen kämen wohl etwas früher. Sekretärinnen. Warum dachte er jetzt an Sekretärinnen? Ach so, hier war die Kaffeeküche. Hier gab es Wasser. Wasser wäre gut.

Er drehte den Hahn auf und hielt den Kopf in den kalten Strahl. Das Drehen wurde langsamer, und nach einer Ewigkeit oder ein paar Minuten fühlte er sich klar genug, den Kopf wieder zu heben. Wassertropfen liefen ihm den Hals hinunter und in den Hemdkragen, aber das war egal, da seine Sachen sowieso schon nass und klamm waren. Er fand im Regal über der Spüle ein Glas und ließ es volllaufen. Dann leerte er es in einem Zug. Gleich noch eines. Und jetzt frische Luft.

Während er die Kaffeeküche verließ, kramte er nach seinem Schlüsselbund. Sein Transponder fehlte. Merkwürdig. Aber jemand, vermutlich die Handwerker, die tagsüber so oft rein- und rausgingen, hatte die Außentür so verkeilt, dass sie nicht zugefallen war. Auf unsicheren Beinen ging er nach draußen. Er ließ sich auf eine Bank im Innenhof fallen. Die Augen schließen, tief durchatmen. Die Morgenluft war kalt und feucht wie im Keller. Ein Waldkauz rief, und ein brünftiger Rehbock bellte irgendwo in der Nähe. Davon aufgeschreckt, begann die Schafherde zu blöken, die gerade auf den Wiesen am Campus Station machte. Manchmal hatte Rausch die Natur so was von satt.

Ein Plan. Er brauchte einen Plan. Schnell.

Doch zunächst legte er sich einen Moment flach auf die Bank, damit der schreckliche Schwindel nachließ. Er konnte jetzt nicht aufstehen, das war klar, dann müsste er sich übergeben, und so die Kontrolle verlieren wollte er nicht, wo er sie erst mühsam wiedergewonnen hatte. Erst einmal ausruhen, nur ganz kurz.

Er schloss für einen Moment die Augen. Gerade als er sachte in eine angenehme Benommenheit abglitt, hörte er einen gellenden, heiser abbrechenden Schrei. Er sprang auf und sah sich nach allen Seiten um. Sein Herz raste. Aber niemand außer ihm war auf dem Innenhof zu sehen.

Es schrie wieder. Rausch atmete aus und verzog das Gesicht. Das war eine Schleiereule. Unter allen Greifvögeln erkannte man die Schleiereule daran, dass sie schrie wie abgestochen. Das erzählte er selbst immer den Erstsemestern, wenn sie bei ihrer ersten Exkursion nachts im Wald noch ein bisschen ängstlich waren. Aber jetzt war er wenigstens wach. Der plötzliche Adrenalinstoß half ihm, seine letzten Reserven zu mobilisieren. Er musste wieder ins Gebäude.

Neben der Kaffeeküche war ein Abstellraum, wo er sich verstecken und ein wenig ausruhen konnte. Eine Toilette wäre auch nicht schlecht. Nein, Korrektur: Eine Toilette zu finden hatte jetzt absolute Priorität. Er vermied es, in den Spiegel zu sehen, der Anblick würde ihm wahrscheinlich den Rest geben.

Christian Rausch wurde schläfrig. Er verstand genug von Physiologie, dass ihm klar war, was passierte, wenn sein Adrenalinspiegel wieder sank: Sein Kreislauf würde absacken, und bis dahin musste er unbedingt in Sicherheit sein. Vorerst wollte er nicht gefunden werden. Von niemandem. Nicht von der Polizei und nicht von dem Serienmörder. Und am liebsten auch nicht von Steinbach.

Die Digitaluhr an der Mikrowelle in der kleinen Kaffeeküche blinkte: drei Uhr dreißig. Im Kühlschrank fand er ein bisschen Obst, zwei Flaschen Wasser und einen Joghurt. Er packte alles zusammen und trug es in die Abstellkammer. Zwar glaubte er im Moment nicht daran, jemals wieder etwas essen zu wollen, so übel war ihm. Aber sein Verstand sagte ihm, dass er bald etwas zu sich nehmen müsste, vor allem Flüssigkeit.

In diesem Abstellraum würde ihn niemand suchen. Hier würde niemand irgendwas suchen, hier war er in Sicherheit. Es gab ein paar Kisten, vielleicht mit Büchern, eine Menge alter Aktenschränke und eine alte Couch, die wahrscheinlich irgendwann beim Sperrmüll hätte landen sollen, dann aber in dieser Kammer abgestellt und vergessen worden war. Und das war vermutlich schon ein paar Tage her.

Er setzte sich probeweise auf die Couch. Die Federn quietschten, und eine Staubwolke stieg auf, sodass er husten musste. Aber es war mehr, als er zu hoffen gewagt hatte. Was auch immer in seinem Organismus war, machte ihm ziemlich zu schaffen. Obwohl er wer weiß wie lange bewusstlos gewesen sein musste, rollte er sich auf dem alten Sofa zusammen und war augenblicklich weg.

***

»Ich rufe jetzt einmal Frau Murnau an«, erklärte Leidinger.

Tilly schob ihm das Telefon hin und diktierte ihm ihre Durchwahl.

»Guten Morgen, Frau Murnau, hier ist Leidinger. Wir wollten nachfragen, ob Sie etwas zu den Daten herausgefunden haben. Konnten Sie etwas damit anfangen?«

»Ja, in der Tat. Und ich muss sagen, dass ich doch sehr überrascht war«, antwortete Frau Murnau langsam. »Ich hätte Sie auch gleich angerufen, aber ich hatte bis gerade eben einen Kurs. Wenn Sie einen Moment Zeit haben, erkläre ich es Ihnen gern. Haben Sie die Dateien vor Ort? Dann rufen Sie sie am besten mal auf. Das PDF-Dokument und das Tabellenblatt, am besten beide.«

Leidinger suchte hektisch nach den Dokumenten. »Moment. Einen Moment bitte.« Da waren die Dateien, aber dummerweise waren jetzt die Flugpläne verschwunden. Er verdrehte die Augen.

»Haben Sie es?« Sie klang aufgeregt.

»Ja. Ich habe jetzt beide Dateien vor mir.«

»Gut. Fällt Ihnen nichts auf? Wenn man genau hinsieht, ist es eigentlich eindeutig. Hoffmann hat ganz klar formuliert, dass die in der Eifel erhobenen Daten zur Nährstoffauswaschung und zum Bodenabtrag genau mit den zu erwartenden übereinstimmen.«

»Ja, aber das ist doch so weit normal, oder? Man macht doch diese Messungen, um herauszufinden, ob die Ergebnisse mit der Theorie übereinstimmen?« Zumindest hatte er das mit der Wissenschaft so verstanden.

»Schon. Hier ist der Fall aber ein wenig anders gelagert. Die Messdaten sind – wie soll ich Ihnen das am besten erklären? Eigentlich steht es wirklich ganz deutlich in seinem Kommentar, in dem PDF, das Sie mir geschickt haben.«

»Ja, nun.« Leidinger kam sich ein wenig dumm vor. »So deutlich fand ich das jetzt nicht gerade.«

»Nein, Sie haben recht. Entschuldigen Sie bitte. Wahrscheinlich ist es das nur, wenn man jeden Tag mit solchen Daten zu tun hat. Sie haben in der Tabelle die Ergebnisse von Messungen. Wenn Sie draußen in der Natur eine solche Messung vornehmen, wird das Ergebnis nie mit dem übereinstimmen, was sie errechnet haben. So funktioniert die Natur einfach nicht. Da gibt es immer kleinere oder auch größere Abweichungen, Verwirbelungen, Ablenkungen, minimale Störfaktoren, die dann die ganzen erwarteten Ergebnisse über den Haufen werfen können. Oder auch ganz simple Messfehler.«

Leidinger hatte jetzt nicht mehr die Nerven für eine weitere Vorlesung. Er unterbrach Frau Murnau freundlich, aber bestimmt. »Frau Murnau, ich weiß, Sie sind Wissenschaftlerin, und bestimmt eine gute. Und ich verstehe Ihre Begeisterung. Aber wir haben von diesen Dingen nicht viel Ahnung – können Sie es uns vielleicht in einer Kurzfassung erklären?«

»Selbstverständlich. Also, die Daten in der Tabelle sind viel zu glatt. Es sind exakt die Daten, die man in einer Versuchsanordnung im Labor erhalten würde, unter idealen standardisierten Bedingungen, aber niemals in der Wirklichkeit. Und zwar wirklich genau, teilweise bis auf die vierte Nachkommastelle. Das ist vollkommen unmöglich.« Frau Murnau legte eine Pause ein, wartete offenbar auf eine Reaktion seinerseits, die nicht erfolgte.

»Sehen Sie«, fuhr sie fort, »wenn Sie ausrechnen, dass ein Wind in einer bestimmten Stärke soundso viel Zentimeter Boden im Monat abträgt, dann haben Sie ein Ergebnis unter Laborbedingungen. Dass eine solche Datenmenge nicht einen einzigen Messfehler aufweist, nicht einen Ausreißer, kann gar nicht sein. Ich habe die Daten, die Sie mir gegeben haben, durch mehrere unterschiedliche Analyseprogramme laufen lassen, aber alle sind zu demselben Ergebnis gekommen. Das sind ausschließlich errechnete Daten in dieser Tabelle.«

»Da sind Sie sicher?« Leidinger wusste zwar noch nicht, was genau das zu bedeuten hatte, aber er begann es zu ahnen. Ganz leise und noch undeutlich formte sich ein Gedanke.

»Ganz sicher. Wie gesagt, mehrere Programme kamen zu demselben Ergebnis und bestätigten eigentlich nur, was mir schon der gesunde Menschenverstand sagte, und Hoffmanns Dokument auch.«

»Also hat Hoffmann seine Daten manipuliert?«, fragte er.

Jetzt klang Brigitte Murnau verwirrt. »Hoffmann? Wie kommen Sie denn auf den? Das sind doch nicht seine Daten. Ich habe mich ohnehin gewundert, wieso Sie diese Unterlagen auf Professor Hoffmanns Rechner gefunden haben. Erosionsforschung war ja nun wirklich nicht sein Forschungsgegenstand.«

Leidinger bedankte sich hastig und griff im Aufstehen nach seiner Jacke. »Los, komm. Wir müssen sofort an die Universität.«

»Warum denn jetzt so plötzlich?«

»Erklär ich dir unterwegs. Beeil dich!«

»Wer fälscht denn Daten zur Erosionsforschung?«

»Ich hoffe, das ist eine rhetorische Frage. Wer könnte das tun? Und wer konnte Bodenproben sammeln und im Büro aufbewahren, ohne dass das irgendwen misstrauisch macht?«

Tilly war fassungslos. »Die schaut so seriös aus!«

Leidinger warf ihm einen raschen Seitenblick zu. »Du sagst es. Und wie sie mir von diesem angeblichen Überfall erzählt hat – ohne mit der Wimper zu zucken. Wie sagtest du so schön? Alles fügt sich im Nachhinein zu einem Bild.«

»Meinst du, Hoffmann hat sie erpresst?«

»Vielleicht. Aber ich glaube, dass noch mehr dahintersteckt. Jede Wette, dass sie die geheimnisvolle Frau war, die die Nachbarin gehört hat – und ich wette äußerst selten.«

Tilly nickte wissend: *»Hell has no fury like a woman scorned.«*

»Kannst du dich mal verständlich ausdrücken?«

»Die Hölle kennt keinen Zorn wie den einer verschmähten Frau«, erklärte er.

»Nein, vermutlich nicht. Das ist übrigens auch die Erklärung dafür, dass wir keine Abwehrverletzungen gefunden haben. Wahrscheinlich nahm Hoffmann an, dass sie sich mit ihm aussprechen wollte, als sie ihn zu einem Stelldichein am Weidendom bat. Sie hat Hoffmann und Lieschmann, Scheffler beinahe und Rausch vermutlich auf dem Gewissen.«

Tilly pfiff durch die Zähne. »Wer ist das, Lady Macbeth?«

»Bohemund, ich bewundere deine umfassende Bildung.«

Tilly brummte etwas vor sich hin. »Aber wie genau ist sie nun an Christian Rauschs Transponder und sein Handy gekommen? Das heißt, wenn er nicht wirklich nach Luxemburg geflohen ist.«

»Die wichtigere Frage ist: Wo ist Rausch, und ist er noch am Leben?«

Tilly fiel noch etwas ein: »Sag mal, ist heute nicht diese berühmte Tagung?«

Stimmt, das war heute. »Ach du Schande. Natürlich. Das hatte ich ganz vergessen.«

»Super. Dann werden wir die Lady ja auf jeden Fall da antreffen.« Tillys Optimismus war unerschütterlich.

»Ja, sie wird da sein«, sagte Leidinger gequält, »und außerdem der Universitätspräsident, der Kultusminister und die Forschungsministerin. Und die Presse vermutlich auch.«

»Au. Das wird dann kitzlig«, stellte Tilly fest.

»Du sagst es. Das bedeutet, wir müssen sehr taktvoll vorgehen. Vorsichtig. Kein Aufsehen erregen. Hoffentlich können wir sie abfangen, ohne dass es allzu viele Leute mitbekommen. Ich möchte nicht das SEK anfordern.«

Nicht auszudenken, wenn die ganze Prominenz Zeuge ihres Einsatzes werden würde. Sie konnten nur hoffen, dass die Caspary das ebenfalls so sah.

Sie schienen Glück zu haben. Die hohen Damen und Herren vom Ministerium waren anscheinend schon im Hörsaal und bereiteten sich auf die Projektvorstellungen vor. Eigentlich hätte die Universität diese Tagung absagen müssen, fand Tilly. Erstens aus Respekt, zweitens, weil doch überhaupt gar keine Referenten mehr übrig sein konnten. Außer … Etwa zwanzig Meter vor ihnen eilte die Caspary den Flur entlang, auch von hinten leicht erkennbar an der blonden Hochsteckfrisur und den völlig ungeografischen Stöckelschuhen. Sie trug eine Laptoptasche unterm Arm.

»Frau Caspary!«, rief er, und sie drehte sich zu ihm um. »Frau Caspary, warten Sie. Wir müssen reden.« Er versuchte es erst einmal ruhig und sachlich: Sie käme doch eh nicht weit, wenn sie hier heraus wäre. Wo wollte sie denn auch hin?

Diese Frage konnte er sich allerdings sehr leicht selbst beantworten: Von Trier aus kam man praktisch überallhin. Zwar lag es innerhalb Deutschlands völlig an der Peripherie, aber, wie es in dem Werbeprospekt hieß, »im Herzen Europas«. In Luxemburg war man in weniger als einer halben Stunde, und bis Holland, Belgien oder Frankreich war es auch nicht weit, vorausgesetzt natürlich, die Straßen waren frei. Kontrollen an den Grenzen gab es schließlich so gut wie keine mehr, Schengen sei Dank. Verdachtsunabhängige einmal ausgenommen. Und weil sie so aussah, wie Hoffmanns Nachbarin sie beschrieben hatte – »normal« –, hatte sie wohl nichts zu befürchten. Sie durften nicht zulassen, dass sie die Universität verließ. Es gelang ihm, sie einzuholen.

»Frau Caspary, wo ist Christian Rausch?«

»Woher soll ich das wissen – haben Sie keine Vermisstenstelle oder so?«

In diesem Moment ging die Tür des großen Hörsaales auf.

»Hier sind Sie ja! Wir haben Sie schon gesucht!« Steinbach trat zu ihnen. Er hatte zur Feier des Tages die Tarnhose und das ramponierte Leinenhemd durch einen hellen und ebenso zerknitterten Anzug ersetzt. Zwei ältere Herren in anthrazitfarbenen, teuer aussehenden und ausgesprochen faltenfreien Anzügen und eine Frau im blauen Hosenanzug blieben dicht hinter ihm stehen. Ihr Lächeln und Geplauder erstarb augenblicklich.

»Gehen Sie wieder rein«, forderte Tilly sie auf.

»Was ist denn hier los? Frau Caspary? Wo wollen Sie denn hin, Sie sind gleich dran! Herr Leidinger, Herr Tilly? Was machen Sie denn heute hier? Entschuldigen Sie, aber Frau Caspary hat jetzt einen wichtigen Vortrag. Bitte halten Sie sie nicht weiter auf, sicher kann das, was Sie zu sagen haben, bis nachher warten.«

»Nein, kann es nicht! Herr Steinbach, gehen Sie rein. Und nehmen Sie die Leute mit.«

Das hier drohte ganz schrecklich schiefzugehen. Steinbach legte der Caspary die Hand auf die Schulter und bugsierte sie in Richtung Hörsaal.

»Frau Caspary bleibt hier!«, rief Tilly.

Steinbach runzelte die Stirn, jetzt ernstlich verärgert. »Ich muss doch wirklich bitten. Wir haben heute hohe Gäste – die Damen und Herren können wir nicht warten lassen.«

Einer der Herren, ein kleiner Mann mit schwarzer Brille, in seiner Entourage nickte bedeutungsvoll.

»Frau Caspary ist dringend verdächtig, die Morde an Richard Hoffmann und Friedrich Lieschmann begangen zu haben.«

Steinbach lachte irritiert. »Sind Sie nicht ganz bei Trost? Herr Leidinger, das ist ja wohl nicht Ihr Ernst. Frau Professor Caspary wurde selbst bedroht und ist nur mit viel Glück einem Anschlag auf ihr Leben entgangen. Bitte verschonen Sie uns mit Ihren wüsten Spekulationen, oder ich werde mich an höherer Stelle über Sie beschweren.« Er wischte sich kleine Schweißtropfen von der Stirn.

»Das ist ja unmöglich, wie Sie sich hier aufführen! Bitte, Frau Caspary.« Steinbach hielt ihr die Tür zum Hörsaal auf.

***

Christian Rausch hörte Stimmen. Stimmen, die ihm vage bekannt vorkamen. Eine davon gehörte einer Frau. Eine unangenehme Stimme … Wann hatte er die das letzte Mal gehört?

Er hockte auf dem Boden an die Wand gelehnt und horchte aufmerksam, obwohl er die Worte nicht verstehen konnte. Die Stimme kratzte und bohrte am Rand seines Bewusstseins. Und das waren zwei Männer, die da sprachen, ein Tenor und ein Bariton. Dieser mit irgendeinem sehr prägnanten bayrischen Dialekt. Er verzog das Gesicht. Die Kopfschmerzen meldeten sich wieder. Und dann traf ihn die Erinnerung wie ein Schlag mit einem stumpfen Gegenstand.

Die Caspary. Die hatte auf ihn gewartet. Er hatte gar nicht so viel getrunken, dass er einen Filmriss hatte. Sie hatte ihm etwas zu trinken angeboten. Er tippte auf K.-o.-Tropfen. Deswegen die Erinnerungslücke. Und nur deswegen hatte sie ihn überhaupt überwältigen können. Er musste jetzt aufstehen. Das war die Chance. Sie konnten ihn nicht länger verdächtigen, wenn er das aussagte.

Er mobilisierte all seine Kraft, richtete sich vorsichtig auf und versuchte, das Pochen in seinem Schädel zu ignorieren. Ihm wurde schwarz vor Augen. Jetzt bitte nicht wieder ohnmächtig werden, dachte er.

Er riss die Tür auf und stolperte auf den Gang.

Das Letzte, was er sah, waren die fassungslosen Gesichter Steinbachs, Casparys und der beiden Kommissare. Und ein paar andere, die er nicht einordnen konnte. Dann wurde es dunkel, und die Stimmen ließen ihn in Ruhe.

***

Diesen Moment der Verwirrung, in dem alle auf die Gestalt starrten, die da aus dem Abstellraum gestürzt war, nutzte Tilly für einen gewagten Plan: Jetzt, da alle abgelenkt waren und keiner auf ihn achtete, würde er die Hörsaaltür zuschlagen und Caspary damit den Fluchtweg abschneiden. Das wäre eine schnelle und saubere Lösung, wenn nur Steinbach aus dem Weg gehen würde …

Er schätzte die Entfernung: höchstens zwei Meter. Es müsste reichen – zwei Schritte, dann wäre er bei der Tür … Er zählte im Stillen bis drei – und prallte frontal gegen Steinbach, der offenbar exakt in diesem Moment den Entschluss gefasst hatte, sich vor seine Mitarbeiterin zu stellen. Der vollen Wucht des Zusammenstoßes war Steinbach nicht gewachsen: Er verlor das Gleichgewicht, stolperte gegen einen der grauen Herren und riss ihn bei dem vergeblichen Versuch, sich an ihm festzuhalten, mit zu Boden. Man hörte das Geräusch von zerreißendem Stoff. Steinbach kam als Erster wieder auf die Beine.

Das Brillenmännchen und die Frau verlangten nun mit sich überschlagenden Stimmen »Aufklärung, was diese unmögliche Aktion hier eigentlich soll« beziehungsweise drohten mit »ernsthaften Konsequenzen für die Trierer Polizeiführung!«.

Als der am Boden Liegende sich gerade wieder aufgerappelt hatte, wischte er sich mit wachsendem Zorn den Staub vom Jackett. »Sie wollen eine Exzellenz-Universität werden? Sind hier alle wahnsinnig geworden?«, rief er mit einem ungläubigen Blick auf Rausch, der nur unwesentlich derangierter aussah als er selbst. »Ich glaube, wir brechen an dieser Stelle ab«, wandte er sich an seinen Begleiter. »Kommen Sie, wir fahren zurück nach Mainz! Unglaublich!«

»Ja, das ist auch besser so, Sie behindern gerade einen Polizeieinsatz!«, brüllte Tilly zurück.

»Sie stehen sich doch selbst im Weg!«, schrie der kleine

Anzug-Mensch und beeilte sich, seinem Chef zu folgen, der mit wehenden Rockschößen den Gang entlangstürmte.

»Das hat Konsequenzen, verlassen Sie sich darauf!«, ließ Steinbach die beiden Kommissare wissen, bevor er versuchte, die Mainzer einzuholen.

»Ngh…« Das Geräusch kam von weiter unten. Tilly blickte zu Boden. Rausch versuchte, sich bemerkbar zu machen.

»Was?«, fragten beide gleichzeitig ungehalten.

Rausch machte eine schwache Geste in Richtung Hörsaal, wo sich bis vor wenigen Sekunden nicht nur Steinbach und die Mainzer Delegation, sondern auch Professor Caspary befunden hatten. Und wo sich jetzt niemand mehr befand. Wunderbar.

»Okay, Sie warten hier. Verstanden?«, rief Tilly.

Rausch versuchte so etwas wie ein Nicken. Tilly und Leidinger stürzten zur Tür.

»Was war das eben für eine Aktion?«, wollte Leidinger wissen. »So was sprichst du das nächste Mal mit mir ab.«

Das fand Tilly jetzt unfair von Leidinger. Es hätte durchaus gut gehen können: Leute zu überrumpeln, während sie nicht damit rechneten und herumdiskutierten, war nicht die schlechteste Taktik. Meistens funktionierte das …

»Das war nur, weil Steinbach mir in den Weg gesprungen ist, der Depp. Von wegen ›Meine Tür steht immer offen‹ und ›Ich stelle mich vor meine Mitarbeiter‹«, verteidigte er sich.

Er riss die Tür zum Hörsaal auf, und hundertfünfzig Köpfe drehten sich erwartungsvoll um. Wo war sie? Die müsste doch eigentlich auffallen … Da, ganz vorn am Podium, machte sie sich an den Schaltern zu schaffen, die sich neben der Leinwand befanden.

»Wir gehen jetzt ganz ruhig da runter und appellieren an ihre Vernunft«, sagte Leidinger in einem Ton, der keine Widerrede zuließ. »Klar? Keine Alleingänge, keine Ablenkungsmanöver und keine Diskussionen, haben wir uns verstanden?«

»Ja, ist klar.« Sie stiegen unter den fragenden Blicken der Studenten und Gäste die Treppenstufen zum Podium herab. »Was macht die da?«, fragte Tilly, der Caspary nicht aus den Augen ließ.

Als sie ungefähr die Hälfte des Weges hinter sich hatten, ging plötzlich das Licht aus, und der ganze Saal lag im Dunkeln. »Verdammt, was ist denn jetzt los?«

Das Publikum hatte mittlerweile bemerkt, dass etwas nicht nach Plan verlief, und Einzelne machten bereits Anstalten, den Raum zu verlassen. »Bleiben Sie sitzen«, versuchte Leidinger erfolglos, die Unmutsäußerungen zu übertönen.

»Bleiben Sie auf Ihren Plätzen«, sekundierte Tilly, der keine Probleme hatte, auch noch in der letzten Reihe verstanden zu werden, »das ist ein Polizeieinsatz!«

Okay, Fehler. Jetzt wollten die Leute natürlich erst recht so schnell wie möglich aus dem verdunkelten Hörsaal entkommen und fingen schon an, sich durch die engen Reihen zu drängeln.

Plötzlich trat das schrille Heulen einer Sirene in direkte Konkurrenz zu den kieksenden Schreien hysterischer Studenten: Sie hatte offenbar den Feueralarm ausgelöst. Spätestens jetzt war an ein Durchkommen nicht mehr zu denken. Einzelne Lichtflecken von Taschenlampen und Smartphones tanzten durch das Chaos und erhellten es ausschnittsweise – und verschafften den Kommissaren ungefähr so viel Orientierung wie eine Stroboskoplampe.

»Siehst du sie noch irgendwo?«

»Hör zu, wir teilen uns jetzt auf. Ich gehe runter und suche sie, du gehst raus, forderst sofort Verstärkung an und lässt keine Sekunde die Tür aus den Augen, klar?«

Tilly hatte den Eindruck, dass sein erster Einsatz hier gerade nicht so gut lief – zumindest in der Einschätzung seines Kollegen –, und beschloss, jetzt genau das zu tun, was der ihm sagte. Immerhin war *er* der Neue.

Er wandte sich in die Richtung, in der er die Tür vermutete, was unproblematisch war, weil er einfach nur mit dem Strom mitlaufen musste. Und natürlich aufpassen, dass niemand hinfiel und im Gedränge zu Schaden kam. Leute, die in einer Menschenmenge in Panik gerieten, waren rücksichtslos – das war das Reptiliengehirn.

»Vorsicht, ja! Passen Sie auf!« Tilly zog eine Studentin hoch, die gestolpert war, und fing sich dafür einen heftigen Stoß mit dem Ellbogen ein.

Zwei Möglichkeiten, dachte Leidinger, entweder sie ist noch im Raum, oder sie versucht ihn mit den anderen zu verlassen. In diesem Fall würden die Kollegen sie aufhalten und festnehmen, sicher war die angeforderte Verstärkung mittlerweile eingetroffen. Soweit er sehen konnte – und weit war das nicht, obwohl die Notbeleuchtung mittlerweile angesprungen war –, war der Hörsaal jetzt vollkommen menschenleer.

»Frau Caspary«, rief er auf gut Glück, während er auf dem Podium den Schalter für die Deckenbeleuchtung suchte. »Frau Caspary, wenn Sie hier irgendwo sind, kommen Sie raus. Machen Sie es nicht noch schlimmer.«

Er drückte auf einen Schalter, und eine Tafel tauchte quietschend auf und schob sich vor die Leinwand. In rascher Folge versuchte er es mit den anderen Schaltern, was weitere Tafeln in Bewegung versetzte. Wenn er wenigstens etwas sehen könnte … die grünliche Beleuchtung verriet lediglich, wo sich die Treppenstufen befanden … und der Notausgang, rechter Hand.

Verdammt, natürlich hatte ein öffentlicher Raum einen Notausgang, und wo der in diesem Gebäude hinführte, war ungewiss. Einfach so nach draußen war eine der unwahrscheinlicheren Möglichkeiten. Er öffnete die Tür, die nur angelehnt war, und in der Tat führte sie in einen finsteren Gang, in dem nicht einmal eine Notbeleuchtung den Weg wies. Ob dieser Notausgang im Fall der Fälle seinen Zweck erfüllte, schien Leidinger mehr als zweifelhaft.

Allein eine verdächtige Person in einem unbekannten und finsteren Gang zu verfolgen, noch dazu unbewaffnet, das war keine kluge Idee. Als er sich umdrehte und wieder einen Fuß in den Hörsaal setzte, nahm er aus den Augenwinkeln gerade noch eine schnelle Bewegung wahr. Sie hatte nur darauf gewartet, die Tür hinter ihm zuzuschlagen – und dann hätte er in der Falle gesessen.

Ohne nachzudenken, stürzte er sich auf den Schatten – und hätte fast reflexartig wieder losgelassen, als er einen scharfen

Schmerz im Gesicht spürte. Unwillkürlich griff er sich an die Wange. Er konnte nicht sagen, ob er blutete, es war zu dunkel, um es zu erkennen. Mit der anderen Hand gelang es ihm gerade noch, nach ihrem Handgelenk zu greifen und es festzuhalten. Sie drehte sich blitzschnell herum und versuchte, sich seinem Griff zu entwinden, als sie das Gleichgewicht verlor und ihn im Straucheln mit zu Boden riss.

Das Licht ging an.

»Hier oben war auch ein Lichtschalter«, erklärte Tilly. Dann bemerkte er, was weiter unten los war. Mit schnellen Schritten war er bei Caspary und Leidinger, zog sie auf die Füße und legte der Frau Handschellen an.

»Ich wollte dir nur Bescheid geben, dass das mit der Verstärkung noch dauert. Erst konnte ich keine anfordern, weil mein Handy kaputtgegangen ist, als ich mit dem Typen zusammengekracht bin«, erklärte er, »und es hat echt gedauert, bis mir einer von den Studenten seines geliehen hat. Du hast schon recht, die haben keinen Respekt mehr vor der Polizei … Was ist denn mit deinem Gesicht passiert? Du blutest ja.«

»Nicht so schlimm«, sagte Leidinger schnell. »Die Einzelheiten besprechen wir später. Frau Caspary, wie wollten Sie denn hier bloß rauskommen?«

Trotz aufgelöster Frisur und verschmiertem Make-up hatte die Professorin sich wieder in der Gewalt und betrachtete sie fast mitleidig. »Ich verfüge über einen gewissen Heimvorteil. Ihr Kollege stand draußen vorm Haupteingang, und Sie hätten beinahe den Notausgang genommen. Den linken Seiteneingang haben Sie beide übersehen.«

Sie zuckte die Schultern. »Wie sagt man so schön? Ein blindes Huhn findet auch mal ein Korn. Sie hatten mehr Glück als Verstand.«

***

»Herr Rausch, Sie haben uns eine Menge zu erklären.« Während Leidinger mit Caspary auf dem Weg ins Präsidium war, hatte Tilly einen Krankenwagen angefordert und passte jetzt auf Rausch auf.

Er ging neben ihm in die Hocke und musterte ihn. Der war nicht ganz beisammen, saß mit halb geschlossenen Augen auf dem Boden, an die Wand gelehnt. Das Hemd war blutig und zerrissen und genau wie der Rest von ihm über und über mit Mörtelstaub bedeckt. Aber er war ansprechbar, das reichte erst einmal.

Rausch schüttelte müde den Kopf. »Ich habe nicht die geringste Ahnung, was passiert ist. Das Letzte, woran ich mich noch erinnere, ist die Party im Ex-Haus. Das war Dienstagnacht. Danach ist alles weg. Welchen Tag haben wir heute?«

»Freitag.«

»Freitag? Lieber Himmel. Irgendwann bin ich in diesem Keller aufgewacht, und mein Handy und mein Transponder waren weg.«

»Warum um Gottes willen sind Sie denn nicht sofort zu uns gekommen, nachdem sie aus dem Keller heraus waren? Das ist unser Job, wissen Sie«, bemerkte Tilly.

»Sie haben mich doch verdächtigt. Ich wollte erst wieder klar im Kopf werden. Hätten Sie mir etwa geglaubt?«, fragte Rausch mit einem anklagenden Unterton.

Tilly seufzte. »Wissen Sie, wie viel Arbeit wir hatten, um Ihren Aufenthaltsort zu ermitteln? Wir hätten das hier viel schneller beenden können.« Und zwar ohne gegen diverse Dienstvorschriften zu verstoßen, was mir erheblichen Ärger mit meinem Kollegen erspart hätte, fügte er in Gedanken hinzu. Und ohne Showdown, der mir wahrscheinlich noch mehr Ärger mit dem Kollegen und dem Vorgesetzten einbringen wird.

»Können Sie sich wirklich an gar nichts erinnern?«

Gott sei Dank war sein hyperkorrekter Kollege nicht in der Nähe, der ihm jetzt höchstwahrscheinlich erklären würde, dass er Rausch nicht vernehmen dürfe, weil der möglicherweise unter Schock stehe. Tilly beobachtete ihn aufmerksam und beschloss dann, dass der Schock nicht so schlimm sein konnte. Immerhin sprach er ja freiwillig mit ihm.

»Dunkel. Als ich die Stimme eben hörte … Sie war da, Dienstagnacht. Muss auf mich gewartet haben.« Er brach ab.

»Und kam Ihnen das nicht irgendwie merkwürdig vor?«

Rausch verzog das Gesicht. »Ich war nicht besonders gut drauf, hatte zu viel getrunken. Hat meinen gesunden Menschenverstand wohl ein bisschen außer Kraft gesetzt. Außerdem wusste ich nicht, dass sie eine wahnsinnige Serienmörderin ist.« Rausch schloss die Augen und stieß die Luft aus.

»Regen Sie sich mal nicht auf, Herr Rausch.« Tilly wollte auf keinen Fall, dass Rausch einen Kreislaufkollaps oder Nervenzusammenbruch erlitt. Das würde der Kollege ihm todsicher anlasten.

»Entschuldigung, aber wir würden ihn jetzt gern mitnehmen«, meldete sich ein Sanitäter.

Tilly stand auf. »Sicher. Eins noch, Herr Rausch. Ihr Nachbar hat mir ein Paket für Sie gegeben. Sie können sich sicher denken, was darinnen war.«

»Herr Tilly«, antwortete Rausch schwach, aber entschieden, »behalten Sie sie. Mir ist völlig egal, was Sie damit machen, beschlagnahmen Sie sie, oder nehmen Sie sie meinetwegen mit nach Hause, aber ich will nichts mehr damit zu tun haben. Überhaupt nichts. Ich kann keine Schildkröten mehr sehen.«

Sie war immer noch ausgesprochen auf Haltung bedacht. Und auf Wirkung – bis jetzt hatte Frau Caspary nicht für einen Moment die Fassung verloren.

»Hoffmann hat Sie fallen lassen«, sagte Leidinger ruhig.

Sie sah ihn offen an. »Ja, hat er. Und so ungern ich das hier vor Ihnen zugebe, er hat mich damit kalt erwischt. Aber da wir gerade reinen Tisch machen: Sie haben mittlerweile herausgefunden, was es mit den Daten auf sich hat, nehme ich an? Hoffmann wusste es, weil ich es ihm in einem schwachen Moment anvertraut habe. Ich ging davon aus, dass er es verstehen würde – jeder vernunftbegabte Mensch, auf jeden Fall aber ein Wissenschaftler, der auch nur im Mindesten etwas von seinem Fach versteht, kennt die Folgen des Raubbaus am Boden. Nichts anderes habe ich festgestellt. Dass ich nicht alles nachgemessen habe – mein Gott. Messen ist etwas für zahlengläubige Kleingeister. Was wir brauchen, ist ein großer Wurf.«

»Deswegen haben Sie ihn umgebracht?«, fragte Leidinger.

»Was sollte ich denn machen?«

»So etwas passiert, Frau Caspary. Man wird von Menschen enttäuscht, denen man vertraut. Das ist schlimm, aber man kommt darüber weg. Um was ging es Ihnen – um Ihre Karriere, oder um Ihre gekränkte Eitelkeit?«

Sie bedachte ihn mit einem mitleidigen Blick. »Ich habe nicht damit gerechnet, dass Sie das verstehen. Eitelkeit? Ich bin kein Schulmädchen, das von seinem Freund sitzen gelassen wird. Hoffmann hat mich nicht einfach enttäuscht, er wollte mich ruinieren. Einfach zu gewinnen genügte ihm nicht, er musste den Gegner – in diesem Falle also mich – komplett vernichten. Und das konnte ich nicht zulassen. Glauben Sie mir: Ich habe es im Guten versucht.«

»Sie hätten Ihre Bewerbung zurückziehen können. Schließlich waren seine Vorwürfe ja nicht aus der Luft gegriffen.«

»Und der Erpressung nachgeben? Genau das wollte er ja erreichen, aber dafür habe ich nicht zwanzig Jahre gearbeitet.«

Sie lächelte und strich sich ihre Locke aus der Stirn. »Sie können sich wahrscheinlich nicht einmal ansatzweise vorstellen, wie sehr er von sich eingenommen war, wenn Sie mir schon Eitelkeit unterstellen. Ich habe ihn um eine letzte Aussprache gebeten, und natürlich konnte er nicht anders, als sich mit eigenen Augen von seinem Sieg zu überzeugen. Und mit ein bisschen Sweet Talk – einen Wein, um der alten Zeiten willen …« Sie machte eine wegwerfende Handbewegung, und ihr Blick verlor sich einen Moment.

Das war in der Tat unvorsichtig von Hoffmann gewesen. Die Kriminalstatistik lehrte, dass die berühmten »letzten Aussprachen« höchst kritisch waren, wenn der verlassene Partner feststellte, dass es keine Chance mehr für die Beziehung gab. »Wie haben Sie ihm die Tabletten denn verabreicht? In der Flasche haben wir keine Rückstände gefunden.«

»Natürlich nicht, für wie dumm halten Sie mich denn? Ich hatte Gläser mitgebracht, schließlich wollte ich mich ja nicht selbst vergiften. Nach dem zweiten Glas wurde er müde, hat sich aber darüber nicht gewundert. Er hat noch nie viel vertragen.«

»Und wieso der Weidendom?«, fragte Leidinger. Das war eines der rätselhaftesten Puzzlestücke.

Sie verzog das Gesicht. »Weil er mich nicht mehr in seine Wohnung lassen wollte. Ich hätte der unglücklichen Person, die ihn gefunden hat, den Anblick gern erspart. Ehrlich gesagt war die Idee, ihn mit dem Schal zu erdrosseln, spontan. Ich dachte, es sieht dann eindeutig nach Selbstmord aus.«

Ja, dachte Leidinger, unseren Chef hätte es auch fast überzeugt. »Eine andere Sache noch. Wir haben Hoffmanns E-Mails und Telefonate überprüft. Wie haben Sie ihn um diese letzte Aussprache gebeten?«

»Auch wenn er mich nicht in seiner Wohnung sehen wollte – er hatte mir einmal einen Schlüssel gegeben. Und er hatte kein Passwort für seinen Mail-Account, wie Sie ja bemerkt haben. Auf die Idee, den entsprechenden Mailverkehr noch in der Nacht zu löschen, wäre wohl selbst ein Fünfjähriger gekommen. Hätte ich nur gewusst, dass er die Daten meiner Studie auch auf dem Rechner gespeichert hatte …«

Obwohl er eine so analytische Vorgehensweise bis jetzt selten erlebt hatte, überraschte ihn kaum, wie methodisch sie die Tat geplant hatte. Wie eine wissenschaftliche Problemstellung war sie das Ganze angegangen.

»Was hat Professor Lieschmann Ihnen getan? Warum haben Sie nicht aufgehört, nachdem Ihnen keine Gefahr mehr von Hoffmann drohte?«

Wieder dieses abschätzige Seufzen. »Ich wollte ganz sichergehen. Lieschmann hätte ein langes, glückliches und weiterhin vollkommen unaufregendes Leben führen können, aber nein: Er wollte mir einen Aufsatz zurückgeben, den ich ihm geliehen hatte, und weil ich gerade Rausch zur Tür begleitete, legte er ihn mir ins Büro. Jeder hat eine Schwäche, die von Lieschmann waren Süßigkeiten. Jedenfalls hat er sich welche von meinen Keksen genommen – und so hat er sich versehentlich intoxiniert.«

Also war Lieschmann tatsächlich rein zufällig zum Opfer geworden, wie sie vermutet hatten. »Und für wen waren die Kekse gedacht? Sie hätten doch damit rechnen müssen, dass irgendjemand davon isst.«

»Kaum. Wer einmal die Kekse meines Mannes probiert hat, meidet sie in Zukunft. Die meisten meiner Studenten haben diesen Fehler bereits gemacht, und so enttäuschend ihre akademischen Leistungen in der Regel sind, das haben sie schnell verstanden. Nein, Herr Rausch war der Adressat – Bilsenkraut hat, wie Ihnen Ihr Toxikologe vielleicht mitgeteilt hat, den interessanten Nebeneffekt, gesprächig zu machen. Ich wollte von Rausch unbedingt ein paar Informationen – vor allem darüber, wen er noch in seine alberne Schildkrötensache mit hineingezogen hat. Sonst hätte es ja nichts genutzt, ihn aus dem Weg zu räumen, wenn ich dadurch einer hoffnungsfrohen Nachwuchskraft die Bahn frei gemacht hätte.«

»Und die Ironie dabei ist, dass das Forschungsobjekt von Rausch aus Ungarn stammt und mittlerweile bei meinem Kollegen im Zimmerteich wohnt. Deswegen haben Sie ihn nicht gleich getötet? Nur für mein Verständnis …«

»Ich wollte erst ein bisschen mit ihm plaudern. Übrigens gilt für Rausch das Gleiche, was auch für Hoffmann galt: Er sollte in Zukunft Alkohol meiden – ich habe ihn nach der Party abgefangen. Das war ein bisschen riskant, aber er war schon betrunken und ausgesprochen zutraulich.«

Leidinger setzte gerade zu einer Frage an, aber sie kam ihm zuvor und winkte ab: »GHB ist geschmacklos – und nicht schwer herzustellen, wenn man Zugang zu einem Chemielabor hat.«

Er nickte. K.-o.-Tropfen, wie sie vermutet hatten. Filmriss und eklatanter Mangel an Urteilsvermögen. Ob Rausch überhaupt ahnte, wie nah er dem Tode gewesen war?

»Übrigens hätte ich ihm nicht zugetraut, dass er es schafft, sich aus dem Keller zu befreien«, fügte sie hinzu, mit einer Art widerwilligen Respekts in der Stimme.

»Das erspart Ihnen einen weiteren Mordvorwurf. Frau Caspary – begreifen Sie überhaupt die Lage, in die Sie sich da gebracht haben? Der Staatsanwalt wird gegen Sie Anklage wegen zweifachen Mordes, Mordversuchs, gefährlicher Körperverletzung, Entführung und Freiheitsberaubung erheben. Wahrscheinlich werden letztere Delikte beim Strafmaß nicht mehr weiter ins Gewicht fallen, aber der Vollständigkeit halber wollen wir sie doch erwähnen. Deshalb noch einmal: Sind Sie sich über Ihre Situation im Klaren?«

Sie sah ihn an, völlig verständnislos. »Selbstverständlich. Möchten Sie mir vielleicht ein schlechtes Gewissen einreden?«

»Haben Sie eines?«

»Das ist doch nicht von Bedeutung. Sie wollen, dass ich alles zugebe – und ja, das tue ich. Aber Sie sollten auch wissen: Den Entschluss zu diesen Maßnahmen habe ich nicht von jetzt auf gleich gefasst, sondern er war reiflich überlegt. Und jeder Einzelne – Hoffmann, Lieschmann, Scheffler und Rausch – hätte die Konsequenzen leicht vermeiden können. Hoffmann hätte etwas mehr Anstand zeigen können. Scheffler hätte die Welt nicht weiter mit seinen Frischluftschneisen behelligen müssen, und Rausch hätte einfach erst einmal zehn, fünfzehn Jahre ernsthafte Wissenschaft betreiben sollen, bevor er sich an die Öffentlichkeit wagt. Sumpfschildkröten. Jetzt einmal im Ernst – finden Sie, dass das ein sinnvoller Einsatz knapper finanzieller Ressourcen ist? Lieschmann hätte nicht einfach in mein Büro gehen sollen und sich ungefragt Kekse nehmen, so etwas zeugt von schlechter Erziehung. Nein, ich bin mir absolut bewusst darüber, was Sie mir vorwerfen. Ob ich diese Vorwürfe gerechtfertigt finde, lassen wir einmal dahingestellt, aber derzeit sind Sie wohl in der besseren Verhandlungsposition, und deswegen lege ich ein umfassendes Geständnis ab. Dass ich Sie im Eifer des Gefechts gekratzt habe, tut mir allerdings leid, dafür entschuldige ich mich. Ich habe einen kurzen Moment die Beherrschung verloren.«

Das mit dem Geständnis stimmte formal, aber sie tat es so sachlich, als handelte es sich um eine besonders komplizierte wissenschaftliche Fragestellung.

»Oder halten Sie mich für verrückt?«, fragte sie, und es klang nach einem Vorwurf.

»Ihr Anwalt hat ein entsprechendes Gutachten beantragt, aber ich bin nicht dieser Ansicht, nein.«

Sie schnaubte. »Mein Anwalt scheint unfähig zu sein. Er ist Fachanwalt für Familienrecht, mir ist auf die Schnelle kein anderer eingefallen. Nun ja, ich denke, es ist besser, wenn ich mich selbst verteidige.«

»Nicht bei einer Mordanklage. Ihnen wird ein Verteidiger beigeordnet, das ist so vorgeschrieben. Immerhin geht es um eine lebenslängliche Haftstrafe. Aber Sie haben meine Frage nicht beantwortet.«

Sie schloss die Augen und dachte nach. »Wollen Sie wissen, ob ich es wieder tun würde? Ich würde das Problem anders angehen, belassen wir es dabei. Für die Aufklärung ist das aber doch wohl nicht von Bedeutung, oder? Möchten Sie zum Beispiel nicht lieber wissen, was mit Scheffler passiert ist?«

»Ich denke, darüber wissen wir im Großen und Ganzen Bescheid. Wir haben von Professor Steinbach alles über seine Frösche erfahren. Wer hat Ihnen die Bodenproben aus Südamerika mitgebracht?«

»Das war ein Student, der gute Herr Schmidt. Er hat sich so über seine Fristverlängerung gefreut, dass er mir gern ein paar Proben von seinem Auslandsaufenthalt mitbrachte. Beim Zoll war das vollkommen unproblematisch, da es sich nicht um giftige oder verbotene Substanzen handelt.«

»Ich würde gern eine Sache wissen«, schaltete sich Tilly ein, der bis jetzt nichts gesagt, sondern nur Notizen gemacht hatte. »Warum so kompliziert? Da liegt es doch nahe, dass irgendwann etwas schiefgeht.«

Caspary nickte ihm zu, als nähme sie ihn jetzt das erste Mal zur Kenntnis. »Das war ich mir schuldig. Ich habe gewisse Ansprüche an die Performance, und ich hatte gehofft, Sie damit in die Irre führen zu können. Außerdem – Sie wissen ja: *Variatio delectat.*«

»Abwechslung erfreut«, übersetzte Tilly. »Nun ja, Sie haben uns unterschätzt.«

»Vielleicht«, entgegnete sie mit einem zweifelnden Unterton. »Aber ich hatte auch einfach Pech. Oder Sie Glück, je nachdem. So – ich denke, jetzt haben Sie alles. Nehmen Sie bitte noch meine tief empfundene Reue zu Protokoll, sonst unterschreibe ich es nicht.«

Ein elektronisches Fiepen aus Tillys Richtung ersparte Leidinger die Antwort. Er warf ihm einen fragenden Blick zu: »Was ist los?«

Tilly wischte vorsichtig auf dem zersplitterten Touchscreen

seines Smartphones herum, um das Fiepen zum Verstummen zu bringen. »Ich … Kann ich dich kurz draußen sprechen?«

Vor der Tür blieben sie stehen. »Was ist passiert?«, wollte Leidinger wissen. »Ich dachte, das Ding wäre kaputt?«

»Es kann nicht mehr telefonieren, aber der Timer funktioniert noch. Nur, wenn der nicht aufhört zu piepsen, werfe ich das Teil gegen die Wand. Hör mal, ich muss kurz weg. Eine Wohnungsbesichtigung. Ich glaube, die Wohnung könnte was für uns sein!« Das Handy fiepte weiter in verschiedenen Tonlagen.

Tief durchatmen. An die Zeder denken. »Du bist gerade in einer Vernehmung. Wir, genauer gesagt. Du kannst doch jetzt nicht einfach losziehen und Wohnungen anschauen. Und mach endlich was, damit dieser Alarmton aufhört!«

»Ich weiß doch, dass es gerade ein bisschen ungünstig ist. Der Makler konnte nur heute, und ich wusste ja nicht, dass ich gerade jetzt nicht kann. Aber ist okay, wenn es nicht geht, dann sage ich rasch ab. Wir finden bestimmt noch eine andere Wohnung.«

»Nein, schon in Ordnung«, sagte Leidinger angesichts dieser kaum verhüllten Drohung schnell. Die Aussicht, seine Wohnung zurückzugewinnen, sollte es ihm möglich machen, Casparys Vernehmung allein zu Ende zu führen. »Aber sieh zu, dass du in einer Stunde wieder da bist. Abendroth möchte uns sprechen. Beide. Ausdrücklich.«

»Natürlich, kannst dich auf mich verlassen«, versprach Tilly.

Leidinger nickte. Sicher. Kein Zweifel.

***

»Schick, die Bude, oder was meinst?«

Vroni war begeistert. Sie hatte sich schließlich doch damit durchgesetzt, einen Makler zu beauftragen. Tilly hatte Leidinger in Verdacht, diesbezüglich auf sie eingewirkt zu haben, aber das war jetzt gleichgültig. Schünemann, der Makler, auf den aus unerfindlichen Gründen ihre Wahl gefallen war, sah keinen Tag älter aus als achtzehn und trug Jeans und ein quietschgrünes T-Shirt mit der Aufschrift *Born to party*. Hätte Tilly Wert auf äußere Statussymbole gelegt, er hätte vermutlich ernste Zweifel an der Erfolgsbilanz des jungen Mannes hegen müssen.

Aber die Wohnung, durch die er sie gerade führte, war praktisch ein Traum. Hell, gut geschnitten – und direkt an der Autobahn. Also nicht so direkt, dass man viel vom Lärm mitbekommen würde, aber doch nahe genug, um schnell mal nach Holland zu fahren. Am Verteilerkreis in Trier-Nord. Dabei, möglicherweise auch deswegen, war die Miete recht niedrig.

Der Makler bezeichnete Trier-Nord als »deutlich unterbewertet auf dem Wohnungsmarkt, das ist echt das aufstrebende neue Stadtviertel von Trier«. Ins Deutsche übersetzt bedeutete das vermutlich: »Die Mieten sind billig, und das hat auch seinen Grund.« Aber er machte sich keine großen Sorgen deswegen. Gute oder schlechte Nachbarn konnte man schließlich überall haben. Und der Verkehr störte ihn eigentlich auch gar nicht so sehr. Wenn er die Augen schloss, hörte es sich fast nach Meeresrauschen an. Verglichen mit der Kirchenglocke von St. Cäcilien direkt vor dem Fenster, die alle Viertelstunde schlug – auch nachts! –, wie es die ersten zehn Jahre seines Lebens der Fall gewesen war, war das gar nichts.

Ein Gästezimmer! Und ein Balkon mit viel Nachmittagssonne – das bedeutete, er konnte auf die teuren Pflanzenlampen verzichten.

»Sie haben es dann auch nicht so weit zu Ihrem Arbeitsplatz, Herr Tilly«, erklärte der Makler und rückte sich seine Retro-Hornbrille zurecht. Offenbar war er auf eine mühsamere Überzeugungsarbeit eingestellt gewesen.

»Wir nehmen sie trotzdem«, erwiderte Tilly. »Wann können wir einziehen?«

»Theoretisch zum nächsten Ersten«, erklärte der Makler eifrig.

Tilly nickte. »Sehr schön. Eine letzte Frage noch: Wie sieht es mit Haustieren aus?«

»Um welche Haustiere handelt es sich denn? Kleintierhaltung ist kein Problem, Hunde oder Katzen müssen Sie allerdings mit dem Vermieter absprechen.«

»Nein, nein, es ist ein Kleintier.« Grantl, die Sumpfschildkröte mit dem biometrischen Pass, musste natürlich mitkommen, nachdem Leidinger sich standhaft geweigert hatte, sie mit seinen Goldfischen zu vergesellschaften. Der Kollege war etwas empfindlich, was die Fische anging, seit deren unfreiwilligem Abenteuer.

***

»Sie wissen, dass das ein Desaster war.« Abendroth klang nicht so sehr vorwurfsvoll, vielmehr betrübt, so als sei er zu schwach, um wütend zu sein.

»Wir mussten schnell entscheiden«, versuchte Tilly zu erklären. »Es erschien uns sinnvoll, zunächst eine Deeskalationsstrategie anzuwenden. Um eine Gefahr für Leib und Leben der Anwesenden abzuwenden.«

Abendroth fixierte ihn über die aneinandergelegten Fingerkuppen hinweg. »Diese Gefahr wäre gar nicht erst entstanden, wenn Sie rechtzeitig gehandelt hätten. Der Herr Staatssekretär hat eine geprellte Rippe und ein verstauchtes Handgelenk, und seinen ruinierten Anzug hat er uns ebenfalls in Rechnung gestellt. Ich weiß nicht, wie Sie das in Bayern nennen, aber als Deeskalation würde ich das nicht bezeichnen.«

Als ob das an ihnen gelegen hätte …

»Ich habe Sie von Anfang an darum gebeten, möglichst diskret vorzugehen, erinnern Sie sich? Wie konnte das passieren?« Er nahm die Brille ab und sah die beiden nacheinander schmerzerfüllt an. »Leidinger, erklären Sie mir das!«

»Wir wollten die Verdächtige festnehmen, aber wir wurden dabei von Herrn Professor Steinbach aufgehalten.« Er warf Tilly einen warnenden Blick zu. »Und das Missgeschick mit dem Herrn Staatssekretär bedauern wir sehr«, fügte er rasch hinzu.

»Kollateralschaden«, murmelte Tilly, was Abendroth aber Gott sei Dank überhörte.

»Wo Sie den Namen gerade erwähnen. Herr Tilly, Sie haben Anzeige gegen Herrn Professor Steinbach erstattet?«

»Richtig.«

Abendroth seufzte. »Wie um alles in der Welt kommen Sie dazu?«

»Legalitätsprinzip. Ich konnte nicht umhin, zu bemerken, dass er sich mutmaßlich der fahrlässigen Körperverletzung schuldig gemacht hat, und musste diesen Umstand der Staatsanwaltschaft zur Kenntnis bringen.«

»Legalitätsprinzip?« Abendroth schloss kurz die Augen, öffnete sie und richtete seinen Blick hoffnungsvoll an die Decke. »Schön. Vergessen Sie das. Ist Ihre Verdächtige wenigstens geständig?«

»Vollumfänglich.«

»Na, das ist doch wenigstens etwas. Dann haben wir ja diese Sache bald vom Tisch.« Er legte die Hände auf die Tischplatte. »Dann bringen Sie sie mal zum Abschluss, Dr. Clüsserath erwartet bereits Ihre Ergebnisse.« Er zögerte, dann rang er sich zu einem »Gute Arbeit« durch. »Im Großen und Ganzen zumindest«, fügte er hinzu.

Leidinger warf Tilly erneut einen warnenden Blick zu und stand auf. »Vielen Dank.«

Tilly folgte seinem Beispiel und nickte Abendroth kollegial zu. »Dann wollen wir mal!« Er ließ die Tür laut ins Schloss fallen.

»Gute Arbeit, im Großen und Ganzen.« Tilly schüttelte ungläubig den Kopf. »Was soll das denn?«

»Das«, erklärte Leidinger, »ist so ungefähr das höchste Lob, das du von Abendroth jemals hören wirst. Normalerweise verfährt er nach der Devise ›Kein Tadel ist Lob genug‹. Gemessen daran können wir uns wirklich geehrt fühlen. Übrigens, der Rechtsanwalt von Frau Caspary hat angerufen. Er verlangt eine psychologische Begutachtung.«

»Keine Chance – die Frau ist doch voll zurechnungsfähig! Sie ist fanatischer als Jedin, aber doch nicht verrückt. Und zumindest eines hat sie erreicht: Mit dem Fall geht sie in die Kriminalgeschichte ein.«

»Der Meinung bin ich auch. Aber er besteht darauf, wahrscheinlich will er retten, was noch zu retten ist, nachdem sie so umfassend ausgesagt hat. Und ihr Mann ist aus allen Wolken gefallen – er hat wohl überhaupt nichts mitbekommen. Der kann einem richtig leidtun.«

»Wer weiß, ob wir dem nicht das Leben gerettet haben«, gab Tilly zu bedenken.

»Auch wieder wahr. Apropos Leben retten: Wann nimmst du eigentlich die Schildkröte mit? Ich habe dauernd Wasserspritzer auf den Akten. Und das mit den Regenwürmern war auch eine schlechte Idee.«

Das war wahr. Abendroths Sekretärin war geradezu hysterisch geworden, nur weil die Dose aufgegangen war. Im Kühlschrank der Kaffeeküche. Ein großer Blumenstrauß war nötig gewesen, um sie wieder zu versöhnen, sowie das Versprechen, Grantls Futter künftig im eigenen Büro aufzubewahren.

»Zum ersten Mai ziehen wir um, und ich nehme Grantl mit. Versprochen! Wenn sie solange noch bei uns im Büro wohnen kann …«

Leidinger fand, dass das kein schlechter Start war – im Großen und Ganzen.